私の10年日記

清 水 ミ チ コ

幻冬舎文庫

私の10年日記

もくじ

1996年

私の実家のお風呂に
なぜか浅草キッドが！

こんなにスター気分にさせてくれた北海道のボーイさん、ありがとう！

○月×日

ＦＭの仕事で北海道のホテルに１泊した。部屋まで案内してくれるボーイさんが非常に真面目な方だった。ホテルのエレベーターを降りたところに男女のグループが数人いて、私に軽く声をかけたのだが、また少し歩くとグループがいる気配。するとボーイさんが「います！　残念ですが、遠まわりしましょう！」と言う。少しはりつめながらも、張り切った声に、「いや、大丈夫ですよ」と言っても「いえ！　こっち！」と別の廊下方面へ。次にやおら声をひそめ「そこのつきあたりに部屋があります！　あそこが清水さんのお部屋です。でも、ばれますから、右の部屋に入るフリをいたしましょう」。

私も嬉《うれ》しくなって声をひそめ、「はいっ！」と返事をし、右に廻《まわ》ったら、また誰かがいる。「ボーイさん！　こっちにもいます！」「そこへ入って！」。そこは自動販売機の置き場なのであるが、10秒ほどシーンと立っているあいだ、ずっと「とおせんぼ」状態で背中で守ってくれてた。これほどスター気分にしてくれた人もいない。しかも、そのあとで会った私のマネージャーに、「今、清水さんが騒がれましたが、もう大丈夫です」とキラキラと報告してくれたのはいいが、なんとマネージャーは私が騒いだのだと思って「え！　清水一人で騒いだんっすか⁉」と聞き返していた。わしゃメスゴリラか。

○月×日

メスゴリラが自由劇場の最終公演にゲストで出たんだけど、後日そのパーティーに行ったら和田誠さんに会い、「僕と友達を車で送ってってよ」と言う。誰かと思えば宇野亜喜良《あきら》さんだった。車の中が一気に世界のイラストレーター大集合と化した。漫画家は意外と神経の繊細な人が多く、イラストレーターはなぜか、のほほんとしている。そうメモした。

コンビニのロンゲのお兄さんが「かんぴょうってなんですか？」

○月×日

『ワーズワースの冒険』の「おふくろの味特集」に出てからというもの、手間のかかる料理がしたくてたまらなくなってきた。さっそく作ろうと思ったのが「こぶ巻き」。しかし、キッチンに「日高こんぶ」はあったものの、かんじんの「身欠きにしん」がない。しかたなく翌日に延期し、スーパーでギリギリの時間に手に入れたのはいいが、うっかり「かんぴょう」を買い忘れてしまった。絶対あれでキュッとしばらなければ心がおさまらなくなってきてる。よっしゃ、コンビニ！　と自転車を走らせ「かんぴょうくださーい！」と言うと、ロンゲのお兄さんに「かんぴょう？　かんぴょうってなんですか？」とごく素朴に聞き返された。この瞬間はとても白けて見えた。知ってるこっちの方がなぜか気恥ずかしかった。しかも私はこういう説明がヘタな上に「かんぴょうといえばほら！　という料理名」が思い浮かばない。「かんぴょうっていうのはー、しろーいヒモみたいに長いー、乾燥したヤツでえー」。お兄さんの返してきた答え。「薬草？」。「もう、いいです」と言い、再び自転車にまたがった。

○月×日

マライア・キャリーが渋谷で公開録音をしてるところをテレビで観たのだが、何かにつけては「東京一番！」と言っていたのが印象的だった。何だか妙に昔っぽい響き。ご本人が「東京が最高だ、というのは日本語でなんて言うのか」と人にたずねた時、「東京一番！」とまっ先に教えてしまった誰かがいるとしか思えない。また着ていた洋服が全身余りにもブランド丸出しで、なぜだかかわいそうでした。

ルーさんがマジメに「俺、どうかな?」そう聞かれても…

○月×日

テレ東『愛LOVEジュニア』に出た。ジャニーズのこれからという少年たちの番組で、平均14歳の美少年がいっぱい。台本もひらがながいっぱいという感じ。しばらくして、たまたまルー大柴さんが楽屋に遊びに来たんだけど、「彼らの顔って本当にキレイなもんだね!」と私が言うと、すかさず、ここ一番! というマジな二枚目顔になって、「俺、どうかな?」と聞いてきた。こういうところが嫌いで好きだ。「どうかな?」って聞かれて、けなせる人間がいるわけないってのに。今や私の中でだけだけど「私、どうかな?」と聞くのがハヤリの言葉となっている。

○月×日

人によって「先端恐怖症」や「閉所恐怖症」があるらしい。なんでこんなもんが怖いのかしら、と思う時があるけど、私の場合も「なぜに？」と思われそうなものが1個だけある。それは「チマチマ恐怖症」というか「ミクロ恐怖症」。チマチマしたことを人がやっている、あるいはやっていたことなんてことに鳥肌がプワッと立つ。中国名産の、米粒にビッシリと寺や文字が書いてあるのとか、人形用みたいな小さなフォークやスプーン、椅子なんかがズラリとあったりするとめまいがして倒れそう。ちょっと小さめ、くらいだと平気なんだけど小指の先よりも小さくなると、足元のあたりがかゆーくなり、それはもう掻《か》いても掻いてもどっかわからん。肌というより神経のどこかがやられてる、そんな気がする。私は家政科出身なんだけど、「運針」をやってた時、針の動きを目で追って行くうちにいきなり「わあっ！」と言って外へ飛び出した経験がある。

ボンジュール！　パリのデパートで鮎川誠風フランス人にお願いされた話

○月×日

ボンジュール。私は今、パリの旅先からこの原稿を書いています。もう3日目にして蕎麦《そば》食べたいわ。街も人も建物も言葉も全部クリームがかかってるんですよネ。トローッ。タラーッ。きのうたまたま市場で、車の衝突が原因の運転手同士のケンカが見られたんだけど、これがフランス語だと全然迫力がない。ボソボソボソボソ詩の朗読しあってるみたいだった。クリーム。でももっとフシギなのが鼻をかむ音。どんな女性でも示し合わせたかのように「ブーッ」と鳴らすんでビックリ。日本だと「シュッ」というか「チーン」というか底辺に「ごめんネ」が入った薄い音なのに、こっちの人はブザーのように鳴らすんですね。私も花粉症なんでトライしてみたんだけど、あんな音は出ない。鼻穴の大きさの違いなのかな。ところで今、ちょっと心配なことがある。某老舗《しにせ》有名デパートでカード支払いのサインしてたら、店員の鮎川《あゆかわ》誠風フランス人に上手な日本語で、「世田谷にお住まいならぜひお願いしたいのです。あなたはやさしそうだ。これを彼女に渡して欲しい。電話してくれればきっと彼女はあなたの家に取りに来ます。それと僕が元気だというメッセージを。郵送だと時間がかかるので」と本らしき包みを渡されたワケです。やっぱ私の人柄ここでもわかるのねー、ＯＫ恋人たち、と快諾《かいだく》したのですが、部屋に帰ってふとガイドブックを見たら「よくこちらの人に荷物を機内に持ち込むように頼まれる人がいますが、薬物密輸等、大変危険です」と書いてあるではないですか。だ、大丈夫か私。

パリのハンサム君の依頼・後日談
恋人の日本人女性はクールでした

○月×日

前回の続き。パリでハンサムなフランス人に「あなたはやさしそうだ。この本を届けてほしい」と頼まれた私。あとで薬物密輸等、大丈夫かと悩んだのでした。今週はこの続きを書こうかと思います。結局成田まで緊張感とともに運んで、無事届け先の家に電話したまではいいのですが、出てきた日本人女性というのがえらいクールでした。「あっ、本ですね？　彼から聞いてます。明日取りにうかがいます。あなた、ファックスお持ち？　だったら地図送ってくださいね」。私のイメージとあまりにも違っていた。もっと臨場感や感激あふれる声で「ありがとう！　(泣きながら) お名前、なんておっしゃるのかしら？　今、彼の愛がつかめたの。私達、結婚します」みたいな。「おめでとう。でも、その言葉は彼に届けて。今度は自分でね！」なんってな。私の方がクールにしたいじゃない。さっそく地図をファックスしたら、翌日私のいない時に取りに来たらしいのだが、「これ、謝礼です」と言って千円札がピラピラっと裸で置かれてあった。バイトだったんですね、私。

○月×日

『徹子の部屋』に出演。黒柳徹子《くろやなぎてつこ》さんは文化人というより日本で最初で最後のコメディエンヌという感じ。時々出てくる名前が「古川緑波《ロッパ》さんがね」とか「渥美《あつみ》さんもね」など、えらいそうそうたるメンバーがワキ役で登場してくるのに歴史を見た。収録後も「北林谷栄《たにえ》のマネ」と言っては「先生、ごはんめしあがって下さい」という、彼女しかわけのわからないネタ、「ＭＧＭのミュージカルスターの踊り」など個人的に披露。演芸の部屋。

飛騨高山はＵＦＯの発着地！
私のふるさと、大丈夫か？

○月×日

やっとインターネットがつながった。このあいだからずっとアクセスし続けていたので、夜中一人で感激。しかし、正直に言うと、あら？　これだけのもんかい、というのが本音だった。なんつっても画像が鮮明になるまでがかったるい。でもここまでやったんだから楽しさを感じよう。多分慣れてないからよ。そうは思えど、ちっとも快楽が身に沁みてこない。大目標がないとこんなもんですかな。なんだか向き不向きがあって、あなたは不合格！と深夜に電子メモを渡されたみたい。みんな、本音のところはどうなの？

○月×日

某アナウンサーとトーク。前からうっすら思ってたんだけど、アナウンサー独特の職業病というのがあるような気がする。「さあっ、これから驚きましょう。これからは身分の低い私メ、あなた様が何を言っても驚いてさしあげますからねっ！」といった意気込みで目を見開く。これがたまらん。あと、どう考えても平凡な答えを返してるってのに「だっはっはあ！」とヘンなとこで笑う。もともと生真面目《きまじめ》な人のテンション高い明朗サービスって、本人がつかれるだろうなーって思っちゃいます。

○月×日

ナイナイの番組に出たら、私の出身地、飛騨《ひだ》高山が別の視線で語られていてびっくり。「ひなびた山あいの里」って感じの観光地だったのに、今や「霊験あらたかで」「新興宗教がさかんであり」「UFOの発着地として注目され」「山中から発掘された謎のピラミッド」「そこに恐竜の卵が」。おい、ふるさと大丈夫か。

うち、たまーにがぶり寄りとすそ払いで夕飯済ませますねん

○月×日

大阪帰りの新幹線の中で、読むともなく電光掲示板の『朝日新聞ニュース』をぼんやり眺めていて、ミニミニ大発見。相撲の専門用語というのはすべて、京都あたりの料理名に似ているんです。たとえば「押し出し」は「こんぶの押し出し汁どす」、「寄り切り」は「甘い飴《あめ》の寄せもの。練り切りみたいなもんどす」、「うっちゃり」は「柚《ゆず》のふりかけ風みたいなん」、「かわづがけ」は「竹の器によそった冷しそうめん」と、どれもありそうな感じ。「うち、たまーにがぶり寄りとすそ払いで夕食済ませますねん」なんて言いそう。こうなるとまた力士の名前もそう見えて来ました。「若乃花」。これは「おか

らの一種で、ごく少量を盛り付けしたもの」。「曙」は「かまぼこ。主にめでたい時に飾る添えもの」。「武蔵丸」。「丸くした海苔《のり》の小ちゃいおにぎりだす」。どれもきれいで美味《おい》しそうなのが、さすが伝統ですなあ。

○月×日

「芸能人の友達」。「知り合いである」と「友情がある」との気持ちの境目ほどむつかしいものはないですよね。「芸能人」ならなんと言っても自分が本当に好きになったらそれは尊敬となり、敬虔《けいけん》ともなり、親しみよりはむしろ距離を置きたくなるのではないか。いや、軽く考えてみようか。そんな話をマネージャーとしていたら細川ふみえさんが近寄ってきてニコニコしている。「ふーみん、唐突で悪いんだけど、私のこと好き?」「ええ!」「じゃ、私とふーみんって、友達だよねえ?」。ふーみんの答え。「はい、光栄です」だって。無理強い、ですな。

ＴＤＬジャングルクルーズに最適な芸能人は誰か？

○月×日

久しぶりに東京ディズニーランドに行ってきた。ここで私がチェックしたくなるのは「ジャングルクルーズ」だ。思うにジャングルクルーズのガイドさんというのはシンデレラ城のそれや、その他のガイドものよりも、人間としての力量がかなり必要なパートのようなのです。あの、毎回の「ガイド君によるユーモラスなサービス」で、同じネタを繰り返しやるのってそうとう難しいもんだと思う。スレてきちゃいないかしら。飽きているのが声に出ていないかしら。おととしの段階では「あ、ちょっときてるわ」と思われた。そして今年なのですが、ちゃんと達者にスレてるみたいでした。つまり「ハーイ、誰も聞いてませんねー」とか「わーお、静かなお客さんー」など、芸人さんのように、静かな空気をも上手にうけとめていたのだった。それもあまりにもサラッとしてたので笑えた。しかしここでのガイドをうまくできる芸能人って誰がいるだろう。こぶ平さん、途中でくじけそう。トミーズ雅《まさ》さん、怒られそう。稲川淳二さん、おぼれそう。ここはやはり木梨憲武《のりたけ》さんでしょうか。うまそうです。あと、大橋巨泉《きょせん》さんのにも一度ぜひ乗ってみたいです。

○月×日

飲んで「まずいー！」のひとことでおなじみのキューサイの青汁のCMをテレビで久々に観たのだが、またまたミニミニ大発見。なんとよーく観ているとあのまずそうな表情は演技ではなく、彼は本当に、心底まずそうなんです。しかも飲んだあとで顔全体がわずかにぶるっと震えているのでした。ってなんだか『TVブロス』読者の投稿みたいですが。おひとつ。

ナンシー関さんと楽しい2時間
「なんでそんなにわかるの?」

○月×日

　テレ東『TVチャンピオン』にゲストで出た。収録前に田中義剛《よしたけ》さんに「去年、私、タイに行ってきたんだけど、空港のテレビにものすごい人だかりができてて、みんながみんな笑いながら嬉しそうに夢中になってたんですよ。何かなあと思って覗《のぞ》いたら、この番組が放送されてたの。お笑いとか、トーク番組だと、どうしても国や生活の壁が出ちゃうけど、食べるっていう人間的テーマだとやっぱりダイレクトによその国にも面白味が伝わるもんだねぇ」と話したら、驚きながら思いっきり嬉しそうに自分の顔を指さして「こ、国際スターだべ?」、に笑った。てっきり「意外な国で人気番組だったということについて」コメントすると思ってた予想が外れたことだけでなく、この素早かった訛《なま》りのタイミングにむせた。この番組の司会はきっと、「なんとなく田中義剛」ではなく、「絶対に明快な田中義剛で行く」と決められたのではないかしら。スタッフの底力を見た気がした。

○月×日

某月刊誌でナンシー関、南伸坊《しんぼう》の両氏と対談。テーマは「顔について」だったのに「浅野ゆう子と郷ひろみの某CMはなぜ寒い気がするのか」「四季ミュージカル・キャッツについて」「私の生涯でもっとも後悔したコンサートナンバーワンは」など、楽しい2時間だった。私の「ほら、えーと、あの人名前なんつったっけ？」という問いに横でナンシーさんがすべて即答して行くので、「なんでそんなにわかるの？」と聞いたら、「得意なんすよ私」。今までで一番すごかったのは、知人が「昨日さ」と言いかけただけで、「豊《とよ》丸《まる》でしょう」と当てたことらしい。

外国人が日本に来てとにかくびっくりするのは雨の日です

○月×日

このあいだ、知り合いの友達（外国人）と会う機会があったんだけど、「日本に来てとにかくびっくりした」と言うのが、なんと「みんな弱っちい雨がふってきただけなのに、いっせいに傘をシャッキン！　とさす光景」なのだそうです。案外よその国民は、雨にそのまんま打たれて歩くもんなのらしい。ま、服についた雨なんかそのうち乾くもんですけど、特に驚かされたのが、この「傘をシャッキン！」の部分みたいでした。考えてみれば「ワンタッチ・アンブレラ」というのは日本人特有の製品らしいですね。私もこの素早さは嫌いじゃないです。なんといっても「見てろよ！　雨空！　俺にはこれがあるんだ」と、外に出る時の意気をつけてくれる、あの感触がいいじゃないですか。ただオシイのが、なんとなくカッコ良すぎるっつーか、傘一本だってのにボタンひとつで何か「変ー身！」みたいなところですよね。あの音とともに「バッ！」と開くと、あまりのタイミングの良さに、「おみごと！ って自分で思ってるでしょ」と陰でささやかれてるような気がして。「思ってないですからね」とばかりに下向けて、できるだけゆるやかに押したりして。私らにも実はこんな一面があるんです、と教えたかった。

○月×日

歯医者さんに行くと、大人気《おとなげ》ない叫び声。ふと見ると隣には何と偶然コンビで来てた浅草キッド。お揃いのよだれかけ姿のままで、麻酔でろれつのまわらないしゃべりを3人で懸命にしている姿に、ふと老後のホームがよぎった。

がんばれ！ 日本代表 シミズミチコ選手

○月×日

オリンピックまっさかり。普段はそれほど興味もない私ですが、今年はなんだかよく観ている。オープニングセレモニーから観たもんね。ニセモノの鳩をつるして、まるで飛んでるみたいに見せながら走り回ってたのは、「前回、炎で一羽の鳩が焼けてしまったからだ」と聞きました。しかし、それが本当だとすると、こういったセレモニーというのは「ぜったい鳩は出さんと！」と思ってるものなのですね。「鳩、あってこそ！ で、走れ！」ですかな。あと、オリンピックに偶然私とおんなじ名前の選手がいたのにもそそられました。特にめずらしくもない名前だけど、自分以外で、いたんだ、やっぱり。と注目。「志水見千子」と書いて「シミズミチコ」。顔は似てなかったけど。あたりまえですか。「日本代表、シミズミチコ選手、今かなり前の方、陣どってますねえ」「シミズさん、走った、走った！」「シミズミチコ、ついにやりましたー、日本新記録達成です！」など、気分よかった。顔も似てたらものすごくおいしかった。しかし今までの人生、あちらはさぞかし、やだったろうなあ。どこかで名前を呼ばれた時とか半笑いの人もいたでしょうに。よりによって、やや災難ねえ。日本代表シミズミチコ、がんばれ！柔道の田村亮子選手も、思いがけない相手に負けてしまいましたね。その北朝鮮の相手が「試合の前に昼寝してた」というのが、えらい新鮮だった。寝られるもんなんですか。あんな時。君、いいのか、寝てて。夜も寝られない選手多いぞ。そう言いたい。それが。おぼこい顔して、スルッと。ねえ。昼寝を。ねえ。

小学生、今年は一輪車で日本を縦断なんでまたわざわざこの暑い夏に？

○月×日

今年の夏も「自転車に乗って日本を縦断する男子小学生」がテレビに出ていた。ここ数年、まるでシリーズ化のように夏になりゃまたがっていた小学生だが、今年は一輪車なんだそうだ。しかし、これって本当に本人の足でクリアしてるのか、それとも「そこは、ほら、わかってあげないと。大人なんだからさ」のものなんだかがどうもわからなくて、もうひとつ感動できない。できない、というか実際にわからない。あの新幹線だって、大阪〜東京間をストレートで走って3時間ほどかかるんでしょう。北海道から九州っちゅーたらそりゃ、大人だって無理に決まってるでしょう、あなた。というような気もするし、反面、努力すればできるものかもねえ、せまい日本、とも言うじゃないの、やればできるさ。という声が両方こだまする。普通の自転車の時はこうは思わなかった。よくよく自転車が好きなのね。こんな程度だったんだけど、手放しで足のみのコギで日本縦断となると、それがどれだけ大変なことなのか、それとも手は疲れない分、案外楽なのか、とわけがわからなくなってくる。自分が乗ったことがないからイメージがつかめないのかもしれない。ただ、たぶん股間がどれほど、とだけはお察しする。しかし、なんでまたこの暑い夏の季節が選ばれる。せっかくのオフに。春とかどうなの。花咲いてるわよ。

○月×日

今週はCM撮影がふたつもあった。ひとつはイチビキのお醬油、もひとつはエースコックのワンタンメン。お茶の間というより、塩分の似合うタレントなのかもしれない。Na。

私の実家のお風呂になぜか浅草キッドが！

○月×日

久しぶりに実家の弟から電話がかかって来た。弟はふだんは東京に一人暮しをしてるのだけれど、夏は実家が忙しく、バイトのために一時帰省するという、逆・出稼ぎ方式で生活している24歳。「今、浅草キッドの二人がウチに来たよ」と言う。「なんでも24時間テレビで、近所で心の温まる、キレイなロケをしてたら、急に身体を汚したくなったんだってよ」。それで家に寄るなんて本当に迷惑な話だ。実家は去年新築したばかりで、私ですらトイレにも入ったことがない。「それで、お店のえびトマトスパゲッティを食べて、二人で桃のジュース飲んで、ケーキ食べて」「それで？」「そんで、家の風呂に入ってった」「なんで入るの？」「汗かいたんだって」「なんで汗なの？」「ロケ暑かったんだって」。無性に腹が立った。二人で入ったというのも腹立たしい。しかも「お父さん、弟さんも、ご一緒に入りましょう」と陽気に誘われたのだそうだ。その上、二人はやたらめったら写真を撮って、「何かに使われる感じ」と愚鈍に弟は言う。私は実家でお風呂につかることは今後ないだろう。ウソ。しかし実家では、芸能人がウチの風呂に入った事実に、ものすごい盛り上がりをみせそうだ。

○月×日

ＮＨＫ-ＢＳで沖縄の座間味《ざまみ》に行ってきた。こんなにキレイな海があるなんて、と本当に感激した。海がキレイなんてことはわかっているんだけど、目《ま》の当たりにすると、やっぱり圧倒させられる。水平線の海と空の境目がなく、何か気の利いたことを言おうと思っても言葉がみつからず、結局誉め言葉しか言えなかった。でもめずらしくビデオに撮ってまた観た。

料理番組って料理が下手な方が面白かったりしませんか？

○月×日

「榊原郁恵と井森美幸のお料理番組を観てると、あー、女って料理できない方が断然魅力あるなって思えてきますね」と、事務所の栗田さんがつぶやいた。感心した一言だった。料理がうまい、うまくないなんてものは歌唱力のようなもので、生まれた時からすでに決定されているものだ、と私も感じてたから。習得して向上はするかもしれないけれど、もともとのモノは、その人の体質みたいに備わってたりそうでもなかったりする。けれど今の日本の便利な食生活だと、どっちでも大丈夫って感じ。とくにそれをテレビで表現するとなると、腕はそんなに大切ではない。よほどの手さばきならともかく、むしろ下手な方が面白かったりする。実際歌手ですら、歌が下手な方が私は好みなのです。普通に歌がうまいと、ふーん、で終わってしまう。あと、タレントがこういう番組に女性同士で出ると、なんとなく鼻息が荒くなってくるんですよね。「負けないわよ」みたいな。「私の方がイロイロ知ってるんだからね」みたいな。「女として私の勝ち！」みたいな。榊原郁恵さんと井森美幸さんは仲が良さそうだけど。料理番組といえば、『海ごはん山ごはん』もついつい観てしまう。ナレーションなしで、できっこないメニューも出るけど、スタジオじゃないところの料理ってヘンに盛り上がろうとしてないとこがホッとする。日テレ深夜の『ミス・アジア』の料理コーナーもいいよ。その国のミスが「毎度のお昼」ってカンジのランチを食べたり、自分ちのキッチンで普通の夕食をつくるの。ミス・アジアが。ミス・アジアだってのに。

夜中にドアをノックする音が……
オットを起こして出てもらったら……

○月×日

妙なことがあった。夜中にトントントン、とドアをノックする音が聞こえてくる。家のマンションはオートロックなのに。しかもそのノックの一回一回の音の間隔がものすごくたっぷり時間をとってて、しかも長ーく続く。こんな時間にお客さんなんて絶対あやしい。出ませんからねっと心を決め、音を立てずにシーンとしてたんだけど、それを知ってるかのようにまだ続く。よし、ドアスコープで覗いたれ、と思ったんだけど、これがなぜか怖い。覗く自分の姿が怖い。変な話これを思いついた時が一番怖かった。もう仕方なくオットを起こして出てもらった（自分は出ない）。すると、40歳くらいの女の人が立ってて（隠れて見てる私）、いきなり「ご主人様はいらっしゃいますか？」と言う。「私です」と、オット。よく見ると水商売っぽいしっかりメイクで、雨の中、なぜか傘もささないせいで全身びしょぬれで立っている。「じゃあ、間違えました。ごめんなさいね。本当に（と言って90度のおじぎ、これまたゆっくり）ごめんなさい」。再びおじぎ・スロー。これがぴっちぴちのミニスカート姿。「あのー、どちらをお訪ねですか」とオット。女性「間違えたんです」と、質問の答えになってない返事。またもや深々とおじぎをしながら「申し訳ありません。失礼します」と、手がぶらーんと床につきそうなおじぎ・アゲインして、帰っていった。酔っぱらっているようでもなし、アブナイ系の人でもなし、しかし行為はどことなく妙。まるでおじぎの練習をしているみたいなのだ。いったい何なのお？　と、しっかり帰ったのがわかってからドアスコープを覗いた。

あの、失礼ですけど
ゲームやってもいいですか？

○月×日

ＮＨＫのメイク室で西村知美さんと一緒になった。シーンとしている中、西村さんが私に「あの、失礼ですけど」と、あのかわいい声でバッグの中をゴソゴソしながら声をかける。こういう場合、たいてい「タバコ吸ってもいいですか？」が多いんだけど、出てきたのは「ゲームやってもいいですか？」だった。「どーぞ、どーぞ！」と答えると、「では」と言っていきなり一人でピコピコ鳴らし始めた。関根勤《つとむ》さんの「西村知美のマネ」は完璧だったのだ、と背中で納得した。

○月×日

新番組が始まって、名古屋へ行って来た。大塚範一《のりかず》さんと、海砂利《かいじゃり》水魚《すいぎょ》と私と4人がレギュラー。収録後に記者会見を終えてから別のスタジオに移ってラジオを2本録って「味噌煮込みうどん」を食べる。ぜったい新幹線で眠るぞ、と思ってたら、偶然ヘンなもの発見。なんと、私の座席の前に置いてあった雑誌の中に忘れ物らしきメモがはさんであるではないですか。しかもタイトルらしき文字が「関東の芸人に負けないコツ」とある。「東京の」ではなく「関東の」としたあたり、きっと関西から乗ってきた大阪芸人さんのではないかと思われます。えらく生真面目な文章が小さな字で細々《こまごま》と書かれていて（メンタリティを保つためにはとか、自己顕示欲の増大化など）、むつかしくてよくわからないことばっかだったんだけど、最後に「まとめ」としてあり、ここだけいやにシンプルだった。1・声を大きく前に出る。2・ネタに自信を持つ。3・服は自前で。3に笑った。3はないんじゃないの。まとめなんだし。

「鏡はあるかね？」スッチーのレシェンテ右手に髪をすく元首相

○月×日

ＮＨＫで高嶋政伸さんにバッタリ。目が合った瞬間、とても嬉しそうにニッコニッコして「こんにちはー」と挨拶された。私までニコニコしてしまった。そういえば、知り合いが通ってるスポーツ・ジムのウワサで、政伸さんをよく見かけるんだけど、いつ見てもニッコニッコして歩いているんだよ、と話していたのを思い出した。その後、彼はルー大柴さんのマネージャーさんに「ルーさん、いますか？」と聞き、「いますけど今、本番中で」と言ったら「じゃあ、挨拶だけ！」とニコニコスタジオに入って行かれたのだそうだ。本番中だってのに。

○月×日

毎年やってくる学園祭シーズン。タレントだけじゃなく、秋はみんながそうなるらしく、飛行機や新幹線で、いろんな有名人を見かける。今日は機内で宮沢元首相と席が近かった。たくさんのSPがついていらした。なにも、そんなにつかんでも大丈夫よ！　とはげましたくなる。そのうち、スチュワーデスさんに「鏡はあるかね？」とお聞きになった。「は。鏡ですか。えー、個人のものでよろしければ、私のものがありますが」「いいよ貸して」。しばらくしてスチュワーデスさんの「レシェンテ（資生堂）」右手に髪をすいていた。そんなに髪もなかろうに。あんな姿を見てしまうもんだったら、SPも鏡くらい用意すりゃいいのに、と思った。帰りの機内では貴乃花さんを見た。ちょんまげってのは、頭になついたペットみたいだ。ペッタン、と横たわっていてよしよし、となでたい感じ。しかしその鬢《びん》付け油の匂い。あれは何の成分なのか。数秒クラッ。

お母さんに言いつけられたってのは
この業界に入って初めてだ！

○月×日

大阪で番組の収録。帰りの駅で時間が余り、本屋さんで立ち読みをしてると、「何してまんの。中国人みたいな洋服着てからに」と親しみのある声。見ると木村祐一さんと板尾創路《いつじ》さんだった。しばらく立ち話をしたんだけど、芸能人同士が出会った時のいわゆる緊張やその空気がまったくなく、「さすが、大阪キサク」としみじみ思った。

○月×日

そんな翌日、学祭の帰りに名古屋から新幹線に乗ろうと駅の階段を登ったあたりで、林家こぶ平さんを見かけた。しかし、なんとその瞬間、彼はサッと身を隠すではないですか。あれ？　と思ったけど、まあ疲れてるのかもしれん、それもわかるよ、こぶちゃん。と、私も大人の顔で「見てないフリ」をし、ひとり週刊誌を読み始めて5分。気がつくと、すぐ隣に彼がいるではないですか。しかも今度はお母さんの海老名香葉子《えびなかよこ》さんが隣にいらっしゃったのでまたびっくり。「あ、お母様、はじめまして、清水ミチコですー」と挨拶したら、こぶちゃんったら「お母さん、このミッちゃんっていうのはネ、僕ら一家のことをネタにしてバカにしてるんだよお」なんてニコニコ紹介する。じわー、と悪い汗が出た。実際本当にしてるんで立場がなかった。お母様は「あら。そうなんですか」。口調はたんたんと、メガネはキラーリ。いきなりだったんで言い訳も思いつかなく「もう。ねえ。本当に」なんてワケのわかんない挨拶で早々に逃げた。さっきは身を隠したワケではなく、お母さんを呼びに行ってたのか。それにしてもこの業界に入って、お母さんに言いつけられたってのは初めてだ。面白い世界ですな。

私の家の独自の食べ方
肉屋さんの「鍋の中には牛一頭」

○月×日

『ＴＶじゃん!!』に出演。コーナーの中で「私の家の独自の食べ方は何か」という質問があったんだけど、ある女子大生がフリップに「鍋の中に牛一頭」という絵を出していた。牛鍋にしてはえらいザツなイラスト、と思っていたらなんとその子のおうちは肉屋さんで、「生まれたての子牛をそのまま煮る」というのがあるのだそうだった。すごい。お客さんの中にはそれだけを求めて買いに来る人もいるという。どんな味なんだろう。人間の食欲って強力に貪欲だ。ナマコも納豆も初めて食べた人は偉いってよく言うけれど、私はエビもすごい、と思うことがある。だってアレって虫みたいではないですか。今は慣れが手伝って平気とされているけど、よく食べようって思ったね。とくにあの小さいエビなんてまるっきり、虫。あと、関係ないけど馬が食べる干し草っていうのはおいしいのかしら。味覚ないのかしら。さもおいしそうにザーバザバ食べているのを見ると、「あっ、どんな味？」と思う。反対に食べてみたいとも思わないのが「あんかけ」。いつもムシします。要するにタレに自信がないからあんでごまかしているの。そう感じられてしまうのです。和なのか中華なのか。麺といえば、私が今気持ち悪いと思うCMっつったら某タレントが大アップでうどんを食べるヤツ。向かい合う女性も口元大アップでうどんをすする。しかも汗までたらしてて、ウヒーと思う。こないだまた観たら頭からユゲが出てることにも気がついて、決定的ダメージ。熱い麺のCMにとって、汗は絶対マズくない？　私が社長なら絶対口出ししたな。汗はダメよ、と。

1997年

文明と肥満は比例するか？
テレビに芸は必要か？

矢沢永吉さんコンサートに行ってきました
ホントにいっせいにタオル投げるんですね

○月×日

ニッポン放送から「矢沢永吉コンサート」のチケットをいただき、行ってきました。おーもしろかった。噂には聞いていたけれど、本当にいっせいに頭上にタオルを投げるんですね。お客。どんな曲にもスローにはスロー、アップテンポには細かく早めと「永ちゃん」コールをうまいこと合わせるし。オープニング前にも、客席から男性がステージに上がろうとし、それを警備員に注意されるやいなや、その彼に会場から起こる拍手喝采。それにこたえて手を振る彼。そこへまた拍手の嵐。もっと早く行ってみるべきだった。矢沢永吉さん本人の器がデカイ感じがした。スタッフに辛《つら》くあたったり、せこせこマリファナ吸わなそうな気がする。と同時に思い出したのが彼の「死体発見事件」。確か8年ほど前、リゾートに出かけた海の沖で、「矢沢永吉さん死体発見」と新聞にでかでかと載ってたんですよ。「あれ、死体じゃない？」というセリフ付き。このシーンをだぶらせつつ、ステージを観届けた。男だねえ。ただMCは何を言ってるのか時々よく聞き取れなかったのが残念。タオル投げた。

○月×日

野沢直子一家がウチにやってきた。逆輸入の形でCDを出すためのレコーディングで帰ってきたのでした。コドモたちがファミコンに夢中になってる間にも電話が入る、ごはんは炊きあがる、ボブはおならをする、ジュース飲みたいって言ってる、英語になってしまう、煮物こげる、たまたま客が来る、おもらししちゃった、コドモひとり足りない。と、話すヒマもない、と判断し、翌週は二人でコドモを夫にまかせてクラブに遊びに行ったのでした。

お正月はロスに行ってきました
感情表現について考えました

○月×日

お正月にロスに行ってきました。買い物したり、太陽浴びるんだもんねー、と思ってたら、天候悪くて思いっきり寒いし、買い物も欲しいと思うような洋服もそれほどなく、ただ一週間ダラダラしていました。そのダラダラの中でテレビを観ていると、子供番組の中で、ほほう、と思わせるシーンがありました。「幸せなら手をたたこう」をみんなで歌っているんだけど、それが、とてつもなく過剰な演技。子供たちがみんなひっくりかえりそうなくらいに「幸せーー!」な表情で歌い踊り、パンパン！ と手をたたくわけです。2番の「悲しいなら足ならそう」の時は急にさめざめと悲壮感いっぱいに足をドンドン。なるほど、アメリカ人はこうやって子供の頃から感情表現のメリハリをつけさせるのね、だからあんなにいちいちがオーバーな感じになるのかも。そう思っていた深夜、日本より遅れてNHKの『紅白歌合戦』もやっていたんだけど、司会がやたら落ち着いて見えた。私ももう少し感情にメリハリつけてみようかと思ったその翌日、靴屋さんにいたら「清水さん、サインしてくだしゃい」と声をかけられ、思いっきりのニッコリで振り向いたら、なんとたまたま来てた清水圭《けい》さんだった。イタズラだったのだ。「何や、いつもそないニコニコ対応してはりますのかいな。今、俺こんなところで声かけたら、どんなに迷惑な顔しよるやろ思って期待してたのに」と言う。「いやいや、いつもはしてないよ、絶対してない！」とあせった。結局は大胆な感情表現なんて嫌いなんだな。

○月×日

時差ボケにいいと言われたメラトニンを飲んだら12時間熟睡して驚き、そのあとまた5時間も熟睡。

「なにかモノマネを」と言われホーミーを披露 誰も知らない。もったいな〜い

○月×日

ユーミンのコンサートに横浜アリーナまで行ってきました。MCの途中、「さあ、みんなでいっせいにホーミーをやってみましょう」と言われて、私も得意になってうなった。実はこのところ車の中でずっと練習してて、怖いくらいにどんどんうまくなってゆき、「どこかで披露したい」と思ってたのでした。いや、ホント、ビイーン、と頭蓋骨全体っからしっかり響くんですから。癒しの声なんだそうで、何人か病人治せるくらいだそうですよ(?)。でも誰も真剣にやる人などおらず、短めでおしまいになってしまった。みんなちゃんとやらんかちゃんと。

○月×日

『SMAP×SMAP』のコントのコーナーにゲストで出た。台本に「なにかモノマネを」と書かれてて、待ってましたとばかりに今度こそホーミーを披露。ただ誰もホーミーなど知っちゃいなかったようだった。ちゃんと知っとかんかちゃんと。この日久しぶりに会った柴田理恵さんが、相変わらず面白かった。たまたま私はその日、あるパンク系の店で買ったおもちゃの「目のデザインの指輪」をしていたんだけど、たまたまそれを見つけた木村拓哉《たくや》さんが「それいいっすね」とやたらほめてくれ、その声を聞いた隣の柴田さんが「どらどら」という顔でじっと指輪を見つめはじめたかと思うと、急にヒソヒソ声になって「ミッちゃん。あんた……」と言って私の顔を見つめ、そのあと言いにくそうに、かつやさしそうに「義眼だったの？」と聞いたのだった（マジ）。帰りの車の中でマネージャーのコトミちゃん（今度結婚）に「祝婚歌としてのホーミー」を捧げてあげた。

大阪の番組では別人になる板東さん「わしゃ恐喝疑惑のある男やねんで」

○月×日

大阪へ行ってきたで。板東英二《ばんどう》さん司会のクイズ番組だったんだけど、板東さんは東京での番組とは全然違う、別人格になっていた。ものすごいリラックス、というかおやじ。パンツ一枚で司会してるみたいだった。「みんなわかっとるさかいええやろ」と、ゲスト紹介を省略する声にすら、地元での自信が溢《あふ》れてた。「板東さんて東京と全然違う！」と言ってみたら、「あんたな、わしゃ、恐喝疑惑のある男やねんで」とヒヒヒヒーと笑い、クイッとペットボトルごと水を飲んだ。これが『マジカル頭脳パワー』で観られたらどんなにスカッとすることか。

○月×日

和田誠さん演出の『マザー・グース・コンサート』に参加した。黒柳徹子さんが司会で、総勢60名の豪華メンバーが全員ステージに座ってるままで、一人ずつが歌を歌っていくというシステム。私の右隣は中井貴一《きいち》さん。左は熊倉一雄さん、その隣に鳳蘭《おおとりらん》さん。私は以前「鳳蘭のマンボ」という曲を出しており、ペコッとしてみたら、ニッコリとほほ笑みを返してくださり、「やったね、クリア！」と思ったんだけど、鳳さんはそれどころじゃなく、「こんなの初めてで緊張してるの」と蒼白《そうはく》でいらした。岸田今日子さんや大竹しのぶさんら大女優陣もなんと、ああ怖い、緊張してるわ、なんて震えていて、こんなところだけはやたら強心臓の私は「あれれ、何です、みなさんゆっくり楽しみましょうや」と声をかけてあげたいくらいだった。しかし、ついうっかりオープニングの全員合唱のところで泣けてきてしまった。これは私の昔からの体質なんだけど、一人で感動してるみたいで、いまいましかった。

私はムズムズしてたまらなくなると
そっと夫のモノを新聞紙にくるんで…

○月×日

ＷＯＷＯＷのドラマ『そして天使は歌う』に出演。喰始《たべはじめ》さんの演出で、決められたセリフはいっさいなく、各自でその役柄になりきって進んで行くというイメージシステムというのが楽しかった。収録中、喰さん本人の部屋にお邪魔したんだけれど、マニアのイメージの範疇《はんちゅう》を超えた、昔のマンガ本やら怪獣の人形が部屋いっぱいに飾ってあって、見てるうちにそれらをすべて捨てて、スカッと掃除したくてたまらなくなり、ムズムズした。私は時々夫のモノ（レコードや本）がたまってくると、そっとわからないようにひとつふたつ捨てている。なぜだか「モノがたまってゆく部屋になる」のが怖いからで、でも、見つかったらどうしよう、いや、今だ、寝てるし、で、ドキドキしながら新聞紙にくるんで捨てる。「あ！　また捨てたろ」と叱られる。でも止められない。絶対男のサガには「ためたい」という行為が存在している、と思う。実際、女友達で何かを大切にコレクションしている人っていないもんなあ。

○月×日

番組の収録でジャズバンドにピアノで参加した。私はアガってしまい、途中でいくつかのフレーズを飛ばしてしまったのだが、こういう時は「ヘタな人に合わせてあげる」のが流儀らしく、いちおう終われた。めっちゃくちゃ気持ちよかった。こんな快感があるとは知らなかった。「初対面の5人で漫才をすることが可能なんすよ」と言われているみたいで、挨拶、会話からオチまで自由があって、決まりがある。あと、わからなくなったら目で合図する、巧い人はカツゼツが良く、ヘタはウケねらいがくどいなど、想像しては納得し、ヒザをたたいた。

♪シンミッズーはオットッコー、オットッコー

○月×日

番組で久しぶりにナンチャンと会った。バス移動で栃木までのロケだったんだけど、「カメラはいちおう回しはしても、完全に普段のままで、何もしないでいい」なんてことを強く押されるという、たいへんラクチンなお仕事。ナンチャンも眠そうだったんで、景色でも見ながら私も隣で眠るばい、と思ってたら、これがなかなか寝付けず、MD（ニナ・ハーゲン）を聴いていたら、ナンチャンが「何聴いてんだー？」とヘッドフォンを取り上げた。私は昔っからよくこの男に勝手に物を取り上げられる。前は「何入ってんだー？」とショルダーバッグを取り上げられ、バッサバサと中身を点検され、

「うわっ！　おまえ、これでも女かよ！」とさも呆れ果てたように言われた。「なんで」と聞くと、「だってパクト入ってないじゃん」。パクト、の語感に脱力しつつ、「そんなもんは人それぞれでねえ」と説明しても全然耳に入ってない、という顔で「シンミッズーはオットッコー、オットッコー、オットッコー（『メリーさんの羊』のフシ）」とハナウタを何度もフユカイな表情で歌われた。今日はそのヘッドフォンを渡しながら「オメーこんなもん聴いてんのかよ、ワッハッハ」と笑う。「あれ、知ってんの？」と言うと、「アレだろ、聖飢魔IIだろ？」ときた。昔は、「なんでウッチャンってのは、こんなに面白い人とコンビ組んでんのにいつも疲れてんのかしら」と疑問だったが、今日わかった。

○月×日

東京駅で、「走る神田川俊郎《としろう》」を発見。そのあとすぐに、「おじゅうセットを持って、彼を追って走り抜ける白衣の男子たち」を見た。なぜか笑えました。

私がいままで出会った有名人せっかちナンバーワンはこの人だ！

○月×日

テレビのロケで周富徳《しゅうとみとく》さんと高山に行ってきた。周さんというのは、私がいままで出会った有名人の中では、せっかちナンバーワンだ。いつかのテレビ番組では、ファミリーレストランで打ち合わせとなり、スタッフが遅れて到着するまで、二人で待つことになった。普通、ファミリーレストランでは「自動ドアが開く」→「ウェイターがやってくる」→「何名様ですか」→「お席にご案内します」→「メニューをどうぞ（パラリ）」という流れがあるものだが、周さんはその流れを止めた。自動ドアが開いたと同時に「ハンバーグ2つ」と、指でVサインを出し、勝手に人のオーダーまでしてしまう

（私、ハンバーグ苦手なのに）。ウェイターも「はいっ」と返事をしていた（できんじゃん）。この高山でのロケも、見てるだけで面白かった。バスで待機という時間にも、スタスタと一人でそこら中歩いたり、買い物したりと、まるで若い女の子だ。ロケが終わってから、旅館で懐石をごちそうになったんだけど、中盤で出てきた「ひとくちすき焼き」についてくる、お肉なんかにつけるための生卵をそのまますき焼き鍋に入れ、「不思議な目玉焼き」を作っておられたのにも驚いたが、「火力が弱いな。ローソク（固形燃料のこと）もう一本！」には笑った。旅館の上品なおかみさんも「まあ、ご冗談を」なんて言ってたが、かまわず「懐石は全体的に遅いな。どんどん出さないとなっ」とえらいスピードでせかせか食べ、「お疲れさまっ」と言うやいなや半裸になっている。「周さんどうしたの？　なぜ脱ぐの？」と聞くと、「下に温泉見つけた」とだけ答えた。

いつもさも普通の人みたいなワハハの梅ちゃん。もっと自意識持って！

○月×日

ニッポン放送のイベントで、ワハハ本舗の梅ちゃんこと梅垣さんに会った。日比谷のホテルの上品な喫茶店で待ち合わせだったんだけど、梅ちゃんはすでに濃厚なメイクとハデなドレスのまま、すましてカレーを食べていて、それだけでもおかしいのに、「あら、ミッちゃん、おはようございまーす」と、さも普通の人みたいにサラッと挨拶をするのがもっとおかしかった。「その自然に挨拶するの、やめてよー。もっと自意識持ってよー」と言ったら、「えー、なんで？」と聞き返された。前に会った時もそうだったのだ。会議室で梅ちゃんが「とても普通の顔」で、お尻をずらしたかと思うと、プッと音を出した。普通ならここで、まわりの人間も嫌そうな顔をしてみせるもんなのに、そこにいたワハハのメンバーたちはササッとまわりに集まったかと思うと、「あっ、だめだったあ！　オシー」だの、「遅かった。嗅《か》げなかったー！」なんて口々に言ってるのだった。これがまた自然で、「今、私たちは変なことしてまーす」が、全然なし。みんなの声を聞き流す梅ちゃんもずーっと普通の顔でいて、みんなも普通に席に戻った。「あん時も私はこっそり笑ってたんだよ」と、私がその時の話をすると、「あっそう。でも最近の若いヤツってさ、オナラするとヤな顔すんじゃん。自然なことなのにサ」と、プライド高い女優みたいな顔でタバコをプカーッとふかしてツンと言うので、ますますおかしかった。

○月×日

4月からのテレ朝の新番組『ゼウスの休日』の収録があった。花粉症でくしゃみの連続の中、市販の飲み薬にとても助かりました。

「落合先生じゃありません？」誰だ、その先生って

○月×日

大学の入学式イベントに呼ばれて、福岡ドームで1時間のライブ。しかも時間の都合上、リハなし。後ろにあるモニターに、大きく自分の顔が出てニッコリほほ笑むのが見たかったが、当然、ふりむいてもふりむいても後ろ姿しか見えなかった。私はこういうでっかい広さほど、がぜん強いというか太いというか、全然緊張しない。むしろジァンジァンみたいな狭い空間の方が怖くなる時がある。私は他人のステージ・ブルーにとても興味があって、会うタレントさんや芸人によく「本番前ってどうなる？」と聞く。返ってきた答えで印象にあるのは、「嘘でも俺は世界一だ、と念じる」「胃液を吐くとス

ッキリする」「いいところを出そうと思うからダメなんで、つまんないところを見ててよ、と思いながら立つ」など。面白かったのは、某人気アイドルの「わけのわかんない、やくざっぽい人たちの前って怖い」です。返答に窮した。いったいどんなシゴトなんですか。

○月×日

『TVじゃん!!』収録で、大阪へ行ってきた。帰りにおなかがすいて、メイクもとれかけだったが、新幹線のビュッフェで、マネージャーと差し向かいで食事となった。そのうち、隣のテーブルで食べていた夫婦のうちの、奥さんの方がキラキラと近づいてきて、私に耳打ちをする。「落合先生じゃありません？　落合先生じゃ？」。誰だよ、その落合先生って、と心の中で笑いながらも「や、違いますけど」と礼儀正しい感じで答えたのだが、席に戻る途中、自分で鏡を見たら、落合恵子さんの目のクマにそっくりだった。

「わあ、立ってる立ってるー」by幸代
それっていったいどういうことなの？

○月×日

私はお米料理を作るのが好きなのだが、昔からずっと疑問だったのが、「お米が立ってる」という言い方だ。これっていったいどういうことなんだろう。電子ジャーで炊いても、鍋を使ってガスで炊いても、それなりにうまく炊けるんだけど、「すべての米が起立している状態」なんて見たことがない。どう見ても何粒かが「たまたま、立ってるみたいに見える」だけなのである。しかし、CMでも炊飯器の中を見ながら十朱《とあけ》幸代さんは「わあ、立ってる立ってるー」と毎年嬉しそうに言ってたし、こないだは料理番組の中で、できたてのごはんに対しての成功例として、司会者がそう言っていた。やは

り、米はうまく行くとちゃんと立つものらしい。しかし、実際に全部がぎっしり直立してるとしたら、見た目に気持ちが悪そうだし、だいたいそんな状態を一度もアップで見たことがない。名のある和食のお店に食べに行っても、ごはん茶碗に盛られた米は「炊き立ての時は全粒で立っていたけど、しゃもじで器に盛られたから、横になってるものとかもあるのです」と言っていそうで、とにかく確かめようがないものだ、と思ってた。しかし、こないだ番組で料理の先生に会える機会があり、その点について真剣に聞いてみたら、「立ってますよ」とジャーの中を見せてくれた。のぞき込めば、そこには全部縦横バラバラのどってことないごはん。それなのに先生は「ね？」と押した。「ええと、じゃあ立ってる、というのはどういうことなんですか？」と聞くと、「全体、なんかピカピカッと炊き上がってると、立ちあがってるな、そんな感じじゃない？」とサバけた感じで答えた。

某番組でサッチーと遭遇
やっぱりなぜかでっかい態度…

○月×日

スタジオから戻る途中の高速で、突然サイレンが鳴り、私の前にいたビーエムがスピード違反で捕まるところを発見。今まで気がつかなかったんだけど、覆面パトカーが普通車からパトカーに早変わりする時って、わざわざ窓から手を出して、アンドその手でパカッと屋根の部分に赤いランプをくっつけるものなんですね。マンガみたいだけど、仕事の中の「ちょっといい一瞬」じゃないかと見た。それをマグネットか吸盤のようなもので接着。なんだか車がキャップをかぶったみたいに見える。しかし捕まったヒトは「運が悪かったねー、とはなんだ、どういう意味だ、おう」と文句をつけていた。

ランプはくるくる回っていた。

○月×日

番組でサッチーこと野村夫人と会ったんだけど、やっぱりなぜかでっかい態度だった。本番が終わって帰る時に、普通にスタジオに見学に来ていた一般の奥さんをつかまえて、「この番組、いつ何時に放送されるのかしら」と（スタッフじゃないのに）聞いて、「えー、わかりません」と言うと、「じゃ、聞いてきてちょうだいっ」と言い、その奥さんもなぜか走って聞きに行くと、サッチーはなんとその聞いた足でスタスタと車に乗り込み、反対方向にエンジンをかけて走り出そうとする。と、奥さんが走ってきて「ハアハア、すみまっせーん！　野村さああん！　○月×日の○時だそうですうっ！」と叫ぶと、冷静に「あ、そう」という返事。車が走り去ってから、その奥さんが力の抜けきった顔で「……何なの、あのヒト」とつぶやいていた。同感しました。

「皆様、今年の7月にご注意ください。では、次の曲です」byジュディ

○月×日

某番組で、司会の方に「ところで、清水さん、あなたの将来の夢は何ですか？」と聞かれてしまい、困った。私はこの質問にはホントーにイメージがつかめないというか、具体的にわからないままでいる。これって何なんだ？夢って何？　たとえば、私はとりあえず、いつかは運転免許をと思っている。あと、ホームページを開く。しかしこれは夢じゃなくて欲ですよね？　願望というか。この質問はもっと「聞いてるこちら側が気持ちの良くなるような、デラックスで大きな答え」を欲しがっているように見える。年末年始の取材なんか必ずこの質問ばっかかで、いつかライターの方に「じゃあ、あなたの場

合だと夢って何持ってんのー？」と聞いてみたところ、即座に「僕はいいですよ」と返ってきた。あ、逃げた。しかし、私はこの質問にはっきりと、かつ雄弁に答えられる大人に、ろくなヤツはいないんじゃないか、またはどっかがコドモっぽい少年なのではないか、ともにらんでいます。

○月×日

知り合いの放送作家が、ジュディ・オングさんのコンサートに行ってきたところ、後半のMCで「私が長年ずっと信頼している、風水の先生によると、今年の7月に東京があぶない、とおっしゃっています。みなさま、どうぞ、ご注意ください。では次の曲です」と言ってイントロが始まった、という話を聞いた。どうぞ、って。歌うって。このところ1999年が近いせいか、おっかない噂はよく聞く。しかし、ここには「ジュディ」「風水」「歌」の三つ揃い・しっくり。美しい。

今、あらためて食べてみるとそうおいしいとも思われないが

○月×日

薬局に行って「入浴剤クナイプ」を買ったついでに、久しぶりに「強力わかもと」を買ってみた。別に胃が悪いとか、具合が悪いわけじゃないんだけど、ふと食べたくなったのだ。私が小学生の頃、これを1錠食べてみたところ、どういうわけだかこの不思議な味がたまらなく好きになって、しょっちゅう親に隠れては一気に30錠ぐらいポリポリ食べてしまっていたのだった。当時、このなんとも知れない味の良さは、夏休みに遊びに来たイトコの女の子までしっかり浸透し、彼女も親にばれないようにそっと、しかし10分の1瓶くらいは一日で食べてしまっていたようだった。親にばれて、「あんたた

ちはなんでこんなものをこんなに飲むのか？」と聞かれたが、そこではなぜだか理由を聞かれる程度で、そう叱られもせずに済み（当時は1000錠くらいの大瓶が常に置いてあった）、図にのった私は、イトコが来ると、「あれ、食べる？」と聞いては二人でわくわく薬箱を開いて「強力わかもと」を探したものだった。今、あらためて食べてみると、そうおいしいとも思われないのだが、この「酵母の風味が妙においしくてたまらなかった」という、なつかしい味覚が即攻で鼻と舌によみがえる。「酵母」というのは、実はあらゆる食材の旨みでもあるのだから（海老や蟹《かに》などの甲殻類やビールの風味）、そう間違ってもいなかったのでは、と思うのだが。ちょうど私が食べていた頃と、娘が同じ年頃だったことを思い出し、「どう、ママはこの味がたまらなかったんだよ。でも癖になっちゃダメだよ」と1錠だけ口にプレゼントしたら、「おえっ、くさっ！」と言って、吐き出した。

変なもんに似とんのとちゃうで アイドルやねんて

○月×日

読売スタジオの廊下で、笑福亭鶴瓶《つるべ》さんにばったり。「ミッちゃんなあ、あのなあ、あんたあれに似とんのや、あの、なんていうたかな。このこと、あんたに会ったら言わな言わな思うてたんや。ほれ、誰やったかな。ここまで出とんねん」「知りませんよ、そんなこと。じゃ、さよなら」と、いつも鶴瓶さんには強気で出る私。「待てて。いや、それがな、変なもんに似とんのとちゃうで。アイドルやねんて」。止まる私。振り返る私。「何かヒントないっすか？」「今マネージャーに聞いてきたるわ。おい、あの子なんちゅーた？」「みさとちゃんですか？（でもまさか、全然違うし）」という絶句的マネージャーの顔。なんでもタテミサトさんという美少女が、「なんでかわからんけど、笑ったほど」似たところがあるらしい。私としたことが、その方の名前すら知らなかった。とりあえず、わーいと喜ぶ。でもそのあと、「な、あれも似とるで。あのな、吉川ひなのちゃんの顔とな、染之助《そめのすけ》・染太郎《そめたろう》のお兄さんの方」と嬉しそうに、ふっふふと笑いながら言ったので、「どうでもいいです」と言って、さっさと帰ってきた。

○月×日

ＮＨＫのパソコン番組に出演。御時世だねえ。司会者の方からパソコン番組らしい、いろんな専門用語が出てくるのはわかるが、中でもびっくりしたのは「では、清水ミチコさんの愛機を、どうぞお写真で見せて下さい」だ。なんか「愛機」って、耳にするとやーらしいカンジ。しかもお写真で。「じゃ、思いきって、私の愛機、お見せします」と言って、出してきました。

文明と肥満は比例するか？
テレビに芸は必要か？

○月×日

深夜におなかがすいて、その日の夕食だったチキンカレーと、ナン（冷凍）をレンジで温め、さあ、ビデオ観ながらお夜食いただきまーす、と食べ始めようとしたら、いきなり電気がブチッと切れて、部屋中が真っ暗になった。停電。久しぶり。これがすぐ終わると思ったのに、そうでもない。しーん。でも大丈夫、私は食べますよ、とばかりに負けずにさっさかローソクの明かりをつけて口に運んだんだけど、一口目からどうにもおいしくない。夕食の時は確かにおいしかったカレーなのに、何なんでしょう。しっかり熱いというのに、香りや味がしない。いや、しないわけはないんだけど、ピントがはずれてしまってるカンジ。味がぬるいというか、たるいというか。暗くたって、感じる舌と味覚は同じはず、と自分を励ましてもダメだった。不思議。学生時代、おなかがペッコペコにすいてるのに、ディスコの中で食べる食事がどれもこれもひどくまずい、と思ったものだが、これは食品の悪さよりも、実はそこの暗さが大きな原因だったのか、と思った。なるほど文明と肥満は正比例するな、と判断しながらひとりカレーを持て余した。

○月×日

『金曜テレビの星！』で、大竹まことさんと一緒になった。何かの話の途中で、私に「あんた、自分の芸があるからいいよな。俺まったくないんだよ」と言われた。私にあるかないのかはともかく、テレビに芸ってものが本当に必要なのかどうかはいまだにわからない。「なんだか、ないくらいの方が軽くてカッコよくない？」。そう大竹さんに言おうとしたら、本番が始まってしまった。

『ゲゲゲの鬼太郎』のイントロは「右、左、右、右、…左」と右足多めです

○月×日

日テレ『TVじゃん!!』に最近やたらはやってるゲタを履いてったんだけど、廊下を歩きながら、不思議だーと思ったことを書きます。よくゲタを鳴らす音に「カラン、コロン」という表現を使いますが、これって擬音だとばかり思っていたら、誇張でなくて本当に右足の1歩目が「カラン」。続いて左足で「コロン」と、音が確かに違うもんなのです。同じように体重がかかってるはずなのに、なんで左右で音色が違うんでしょうか。ちなみに左足を軸にして動かさずに、右足だけで頑張って2歩進めてみたところ、確かに「カラン、カラン」なのでしたし、左足から歩き出してみると、「コロン、カ

ラン」と、音が逆から始まってました。となると、『ゲゲゲの鬼太郎』は、イントロで考えると「右（カラーン）、左（コロン）、右（カラン）、右（カラン）…左（コロン）」。「右、左、右、右…左」と、右足を多めに歩んでいるのがわかります。

○月×日

この期《ご》に及んで、なぜかなぜか生まれて初めて耳に穴を開けた。もちろんピアス用だが、通す時はなるほど噂通りで、あっという間にすぐ終わったのだけれど、そのあとじわんじわんと不快なカンジがとれない。とくに夜、眠ろうとしても眠ろうとしても耳が気になって仕方がない。「ひっかけたらどんな痛み？」と考える自分がキモチ悪い。このまま1ヶ月くらいはめ込んだままでいないと、身体が傷だと認知して、すぐに穴をふさいでしまうのだそうだ。血が出ないのが不思議だったが、それは人それぞれ違うものなのだそうだ。おしゃれってのも大変ですな。

心が通うねナシゴレン
ミーゴレンもアルデンテ

○月×日

マレーシアはペナン島に行ってきた。旅立つ前に、ちょうどこの『ＴＶブロス』でマレーシア旅行記を書いていた方（ウルフルズさん）がいらして、お、と思っていたのでしたが、アジア方面のいいところは食べ物がオイシー、につきると言っても過言じゃないでしょう。あとホテルの部屋が広いってのと（海、茶色だったけど）。特にこのマレーシアはイギリス領だったこともあり、イギリス料理からインド料理（タンドリーチキン、カレー、サモサ）にマレー料理（サテ＝串焼肉やスムボート＝汁鍋）から中華料理（特に焼麵、ダック類）までどれも本格的で、レストランを決めるのに悩み、さらにまたメニューを決定するのに悩ませてくれる。思えば私はメニューを見る、というより集中して読む、というタチで、生活の中でこれ以上の幸せはない、と言えるほど充実した時間なので、せかされても一休さんのように「あわてない、あわてない」の精神世界だ。ただ今回全く迷わなかったのはナシゴレン（ナシ＝ごはん、ゴレン＝炒める）で、これは初日に食べて感心し、毎日注文することに。硬めの米がパラッパラとしていて、味そのものは薄く、コクはしっかり。心が通うね。料理のうまい国というのは舌よりも歯で感じるのかもしれない。ミーゴレン（ミー＝麺）も硬めにゆでてあって、ガーリックのオイスターソースで炒めてちょうどアルデンテ、になってます。ちなみに街のジャパニーズレンタルビデオ店では『半七捕物帳』『知ってるつもり?!』『笑っていいとも！』がイチオシのところに置いてあり、映画館では『Mr.ビーン』が大人気のようでした。

先生はボケではなくツッコミをなさってた方ですから…

○月×日

『ビバリー』で、萩本欽一《きんいち》さんとお会いしました。萩本さんが、「最近のウチの若手女性コメディアンは優秀でネ、ツッコんだ時に、つまり手でピチャッとおでこなんかをたたかれたりした時に、目をつむらないという訓練をしてたワケ。どうしてかわかる？」「いや。わからないです。どうしてですか？」「そうすると、観ているお客さんが、ああ、本当は痛くないんだ、とわかるからなのよ。不安にさせないワケね」とのことでした。「じゃ、師匠である萩本さんも、当然おでこたたいても目をつむらないですよね。どれそれ失礼します」と言って、おでこをペチ、とたたいた。そうしたら、ものすごくゆっくりまばたきをされたので、「あ。した」とつい言ってしまった。あとでちょっと関係者の方に注意されてしまいました。「ツッコミにツッコんじゃいけないのネ」と萩本さんもおっしゃってたそうです。すみませんでした、と何度かあやまりながらも、なんだかおかしかった。私もどうやら天然なところが多々あるらしいので、気をつけないといけないです。

○月×日

『NHKのど自慢』を、久々に観た。今の若者はチャラチャラしてばっかりで、という世論の定説をくつがえすような、おぼこい女子高生やら、真面目そうな魚屋さんの息子さんの熱唱など、全然昔と変わってない日本の若人《わこうど》大集合！　を発見。ここには、まだいるんですな。というか、こういう若者の方が実はまだ多いのではないか。派手なタイプばかり目立つからチャラチャラ人口が多いように見えるだけでは、なんて思いました。

私が異常に多いのか？ それともこのくらいが普通なのか？

○月×日

「おったまげーしょん」という、名前はひどいが、面白いモノを手に入れた。いったい誰がどうしてこういう現象を具体化するってことを思いついたのだろう。感心する。これはロウで固めた筒状の布を耳の穴に入れ、それをなんと火であぶり、区切りの箇所まで燃やしきることによって（熱くはならない構造になってる）、どういうわけだか耳の穴に空気圧が生じ、今まで見たこともないような量の耳アカを取り去るというシロモノ。「おったまげーしょん」、これはズバリのネーミングだったのだ。驚くと、人は笑ってしまうもんですな、ということまでわかりました。しばらく笑えた。こんな耳アカをどんとつけたまんまでよく今まで人前に立てたものだ、私。しかしそれなりにそんな恥ずかしさを通り越して感心させられるね。快感の方が強い。早く知人に買ってあげたくなる。できたら見たい。その人のを。私が異常に多いのか、それともこのくらいの量があって普通なのかということを知りたい。ちなみに聴力が良くなったという気はなぜかほとんどしない。それよりも頭脳明晰、つーか、鼻の通りが良くなった人っていうのはこういう感じでは？という感触があとに残ります。これをどこかの番組でやってくれないかな、と思った。タレントのみんなでいっせいにこれをやってくれないかなあ。渡辺真理さん、菅野《かんの》美穂さん、田中康夫さん、東《あずま》ちづるさんのが特に見たい。なんとなく、声から察するに。出ますぞ。きっと。しかし、断られますぞ。きっと。ダメージ、強すぎ。でも見たい。

なぎらさんは答えた「日が悪かったんだろうね、テレサ」

○月×日

なぎら健壱《けんいち》さんと二人、番組のロケで新潟に行ってきた。なぎらさんはあぁ見えても実は「万事にいたる知識量は深く、その視点は鋭い」という記事を読んだことがある。ロケバスの中で、スポーツ新聞を読みながら私が「なぎらさん、あのですね、愛を求めたけれども、財産や名誉ばかりが残ってしまったダイアナの人生と、ただ愛を人々に与え続けて、何も残さず逝ってしまったマザー・テレサの人生。奇《く》しくも近い日にこの対照的な二人が亡くなりました。しかしマスコミの記事はこのように連日ダイアナばかりが大きいですよね。これについてどう思います？」と真面目な顔をして聞いてみたところ、なぎらさんはしばらく考え「そうだね、日が悪かったんだろうね、テレサ」とシンプルにお答えになられた。ものすごくスローにこけた。

○月×日

　コドモがマンガを読み「人間とはこんなに笑えるものである」という見本ほどに苦しそうに笑っていた。こっちまで笑えてきて、何がそんなに面白いかな、とその本を見たら『天才バカボン①』で、びっくりした。こんな古いギャグがなんで今も通用するのかなあ、と思い、久々に夜中に一人でバカボンを読み返してみたら、これが本当によくできているマンガだった。なんだかショックだった。私が子供だった頃はただ、面白いマンガというだけで、深く考えもせずに読んでいたのだった。まあ、それでいいのだ、と言われそうですが。あらためてすごいなあ、赤塚不二夫先生。

似てたっけ？　と考えると似ているような気もするが

○月×日

新幹線の車内で、トイレに行こうとしてた時、40代くらいの男性とすれ違ったのだが、その一瞬、自信たっぷりに「神野美伽《しんのみか》さんだっ！」と、特に語尾の「だっ！」をしっかりと断定的に言われ、よろけた。しかもその声には（僕はわかってましたからネ！　でも、内緒ネ！）という、私にだけそっとささやく親切的ニュアンスまであったのだ。似てたっけ？　と考えると似ているような気もしてくるし、違うといえば全く似ていない気がしてくる。どっちでもいいのだが、本人ですらおぼろげなのに、断定的に言われるととまどうよ、と思いつつ着席すると、マネージャーに「やに嬉しそうですね、ニコニコ歩きして」と言われた。ニコニコ歩き。

○月×日

『天才てれびくん』に出た。キャイーンとともに、たくさんの子供タレントたちが出てくる番組なんだけど、メイク室に行くと、メイクさん（女性）が薄く流れるラジオの曲に合わせて、八代《やしろ》亜紀の「舟唄」を口ずさんでいた。それを聴いてた子供が「いとしあの娘とヨ、朝寝ーする、ダンチョネ」のところで、「ダンチョって何？」と聞いた。どう答えるのかな、と思って聞いてたら「ダンチョネ、ね。これはねえ、そーねえ。なんていうかなあ、ナンチャッテネー、みたいな意味ねー」と言って、また歌に戻っていた。この人もテキトーなこと答えるなあ、とメイクしながら思ったが、そう思って聴けば歌の意味は合ってこないこともない。「違う、本当の意味はこうなのだ」という答えも知らないので何も言えないが、ここでもやっぱり断定する人の勝ちだった。

俺は、ございます人間なんだよ！お坊ちゃん育ちなんだからな

○月×日

ＮＨＫの番組で、久々にルー大柴さんとお会いした。やっぱり面白かった。番組が始まる前、ルーさんが現場にいたプロデューサーに向かって、「困るんだよなあ。このミッちゃんは、ＮＨＫに出てる時の俺は嫌いだって言うんだよ。どう思います？」と言う。プロデューサーも返答をにごしていた。私が「だって、ＮＨＫにいる時のルーさんって『えー、清水さん、今日もステキなコスチュームでございまして』とか、なんかいきなり変にキチンとして水くさくなるんだもん」と言うと、「俺は昔っから実はキチンとした、ございます人間なんだよ！　お坊ちゃん育ちなんだからな。『パンツ一枚の姿で

ずうっといて欲しい』なんて俺に言っちゃうような人間は、ユーミンとミッちゃんぐらいなんだよ！」「ユーミン言ったんすか？」「うん。『私はね、ルーさんにはいずれ由利徹《ゆりとおる》さんみたいになって欲しい』だって。おいおい、俺はコマかって言うんだよ」。コマ、に笑ってしまいました（由利徹さんは昔、新宿コマ劇場で活躍されておられた方です）。その前に出た、ございます人間という表現の仕方にしろ、ボキャブラリーがいつも妙にアニメなところが、私にはツボなんです。

○月×日

浅草キッド、松村邦洋《くにひろ》さんらと紀伊國屋サザンシアターのライブに出た。打ち上げ楽しかった。その翌日は、友達と下北沢の本多劇場へ大川興業のライブを観に行ってきました。感心しました。その翌週、ロンドンブーツ1号2号のライブにゲストで招かれて、その翌日、友達に誘われて赤坂ＢＬＩＴＺのコーネリアスさんのライブを観に行ってきました。なんだか男だらけの日々。って書くとまるでいいオンナみたいですが。

高いワインもしょせん私には豚に真珠 でもソムリエの田崎さんには興味あり…

○月×日

このところ、ワインに関係した番組だけで4つも出ている。それだけ世間的にもワインが流行しているってことなんでしょうが、私は「酒ならいくらでもグイグイ飲めるどっかのおかみ」のような顔をしてるのに、これが全然ダメなのだ。高いワインを出されても、しょせんは豚に真珠。しかし、この番組に出てるソムリエの田崎真也《たさきしんや》さんには、昔、立花隆《たかし》さんが彼にインタビューする自伝を読んでて、ずっと興味があり、会ってみたかった。若い頃は相当の不良で、高校もままならずだったのだけれど、勝ち気な性格が功を奏し、日本人で初の世界優勝を遂げた人間。面白い。その審査ってものがどうやって決定されるかというと、飲んだワインの銘柄をズバリ当てるというんじゃなく、「いかにその風味を言葉で的確に表現するか」なのらしい。ここを聞きたかった。前にテレビを観てたら、たまたま川島なお美さんがワイン通らしく、一口飲んじゃ「この味は、北欧の国の女子寮の厳しい寮長先生の味ってカンジ」とか言ってて、もしかしてこんなコメントもありなものなのか、そういう詩的な世界を含むのか、とマジで聞きたかった。聞いたら違ってた。ま、そうだわな。実際のコンクールの表現方法は、その色合いや香りを、たとえて言うんじゃなく、視覚や嗅覚でキチンと言い当てるところにあるそうだ。フランス語で。でもこういうモノの表し方で個性を競うってのは、もともと語彙《ごい》の多い日本人に向いてるんじゃないだろうか、と思った。味覚があればやってみたいのにな。会ってみた田崎さんは、やっぱり昔はワルだった、という顔を今も残してた。

1998年

モノマネって、される方は
困るもんなんだなあ

政伸さんの鼻歌のうまさを、語る語る
君よ知るや高島家の音楽性

○月×日

六本木ベルファーレで、松岡正剛《せいごう》さんプロデュースのニフティサーブのイベントに出演。いとうせいこうさん、高城剛《つよし》さん、明和電機、押井守《おしいまもる》さん、ワダエミさんといった面々。どういうわけだか高城さんが私の顔を見るたびに、真面目な顔で「清水さんは人格者だもんなあ」と言う。返事に困った。もしかしたら皮肉かもしれないし、何かの誤解かもしれない。家に帰ってお風呂につかりながら、私にどこかそんなところがないかとつらつら考えていたら、だんだん人格者に思えてきて、たいへん豊かなお風呂あがりになった。これからはネタ以外では、もっと他人にやさしくしたいと思った。翌日『ご

きげんよう・下半期大賞』でお会いした高島忠夫さんに、ずっと言いたかったけどチャンスもなかった「廊下で偶然聞いてしまった政伸さんの鼻歌のうまさ（これが本当にすごい。リズム、音程がボビー・マクファーリン級なのだ）」について言いかけたら、忠夫語る語る。君よ知るや高島家の音楽性。ついつい時間がきてあんまりほめられなかった。その様子を聞いていた羽賀研二さんが、おもむろに横で鼻歌を歌いだした。「おい、歌うな君は」とは言わなかった。人格者、人格者。

○月×日

ＢＳで三谷幸喜《こうき》さんの番組のゲスト。さっそく三谷さん本人が「あの、僕に対するいつもの感じで、高飛車に、ずけずけとお願いします」と腰低く言われる。誤解もいいとこだ。でもそこは人格者。ちゃんと感じ悪くしているうち、しかし本当にどんくさい三谷さんにイライラしてきて、演技なのか短気なのかわからないまま八つ当たり。

スチュワーデスさんの苦手な国は？「モスクワ？」「モスクワ」「モスクワ！」

○月×日

お正月休みにニューカレドニアに旅行した。行きのヒコーキ、ビジネスクラスだったんだけど、全然眠れず、深夜3時頃、機内バーに行ってみたらお客は誰もおらず、私だけ。美人スチュワーデスさんと二人で話をしてたんだけど、はじめは私の方がインタビューされる立場だったのに、そのうちスチュワーデスが2名加わり、合計3対私1、となると自然と私がインタビュアーと化した。しかし大会社のグチや、フライトの大変さなどを聞いていると、いつも感じているアンドロイド系のスマイルよりもがぜん人間臭く、面白味を感じた。「今まで行った中で一番苦手な国は？」と聞いたら、「モスクワ？」「モスクワ」「モスクワ！」と言い方は違えど、３人全員同じ答えだったのも笑った。寒いし、いつホテルに着いてもロビーでずーっと待たされる。しかしボールペン一本差し出すや否やスムーズにコトが進むという。そこが余りにハッキリしててムカツク！　のだそうだ。ところでニューカレドニアはフランス語なんだけど、そこはモノマネタレント。『初めてのフランス語会話』片手にいかにもーな発音で通じる通じる。思うにアメリカ人と比べるとフランス人ってのは深そうにしているというか、暗そう。笑い声がしょぼく、ムードが「枯れ葉」。笑ったのはトップレス。何ですかあのザマは。おっぱいを出して堂々と歩くってのは、なんてめでたいんだ。「めでたい」という言葉は多分日本語にしかない表現だから、きっと外人には永遠にわからないのかもしれない。これがでっかいほどめでたさも増す。オヘソと一緒になると「顔」になるのがマヌケ。

「授業参観」ってものを芸人なら一度は覗いてみるといいかも

○月×日

コドモの授業参観に行ってきた（小3）。ハッキリ言って、何て授業がうまい先生なんだ！　と感心した。なんというか子供の興味をうまいこと乗せて行くのに、40分間ふっと力を抜きながらも人を集中させる技術というか、声の強弱をつけることで緊張と緩和を作る芸があった。言葉を噛まないし、細かい笑いもとれる。参観日だから、というんでもなさそうだった。実に楽しそうで、お客さんたち（父母）も知らず知らず「理科・私達のからだ」についての話芸にはまっていくのがわかった。チャイムでお開きとなるのだが、この「もうちょっと聞きたいくらい」でおしまいになるのが江戸前だった。

この先生に限らず、授業参観ってものを芸人なら一度は覗いてみるといいかもしれない。お立ち見だけど、ステージは常に明るいし。ちょっとホントに、終わってから「先生、授業、うまいっすねえ！」と声をかけたかったのをさすがにこらえたのだが、同級生の女の子が私に向かって走ってきて「いつもテレビとかで観てますー！」とおじぎをしたのに笑った。大人か。主婦か。「あっ、ありがとうございます」だって。ただし、肝心のウチのコドモには、一度確認されたきり、ずっと無視され続けていたのだった。何だ。

○月×日

ここ最近、「マヤマックス」「エイベックス」「マックス」「タジマックス」「ヒロミックス」と語尾に「ックス」をつけることがやたらと増え始めてるんじゃないでしょうか。これによってアルバムを「自分の名前＋ックス」で出す人が出そうな模様。

「ネタのCD出さないんですか？」ってどこか物好きなレコード会社があればねぇ

○月×日

ＭＤウォークマンを新しく購入。私にとってあらゆる電化製品の中でも、ＭＤは「感謝・ベスト３」に入る。早いし軽いし音がいい。そのＭＤの箱の中にアンケートに答えると今ならプレゼントが当たるハガキがついてて、久しぶりにハガキに住所・本名・年齢を書いて、製品をほめたたえた。書きながらマネージャーに「こういうのって、何か当たったことある？」と聞けば、「昔、神戸港クルージングってのがありますけど、ＯＬ時代の私の友達で、宝くじに当たっていつしか行方がわからなくなった人がいます」と言う。「いくら当たったの？」と聞くと、何と1億２０００万円なのだそうだ。がぜん盛り上がった。その当選したまだ24歳のＯＬは、翌日友達にそれを話してしまったら、2日後にはいっせいに会社に広まり、3日後には上司に辞表を提出したらしい。しかしそれ以来、彼女との連絡はぷっつりと絶え、どこでどんな生活をしているのかすら上司も同僚も知らないという。すごい。でもこの話を「わあ」とか「へえ」とか言いながらもハガキをサラサラと書き進めている私は、「私のイメージする主婦」の生活の姿そのものだった。

○月×日

古くからの友人から電話があって、「ネタのＣＤをなぜ出さないんですか、出すべきでしょう」と切々と言われた。ありがたや。しかし、レコード会社が決まりかければ「大御所を扱ったネタはやはり出せない」と断られたりして、浮いては消えていってんです、とその親切にワビた。ここでナンですが、どこか物好きなレコード会社はありませんか。

香川県に行って感心
そんなに好きでしたか、うどん

○月×日

FMの公録で香川県に行ってきた。とにかくここの「うどん」には感心。まず、需要が多いせいかコーヒーよりも値段が安い。きっとふだん「お茶でもどう？」と言うところを「うどんでもどう？」と誘っては食べているのではないか。私が行った地元のお店なんて、「うどん屋」という「のれん」も「看板」もなく、普通の民家をガラガラとくぐってお邪魔するんだけど（こういうタイプのお店はめずらしくない）、そこにうどんのメニューはたったの2種類しかないのだ。二者択一。「そば」はもちろんのこと、「たぬき」も「きつね」もありえない。「かけ」か「しょうゆ」なんですね（ここ永六輔《えいろくすけ》風に)。ためしに「しょうゆ」にしてみると、「何玉?」と聞かれ、周りを見渡したところ、「私3玉」「俺4玉」という注文の仕方だったので、「じゃ、2玉で」と頼んだ。生醤油と、ネギとしょうがと大根おろしをからめて食べる、というだけのおつゆのないうどんなんだけど、これがうまい。うまいという顔の表情ってのは、人間本当にうまい時には出ないもんですな(ここ落語家調に)。ありがたいと、しんみりとしている顔の方が近いくらいでして。さらに驚いたのはそのあとで、さっき4玉注文した男性が「大根追加」と言ったら、「畑」という答えが返ってきた。そこんチの隣の畑に行って、お客さん自らが引っこ抜いてくるものらしい。おお。話を聞いてみたらなんと一日に1食か2食はざらで、給食にも出す、葬式や結婚式にも出すという事だった。そんなに好きでしたか、うどん。しかし私もここ一週間、家でうどんを茹《ゆ》でちゃ食べてばかりいる。

「てめぇ、今頃になって何言いだすんだよ！ このバカヤローが！」by松村邦洋in ＮＨＫ

○月×日

ＮＨＫの『35歳・夢の途中』というドラマに出ることになり、今日は出演者全員で本読みをした。途中でプロデューサーがあるページを指し「今頃になって申し訳ないが、このページはなくすことになりました。ないものと思ってください」と言われたんだけど、そのとたんに松村邦洋さんがいきなり大声で思いっきり「てめぇ、今頃になって何言いだすんだよ！ このバカヤローが！」とどなったんで驚いた。さすがのプロデューサーも言葉を失い、みんなもびっくりして一同シーンとなったが、すぐに理由がわかった。マッちゃん一人だけ説明も聞かずに本読みのセリフを言ってたのだった。やわらかくスタッフから注意をされ、本人みるみる小さくなっていった。

○月×日

『ウンナンの気分は上々。』のロケで、ネプチューンのホリケンの引っ越しの手伝いに行ってきた。部屋には熟女ヌード集がいっぱいあって、おまえ、ひどい趣味だなあ、と笑ったが、まじまじとその本を見ると、ホントすごいことになってたんだなあ。あの世界。とくに西川峰子さんのトイレシーン。エロと下ネタとの二重構造になってました。

○月×日

ライブ用のネタ作りにニッポン放送のレコード室に。というのは、もうすぐ私のライブ「清水ミチコディナーショー（食事なし）」が始まるからです。観にきてね。さて、川勝《かわかつ》さんも書かれてましたが、中野裕之《ひろゆき》さんの『ＳＦサムライ・フィクション』に行ってきた。面白い！

眼中にないってカンジ 現実見たってカンジ

○月×日

某女子高の予餞会《よせんかい》に呼ばれて出かけてった。ものすごい熱狂で、私が人差し指を1本立てればそれだけで「カワイー!!」の大合唱、その指を左右に振ってみれば「オモシローイ!!」と大絶叫。あーら人気あるんだなあ。と上機嫌だったその翌日、大阪のジャニーズの番組に出演した。熱気あふれる若い女の子をいっぱい前にしたステージに登場。しかし、私の存在に誰一人として気がついてなかったってカンジ。眼中にないってカンジ。よしんばどいとくれ、というカンジ。現実見たってカンジ。ポツーン。

○月×日

『絶対音感』という本を読んだ。幼い頃は、これを持ってるってことで、よくめずらしがられたものだったが、私なんか薄い方だった。ひゃー、強い人はこんなに大変なんだ、と深く興味を持った（絶対音感は、たとえばかかっている音楽や、ちまたの救急車のサイレンなどがドとかファという音符で聞こえてしまうのが特徴）。ハッキリ言って、そういう聴音を目的とする職業でもなければ、生活にはあんまり役に立たないどころか、音楽が流れている喫茶店などでは脳がいちいちそっちを読み取ろうとしだし、ものすごくしゃべりにくくなる。大嫌いな音楽ですら解読しようとするのだ。しかも音符に色まで見えてきてしまう人（ドは赤、ソは青など）は、テープがのびているBGMがかかってたりすると、自分の音階と違ってきて実際に気持ちが悪くなってしまうなど、これまたやっかいそうだった。絶対音感は日本人に多い、というのにも驚かされた。まわりにあんまりいない。しかし子供にどんどん増えているのらしい。

家庭科の先生で、いい先生だったという話をあんまり聞かないのはなぜ？

○月×日

　渋谷ジァンジァンでライブをやった。来て下さったみなさん、ありがとうございました。ちょうど野沢直子ちゃんから「日本に帰ってきたよー」という電話があり、2日目に観にきてくれた。ちょっと照れた。終了後の楽屋でぺちゃぺちゃと話をしていたら、たまたま私の知人のそのまた知り合いが「私、野沢さんの学校の後輩なんです！」と言う。続けて聞けば、なんでも「野沢直子」という存在は、家庭科の先生の語り草になっていて、その内容は、授業をやっているあいだ中、教師にずーっと消しゴムをちぎっては投げ、ちぎっては投げていたのだそうだ。笑った。しかし、それを聞いた本人の答えもいっそう面白かった。まるで被害者のように「そうだよ！　しかもあいつ、通知表にずーっと1しかくれなかったんだよ！　1だよ、1！　ずーっと1！」。当たり前だろう。しかし、そう言われてみれば、家庭科の先生で、いい先生だったという話をあんまり聞かないのはなんでなんだ。

○月×日

なぎら健壱さんとテレ東のロケで新潟は越後湯沢まで行ってきた。破格な不動産物件を探して歩く、というものなんだけど、なんといっても湯沢は景色も空気もキレイだし、東京から近い上（1・5時間でもう湯沢）、おすすめする家はボロボロなのだがとにかく安い。前回オンエアしたときは物件が完売したそうだ。今回も300坪で90万円というモノがあって、なぎらさんまで迷っていた。さすがに春のきざしか帰りの山道に「ふきのとう」が出てたんだけど、なぎらさんは摘みっぱなし。そのうちぬかるみでころんでハーレー手袋をドロだらけにし、悔やんでいた。

フラダンス講座の司会
笑わないよう、笑わせないよう

○月×日

ＮＨＫ教育でフラダンス講座（8回シリーズ）の司会。どうしても笑ってしまう。しかし、講師の先生から「よくフラダンスを踊ってると、笑う日本人がいるんですね。でも、これは私たちの文化ですから。真面目にやってください」と面と向かって注意され、しまった、悪いことしたと反省し、撮り直してもらうことになった。ところがシリーズ数回目にして、私が少し踊るシーンになったら、先生が笑いをこらえていた。私なりに踊った。踊りながらもう一度チラッと見ると、今度は涙が止まらないという顔でハンカチで目を押さえていた。身体が震えていた。嬉しくなってきて「よっしゃ、もっと笑わせたれ」と思って、ちょっぴりふざけたステップにしてみたら、またにらまれてしまい、撮り直しになってしまった。

○月×日

日清パワーステーションでのムーンライダーズのコンサートに司会で出た。おまけに、かしぶち哲郎《てつろう》さんと矢野顕子《あきこ》さん（私）で、デュエットまでできて個人的幸せ。ところで、この夜の打ち上げに出て、ふと思ったのは、お笑い芸人で、特に鋭いタイプの方と会って話をしてると、それだけでこっちもふだんより過剰に興奮し、多弁、鋭敏になる上、いつもより冗談を思いついたりする。ただそのぶん疲労もちょっと残ります。一方、ミュージシャンを職業にしている人と会って話をすると、まるでお医者さんにかかったあとのように身体が良くなってくるような気がするんですよね。肩こり消えてくーって感じ。常にリラックス&α波を出してるのが、自然と相手に伝わってるものなんでしょうか。

「お父さん、ドロボーが入ったねん！」って消してしまいました。すいません

○月×日

ついに携帯電話を買った。今まで「こんなもん便利みたいで、かえって人を忙しくさせるんだよ。ダラクダラク」と人に言いつつ、持たずにいたのだったが、自分が携帯電話関係のCMのナレーションをやったのと、マネージャーが新しい機種に買い替えるのをきっかけに、自分もこの際買ってみることにしようかと考えたのだった。ところがなんと、1本目にかかってきた電話は間違い電話で、留守電に録音されてた「お父さん、今な、家にな、ドロボーが入ったねん！」というセッパつまった学生らしき男性の声。びっくりした、と言うより、怖かった。ドキドキした。わあ、どうしょ、と思っても

機能の使い方もわからず、しかもあたふたしてるうちに消してしまった。関西方面の方だと思います。すいません。いつも私はきちんと考えて行動するより、カンどおりに動いた方がうまくいく。そういうところが確かにある。

○月×日

父母会に出席。役員を決めるという。毎年そうそう逃げられまいと思い、目立ちはしないがあんまり出席しなくても迷惑のかからなそうな「ベルマーク委員」に立候補。さっそく手渡されたベルマークの応募要項をよく見てみると、その価値基準が私の小学校時代とまったく変わっていないのに気がついた。あいかわらず「カワイピアノ1台100点」であり、「ソントンのジャム1個1点」。なんで覚えているかというと、小学校の時もベルマーク委員をやったことがあったからなのでした。しかし、集めたベルマークで何を買うかは「今年から教頭の一存になります」と言い渡された。ちぇっ。

モノマネって、される方は困るもんなんだなあ

○月×日

おそらくちゃんとした私の趣味は「本屋さんでの立ち読み」。待ち合わせに、気分転換に、買い物ついでにと、考えたら長年立ち読みしている。こないだ知り合いの女の子が、少しテレながら「立ち読みをしているミッちゃんのマネ」をしてくれたのだが、これが「本と顔がくっつきそうなくらい近く、足を交差し、異常な猫背で、むしゃぶりつくような表情」だった。まわりのみんなは笑いながら「あー、あるある」だった。似ているらしい。うっそー。しかし、モノマネってされる方というのは困るもんだなあ。よく相手の方に「ふうん、そんな風に見られてるんですかあ」と複雑な表情で言われるけど、

その気持ちがものすごくよくわかった。ところで私はマンガはそんなに読まないのだが、今日は『TVブロス』でも連載してる、おおひなたごうさんの『おやつ』が面白かった。買った。

○月×日

缶コーヒーなどの飲料のプルトップを引っ張って、それをたおさず引っこ抜くと、ある顔が出てくるのだが、これが誰かに似てると思ってたら、キャイーンのウドちゃんの顔にそっくりなのだった。特に口の開け方。まるでウドちゃんの顔がパクられたかのようにヘアスタイルまで似ている。『TVブロス』で言う似て蝶（↑これってなんで「蝶」なんだ）。

○月×日

蕎麦屋で、隣の席の男性にすごい食べ方を見た。それは「盛りそばとごはん」。ごく普通に。しかしおかずはネギしかないことになる。ラーメンライスならまだわかるが、これ以上に単調な組み合わせもないだろう。味を想像したら脱力した。

大人になってからのかくれんぼへの参加について

○月×日

コドモの友達（小学生）が家に5人やってきた。「家の中でかくれんぼをして遊びたい」と言うので、どれ、たまには私も参加してみっか、と思って一緒にやってみたところ、この「大人になってからのかくれんぼへの参加」について、認識を新たに。というのは、鬼の役の時はまあいいとして、自分が隠れる段階になり、↓身体を隠す場所を見つけだそうとする↓場所を決定↓身体を隠す。ここまではまあまあ同じ。しかし、そのあとシーンと静かに隠れて鬼が来るのを待っているあいだ、なぜかものすごく怖くなったのだ。何だこの絶望感は。とくに鬼の足音が聞こえてきたのに「ここにもいないなー」なんていいながら去られると、「おいっ！　早く見つけてくれ！　ここだ！」と大声で叫びそうになる。不思議。私は自分の部屋の中にあるクローゼットの小さな部屋の電気を消して隠れていたのだが、これがドアを開けると意外と見づらいらしく、相手は子供だし、けっこう時間がかかる。身体を丸くして座って隠れている自分が、永久にここから脱出できないかのようで、暗闇でひとり泣きたいような気分。いつかは見つけられてしまうのがわかっているのも、また怖いものなのだ。それと、今、隠れている自己、という認識もまた怖い。見つけられてからやっとホッとした。しかし「今、実は怖かった！」とは言えなかった。なぜだかその点にコドモが気がついたら、コドモじゃなくなるみたい。「犯人逮捕」という時に犯人が泣くのは、多分ホッとして嬉し泣きをしてしまうのではないか。いつまでも隠れているのはシンドイことだ。かくれんぼは隠れる方が鬼となる。なんちて。

いったい何に集まってるのかねえ？
それはテレビのサッカーの試合なのでした

○月×日

イラストレーターの和田誠さんと青山のライブハウス、ボディ&ソウルで待ち合わせ。帰り道はお互い家が近いこともあり、青山から北沢まで二人でなんとなく徒歩。久々に1時間半ほど歩いたーって感じ。夜の12時だというのに、原宿のある店ではものすごい人だかりで、「いったい何に集まっているのかねえ？」と話してると、それはテレビでやっているサッカーの試合なのでした。「私はサッカーにもうといが、実は野球のルールもよくわからない」と言うと、和田さんも「実は俺もなんだ。むつかしいよねえ」と言っていて、こんな大人に会ったのも初めてだと思った。

○月×日

矢野顕子さんのライブ（渋谷ジァンジァン）に行く。ここは業界席でお願いすると、指先が見えない席側と決まっているので、ちゃんとチケットを買って友人と交替で列に並んで席をとったんですよ。ああ、終わらなければいいのに、という音で、幸せでした。今年こそ挨拶は堂々と行くよ、と思ってたのに、楽屋の本人を目の前にしたらまた言いたいことをかんでしまっていた。

○月×日

『笑っていいとも！』に出演、家に帰ると、雑誌『通販生活』で注文した「イトリキカレー」が届いていた。これは値段は高いが、自分でレトルトを食べていると思わないようにし（レトルトだが）、ちゃんと「食事をする」という態度でオモムクと、絶対にうまい、と人に聞いていたのでゆっくり食べた。なるほど。きた。

なんであんたみたいな人が!!
そう言われても…

○月×日

こないだある「人間的にいい番組」に出たら、その後まわりから「あれは泣けたよ！」とか「本当に感動した」など、ハンパじゃない数で声かけられる。私も観たが、オンエアでは、まるで私が本当にいい人みたいに輝いていたのでした。ところが、浅草キッドの二人と会ったら、いきなり「ミッちゃん、アレはないよ。ガッカリした。なんであんたみたいな人が、あたたか人情路線に出るか」などと言われ、「あんたはもう仲間じゃねえ」と言うセリフに、なんだかホッとした。「シゴトさ、シゴト！」と言って笑ったが、観てるんだわ、とヘソをしめた。

○月×日

下北沢のネイチャーグッズショップで「木に当てれば水を吸う音が聞こえてくる」という聴診器を発見し、どれどれと買ってみた。しかし、そんな地味な音よりも、自分のおなかに当ててみたら、そっちの方がキューだのグルルだの、まるでSF映画に出てくるサウンドみたいなのがよーく聴こえ、よっぽどはまった。夫に「聞いてみ。すごいよ、音が。宇宙宇宙。人間は小宇宙なんだってカンジ」と言って渡したら、低音で「ハラだいじょうぶか？」と言われた。水腹か、私は。

○月×日

伊集院光《ひかる》さんと立ち話。「普通テレビに出る人って、実物より太って見えるって言うけど、伊集院さんとか中島啓江《けいこ》さんサイズの人も、テレビよかナマで見る方が大きく感じるよね。なんでだろ」と言うと、「よく2回びっくりされるんですよ、僕。デカい、そして、やっぱデカいって。テレビってしょせんは小さいからじゃないすかね」。答えもデカいなあ。

なんで蛍ちゃんって人に赤ちゃんができたのにみんな喜ばないの？

○月×日

文庫本『清水ミチコの顔マネ塾』用の原稿書きがやっと完了し（ちなみにこれ小学館文庫より発売なのね、よろしく）、ワープロ書院よお疲れさま、これで私も自由だ自由だ休める休めるウハウハと喜んでいたのもつかのま、Macに爆弾マークが出てブルーになる。しかもそれが震えながら出てる。パソコンなんて日頃はホームページをのぞくだけで、そんなに役に立ってると思っているわけでもないのに、壊れたとたんに不安になるのはいわゆる「現代病」ってヤツですな。けしからんですな。

○月×日

ニッポン放送で山田邦子さんの顔を見た翌日、元X JAPANのTOSHIさんとNHKで遭遇。あらまるで兄弟。顔がそっくりでびっくりする。お昼に蕎麦を食べた後、糸井重里《しげさと》さんとご一緒する。糸井さんに「ほぼ自力に近い努力で俺のホームページを作ったぞ。他の人もいろいろ入ってるので、よかったら君も参加しないか」と誘われる。やってみるかな、初ホームページ参加。しかし、家に帰ってMacをつけても爆弾マークはやはり震えながらぶるぶると登場。おまえがおびえるな、とスイッチを消した。そうだ、忘れるところだったと、テレビをつけて『北の国から・前編』を観る。しばらくすすり泣いて観てると、コドモに「なんでこの蛍ちゃんって人に赤ちゃんができたのにみんな喜ばないの?」と聞かれ、「お、大人になったら、い、い、いろいろとあるの」と口ごもりながら。いや、本当にいろいろとあるわー、フー、とため息つくと同時に、あっ、今日『TVブロス』締め切りじゃないのか、とカンは働き、息止まり、こうしてサクサク書く綴《つづ》る。終わり。

めちゃおいしかったユッケビビンバ おいしくないわよ完全版

○月×日

番組のロケで京都に行ってきた。帰りはあんまり時間もなかったため、スタッフとともに、お昼ごはんをそのへんのドライブインですますことに。しかし、そこは結構な穴場で、ざるそば頼んだ人は「あれ、意外と本格的だなあ、うまいわこれ。コシが違う。つゆも」と驚きながらすすっているし、ショウガ焼き定食を注文した人は「今までの人生で食べたショウガ焼き定食の中で、最高の出来だ」と映画コメントのように絶賛。私も一口食べたがうなった。焼きも充分で、ショウガのみならず、ニンニクやネギの小味が利いている。これにすべきだったたか、と後悔しそうになった矢先に、自分が注文したユッケビビンバ到着。お昼にビビンバは生まれて初めての経験だが、どーせきっとどれもまずいぞと踏んだ店だったので、これなら失敗はまずそうはあるまいと判断したのだった。しかし、これが本場韓国料理店よりも本格的。うまいうまいとみんなで褒めあい、店を雰囲気でナメちゃいけない、と暗黙のうちに了解しあった気がした。満足して新幹線で東京に着くと、無性に映画が観たくなり、ビデオを7泊8日で7本もレンタル。毎日1本必ず観ると決心。しかし、最近よくみる「完全版」とかいうのって、いったいどういうつもりなんだ。じゃあ、劇場で観たのは不完全なヤツなのかよ、と吠《ほ》えたくなる。初めっからちゃんと作っとけよなあ、だ。『グラン・ブルー』なんて「完全版」のあと、今度は「オリジナル・バージョン日本版」が出るそうだ。出すな。甘えさすな。輸入許可すな。と、怒り抑えつつ、今夜はこれから『スリーパーズ』を観るところ。

「お風呂のエンジェル」に驚く　いままでで一番面白い！

○月×日

ＴＢＳの番組でお寿司屋さんでロケ。といっても回転寿司店ばかりをめぐって食べ続けるわけなんだけど、とにかく私はもう一生寿司はいらない、と思えるほど、腹の中に入れた。体中から魚と酢の匂いが発散してるんじゃないかと思える。もはや回転してないと寿司じゃない。止まっている寿司なんて遠い過去の食べ物に感じる。しかし、満腹も限度が過ぎると、おなかよりも背中にくる。背中が痛い。胃袋は背中にくっついているもんなのかな。自分がおなかがすいている状態と満腹状態とを比べると、明らかにすいている方がいい。食べすぎるといつもこれを感じます。

○月×日

「お風呂のエンジェル」というものがあって、これには驚いた。お風呂に入れただけで、お風呂のお湯全体がジェルのようになるのだ。ついにこういうものが発明されましたか。まるでゼリーの中につかっているようで、今までの中で一番面白い。私はお風呂の中にバスオイルや名湯シリーズや、冬は日本酒を入れてお湯につかりながら週刊誌を読むのが好きなのだ。夫はどういう反応するかな、と思ってたら、お風呂から「俺はサラ湯で入りたい。いろんな匂いはもうたくさん」と言っていた。それもわかるわあ。

○月×日

名古屋で今田さん、東野さんの番組にゲスト出演。気のせいか猿岩石に対する扱いってものが、東京と名古屋とではなぜかぜんぜん違う。ありがたみが薄いというか、ザツというか。しかも本人たちもそれに慣れてる顔をしてた。

野沢直子ちゃんが家に来てぐるぐるコドモサービスデー

○月×日

めずらしく歌舞伎座に行って『荒川の佐吉』という出し物を観てきた。まるで関西の芝居を観ているかのように、人情厚く、ものすごくわかりやすい物語だったが、しくしく泣けた。鼻をかんでるうちに二部が始まったのだが、それは踊りメーンのものでなんだか難しい。ただし全員が中国の原色の衣装で、ひょいひょいとやたら上手に踊られると、ちょっと笑ってしまった。なんだったんだろうあれは。その日は家に帰ったら野沢直子ちゃんから電話があり、会うことになったが、「実は明日、新宿コマ劇場に江頭《えがしら》2：50さんのライブを観に行くんだ」と言うと、偶然「えー、私もなんだー！」と言う。

それじゃ観たあとで会おーね、ということになったのに、結局人ゴミの中で全然わからず、某お店で会うことになった。お互い夫にコドモを預けてゆっくり話す。その翌日は家族4人でやって来た。ファミコン、かくれんぼ、お昼ごはん、ファミコン、かくれんぼ、おやつ、ファミコン、かくれんぼ、とぐるぐるコドモサービスデーと化した。帰ってしまったらなんだかさみしくなり、夜、近所の焼き肉屋へ家族で食べに行った。焼き肉はハデな食べ物のせいか、何か心をパアッとさせてくれるものがある。その翌日、ニッポン放送の方に連れられて初めて野球をナマで観た。ドームはストーンズの公演以来だったのだが、座席前の人から「きゅうりのぬかづけ、枝豆、唐揚げ、おにぎり」と順に渡され、いただく。ストーンズのお客さんとはえらい違いだ。みんながみんなディナーショーのように口をモグモグ動かしている。これなのだな、野球は。食えるのですね。

あのー、私しょっちゅう間違われるんですけど…

○月×日

CBCで『太郎と花子』収録のため、名古屋へ。まっすぐCBCに到着すると、玄関で2名の若い警備員が、私とマネージャーのところへスタスタと歩いてきて、「『太郎と花子』ですねっ?」と確認する。「はいそうです。よろしくお願いします!」と言うと、「こちらです。どうぞ」と案内してくれる。あらっ? スタジオ場所変わったのかな、いつもと違うような、と思いながらついて行くと、たくさん若い人が並んでいる部屋に到着。よく見たら「太郎と花子・素人オーディション会場」だった。またノーメイクの顔で一般人と間違われているのだ。「あのー、私しょっちゅう間違われるんですけど、出演の楽屋にお願いします！」と真っ赤な顔で頼むと、「あっ、すみませんでした！」と恐縮しながらエレベーターに乗せてくれた。しかし、エレベーターのドアが閉まるや否や、彼ら二人の爆笑がドッと聞こえた。負けない。

○月×日

ＮＨＫでの収録後、友達と待ち合わせをし、インド映画の『ムトゥ　踊るマハラジャ』を観る。面白かった。顔つきが笑えるし、いきなり歌うし、その歌詞も独特で、たとえば「菜食主義の鶴が、池の鯉を食べたよ！」なんていったいどういうたとえなのかわからないのに、なんだか観てるとわかるような気がしてくるのだった。終了後、めずらしく会場から拍手が起こっていた。

○月×日

戸川純さんの芝居を観に行った。新しいものを観たようで、パチパチッと電気が走った。ライブに行くと、こういう気持ちになれるからいいですね。

犬は飼い主に似るというけど、実はそうではなくて…

○月×日

『ウンナンの気分は上々。』でジョーダンズの三又《みまた》さんの家にロケ。ウッチャンも同行。玄関に着くや否やブタのような犬が走って来た。三又さんが飼っているブルドッグだった。その肉厚な頰《ほお》、硬そうな毛並み、小利口そうな目、私には久しぶりのブルドッグで、「犬は飼い主に似る」と言うけど、そうではなくて、もともと飼い主が本能で自分の顔に近い犬を選んでしまうんじゃないかな、と三又さんの顔を間近で見るたびに、しばしば思った。しかし、口には出さなかった。私も人が悪い。

○月×日

雑誌『モノ・マガジン』を読んでたら、今月号は欲しい物が満載！　と感じ、直感タイプの私はさっそくそこに載っていた「英和ペン」と「ネックストレッチ」を買った。「英和ペン」というのは、ペン先がマーカーになっており、マーキングされた英字は数秒でペンの背中に日本語が直訳されて出るというモノ。いちいち英語の辞書を引く手間がはぶけそう。しかし、さしあたってそういう手間になる本もなかったので、本屋さんで『老人と海』の原書を買い、読むぞ、今年中、と決心。ちなみに「ネックストレッチ」は、首にゴムのリングを巻きつけ、そこにポンプで空気をシュッシュッと入れて行くと、リングと共に首がどんどん伸び、首の凝りや肩凝りが消えるものです。なかなかなものです。もちろん今もそれを装着しつつこの原稿を書いています。ただし、パッと見たカンジが、いつかテレビで観た首長族の母のようでした。今後私の首はどんどん伸びるかもわかりません。高いところから失礼します。

自分をフルネームで呼ぶ男としては、皿の上のサラダにはなりたくないんだと

○月×日

ニッポン放送からフジテレビへ、という理想的な近距離（2分）移動でオシゴト。メイク室の鏡の前に座ると、なんと私の足元にとてもかわいい犬がやってきた。思いっきりしっぽをふっている。抱こうとしたらすぐに飼い主が現れた。松本明子嬢だ。松本さんは、会えばいつもまっさきにその人の「気持ちの良くなること」を率先して言ってくれる。いったい今日は何をどう言うの、と思ってたら「清水師匠！」ときた。師匠か！　私が「ちょっと師匠なんてやめてよ……」などと言おうとする前に、「今、車で聴いてました！　ニッポン放送！　最高！　もう面白すぎです！　天才！」とよどみな

い褒め言葉を強い拍手つきでいただく。犬もその拍手と同じ速さでしっぽをふっていた。すごいツーショットだ。こういうところ、ひとつの才能だよなあ、と思いながら鏡を見たら、えらいニタニタと笑顔の自分が映ってた。その自分の顔にびっくりした。これが、社交界。

○月×日

某スタジオのロビーにいて雑誌を読んでいたら、ふと背中ごしに「吉田栄作だから」とか「吉田栄作としては」と言う声が聞こえてきた。誰かと思って、ちらっと見たらなんとご本人で、自分のことをフルネームで語っておられたのだった。アーティスト指向だねえ。清水ミチコとしては驚きつつも、これはさっそく『TVブロス』に書けるのでは、と思って聞いた。まるでチクリだ。「つまり、レストランでいえば、吉田栄作としては皿の上のサラダにはなりたくない」そうです。いったいどういう質問の答えなんだろう。ま、野菜じゃないってことのようです。

広末涼子物語

いくらなんでも早いだろうに

○月×日

なぎら健壱さんとまた新潟へロケ。びっくりするような格安の一戸建住宅を紹介するという番組なのだが、毎回オンエアのたび、おもに東京の希望者がすぐ下見に行き、両者の話し合いですっかり売れてしまうのだそうだ。でも、行ってみるとその気持ちもわかる。酸素が全然違って、体がのびのびする。リラクゼーションってのはこういうことかいな、と思う。α波らしきものが出てた。夕方、紹介した物件を買って住んでいるという方のところにおじゃました。いろりを囲んで村の衆とごちそうになるの図。その中で「これ食べて。何の肉だか当ててみ」と言われ、ある焼きたての肉片をドキドキしながら口に入れた。しかし、私は一瞬ですぐに「！」のマークが浮かんだ。「たぬきでしょ！」と言ったら、みんなに「あ」と驚かれた。なんで答えがわかったかというと、口にほおばった時の匂いが動物園のたぬきの前にいる時と同じだったから。そんな理由を一気に述べると、みんなちょっと沈没していた。一瞬でこっちが「あ」。だった。

○月×日

『天才てれびくん』の収録。山崎邦正《ほうせい》さんはちゃんとコドモ用にカラーを変えていると見た。と同時に、半ズボンから出ている大人らしい足の毛からふと目をそらした。収録の合間にコドモの出演者から聞いた噂では、なんとマンガ雑誌の中で『広末涼子物語』というのがあるらしい。笑った。いくらなんでも早くない？　『広末涼子物語』は。もうちょっと時期を待っていいのではないか。それより何より本人はその事実を知っているのか。でもちょっと読みたいかも。

ふうふうさせないでどうするの
させなさいよ、ふうふう

○月×日

ＮＨＫ『熱血！オヤジバトル』収録のため、福岡に行ってきた。40歳以上のオジサン素人バンドが競うというもの。みなさん観てね。帰りにタクシーに乗ろうとしたら、「ミッちゃんの出てるニッポン放送を有線を引いて聴き、『ＴＶブロス』を毎号読み、テレビの収録に顔を出し、『顔マネ塾』を買い、ライブにも行く」という正しい姿（？）のファンの二人が今日も来ていた。サインした。空港ではラーメンを食べた。もっと博多のラーメンはおいしいハズなのに、ここは今ひとつ味も丸くて、温度もぬるい。ラーメンにガタガタ言いたくないが、ここはふうふうしなくて食べられるのだ。ふうふうさせないでどうするの。させなさいよ、ふうふう。70度くらいの温度だ。おまえはスパゲッティか。ラーメンなら90度以上で即座に渡す！　これ書いて貼《は》っといて。

○月×日

家族3人でコドモの自転車を買いに行った。やたら種類が豊富なのに驚いた。できるだけ普通のヤツを選ばせたが、それでもめちゃカッコいい。自転車をひきながらコドモの話で笑ったのは、さすが今のコドモ、クラスの女子（小4）の中で「ブラ」をしてくるコが出たんだけど、そのうち、そうブラの必要のない子も2〜3人つけてくるようになったのだそうだ。体育の着替えの時に、その子に「ねえ、どうしてそれ、つけてるの？」と聞いたという。そしたら一瞬その子が黙ってしまったのだが、しばらくして思いっきり大きな声で「暖かいじゃない！」と言ったんだそうだ。かわいい！　めちゃかわいい話だ！

「今年コレを買って本当によかった！ベスト3」商品のひとつを、ここで発表

○月×日

東京経済大、学習院大と2日間続けて学祭、着替えて生放送。一見疲れるように見えて、これが毎度、身体がハイなままで眠りにつきにくい。数本ビデオをレンタルする。そのあとベッドに入って本を読みながらすこやかに眠る。そういえば私が「今年コレを買って本当に良かった！　ベスト3」のひとつにランクインするのが「点けてから30分するとパッと消えるタイマー照明」があります。これはデザインがちょっと硬いんだけど、眠くなってきたな、しかしもう少し読もうかな、とうつらうつらしてきた状態の時に、勝手に消えてくれるんだと思うだけで、とても楽ちん。安心。ただ、ミステリー

ものをハラハラしながら読んでいる時、サッと消えるので「ヒエッ！」と声に出してしまうこともしばしば。あわててつける。

○月×日

『B-WAVE』に出て、久しぶりに矢野顕子さんをマネた。来週、矢野さんのコンサートに行けるので楽しみ。以前のマネージャーであり、名古屋に嫁いだコトミちゃんから電話で「私も矢野顕子の名古屋公演に行くんです」と聞く。なんでかっちゅうと「ま、ミッちゃんのことを思い出すからね」などとカワイイことを言う。顔がほころび、シワシワに。しかしこの時はカメラが頭上からで、見上げるようにして弾いたり歌ったり話したりしているうち、なぜか左の肩が痛む。青山のウチイケ治療院に行ってハリ。すっかりおばあちゃん。そのあと孫（コドモ）を映画『アンツ』に誘って、新宿で観る。夕食はそれを観ながらハンバーガーとポテトとアイスティL。楽しかった。

やっぱり沖縄人！身体が歌っているわ!!

○月×日

TBS、DA PUMPの『くえない奴』に出演。ユーミンのイントロ当てクイズをやる。ユーミン様が新譜を出す時期は、私も比例して忙しくなるという図式は、風がふけば桶屋《おけや》が、という構図を見るよう。DA PUMPたちは、リハでちょっと音楽がかかれば、身体をビートに乗せてる。というより、つい身体を動かしてしまう、といった調子で、やっぱり沖縄人だわ！と思った。沖縄人というのはリズム感のない人はいないんじゃないか、と思うくらい、特徴として身体が歌ってるところがある。北海道人は、案外メロディー志向、必ず声の一音をビブラートにして長く伸ばしたがるところがある。松山千春さん、ドリカム、中島みゆきさん、北島三郎さんなど、とても音を伸ばしきるのが特徴。寒いんだから身体をリズムに乗せて暖まりたがりそうなものなのに、一音ずうっと伸ばす。謎だ。しかし、寒いと「ウー」とか言ってブルブル震えながら声を一音で伸ばしたくなるものだ。そこかな。

○月×日

私には今年という一年、とてもいい年だったような気がする。遊びも仕事も満足も怒りも悲しみも、身体とほどよく混ざって充実し、きっとおられるであろう神様に感謝したいほど、味わいが深かった。いつもこんな年だといいし、なんだかそれもちゃーんと続くような気にもしてくれる希望的一年だった。年齢的にはとっくに大人の筈《はず》なんだけど、ここんとこ初めて大人っていいじゃん、悪くなーい、と実感した年でした。よかったですね。

1999年

テレビ局の廊下で
フケゆく自分がわかりました

元日の朝は名古屋で仕事ものすごい寒さで初失神しそうで

○月×日

みなさん、明けましておめでとうございまーす。今年もよろしくねー。私はなんだかとても忙しい年末年始だったです。でもどうせ仕事が入るんだったら、いっそのことももっとガンガン入れてって感じ。「大体ホラ、育った実家が商売だったでしょー」などと、マネージャーに語尾をのばしながら言ってたんだけど、元日の朝（というか大晦日の深夜）、名古屋はＣＢＣの鉄塔に登って「明けましておめでとうございまーす！」と叫んで、そのものすごい寒さに初失神しそうでした。もう生意気言わん、と初鼻チンしました。そのうえ、スタジオへはなんとマジックで、小さな箱の中から私が登場することに。これがうまくいって、山崎邦正さん、本当にビックリしてたが、その顔見てたら自分まで急に現れたってことに、今さらながら怖くなってきた。濃い正月だわあ。終わってから渋谷のNHKへ。移動の新幹線から見えた富士山、すごくきれいだった。たたえたわあ。初富士。ぱちぱちぱちぱち。で、から、富士山ったら本当に歌詞どおりにわざわざ「頭を雲の上に出し」てたもんだから、調子に乗ったカンジがして、ちょっと笑っちゃった。めでたすぎ？でも、やっぱりいいなあ、富士山。デザイン、大きさ、ブルーの濃淡、パーフェクト。立派。カリスマあるもん。何カリスマって、と心の中で一人で会話をしながらカプチーノとベルギーワッフルを食べ、かつMDでバッハ流してました。でもこう書いてると本当に私、アブナイ人みたいな。ナイフみたいな。いや、そういう意味じゃないわ。ま、今年もよろしくね。

食べ物に対しての執着
私らしい話です

○月×日

ずっと昔、親戚の叔母さんから、こんな話を聞きました。私がまだ赤ちゃん（1〜2歳）の頃の話。ある日、叔母が母に頼まれ、一日自分の家で私を預かった時のこと。私はベビー椅子（背の高いヤツ）に座らされてたのだそうですが、テーブルに置いてあったチョコレートに手をのばそうとするので、チョコをテーブルのはじっこに、つまり手が届かないところに置いといたんだそうです。しかし、私はとっくに味をしめ、なめたがってたのはわかったそうです。さて、叔母がちょっと用があってそこを離れた数分間がありました。またそこへ戻ってくると、なんと私は椅子ごと、チョコレートの近くに移動してうまそうになめていたのです。(なんで！　いったいどうやって移動したの？)不思議に思った叔母は、またベビー椅子を元に戻すと、今度はそっと覗いて見ることにしたんだそうです。なんと私は、椅子に座ったまま、左右に少しずつ体重をかけ始めたんだそうです。はじめは右に、続いて左にと。順番にユラユラさせ、カターン、コトーン、と少しずつゆっくりと、目的まで確実に移動させていったそうです。叔母は驚きながらも、そのカターン、コトーン、という音と不釣り合いな小さな背中の姿は忘れられないのだそう。もちろん私は覚えていませんが、食べ物に対しての執着の強さ、めちゃ私らしいと思いました。

○月×日

スポーツ・ジムのお兄さんに、ニコニコしながら「バラクーダって知ってますか？」と聞かれた。息子さんなのだそうだ。チャカポコチャ。

「フカダキョーコに似てますね！」「どうせそうだよ！　うるさい！」で恥

○月×日

ノーメイクのまま、某スタジオで松村邦洋さんとバッタリ会う。私の顔を見て、驚いた顔で「清水さん、化粧してないとフカダキョーコに似てますね！」と言う。フカダキョーコ。フカダキョーコ。名前は聞いたことあるが、どんな人なのか想像つかず、なぜか中年のヤラしいH系な女優さんだと思い込み、「どうせそうだよ！　うるさい！」とあしらう。返事が笑ってたので、でも面白いのかな、と想像し、その後でお会いした乾《いぬい》貴美子さんと、スタジオでの話の中で「私もフカダキョーコみたいな顔して！　ねえ！」なんて言うと、松村さんよりももっと驚いた顔で「いいえ！」とキッパリ否定され、あれっと思い、すぐにマネージャーに聞き、ひえ、あのコ！　と瞬時にどんな恥をかいたかわかった。しかし、いちおう「似てないよね！」と甘え声で念のため。「全然」とまたキッパリ。私も人の名前を知らなすぎて困る。

○月×日

ＡＢＣ朝日放送で『お笑いコンテスト』の審査員。大槻《おおつき》ケンヂさんと一緒だった。それは知らなかったんだけど、たまたま私が読んでいたのが大槻さんの『オーケンののほほんと熱い国へ行く』という本だったので、「さっき私、新幹線で読んでたんだよ」と言うと、とても喜んでおられた。インドやタイなどの旅エッセイ。帰りの新幹線で読み終え、やっぱりインドってのは、かなりキツそう、ヤバそう、シンドそう、でもどことなく面白い、などと思いつつ事務所に戻ると、まさかの「２週間のインドロケ」の話が私にきており、このタイミングにものすごく迷う。

そうか！　こんな時があったか！
まだまだわからんもんだな

○月×日

和田誠さんのプロデュースするコンサートに出演。忙しい人ばかりで、当日リハしかできないネタも多かったが、個人的には私が黒柳さんのマネで司会をした『天国の部屋』というのが印象的だった。ゲストみんな故人。小松政夫さんの「淀川長治《ながはる》」と、タモリさんの「寺山修司《しゅうじ》」、団しん也さんの「三船敏郎《としろう》」の4人で天国をトーク。ものすごく久しぶりにマネあった。マネあうって。嬉しかったのは、めずらしく私が最年少だったことで、そうか！　こんな時があったか！　まだまだわからんもんだな、人生！　と上機嫌。

○月×日

ドラマのロケバスの中で高嶋政伸さんとしゃべった。この人、私のことがよっぽど好きなんだなあ、この濃い笑顔、と思って見てたら、生まれつきそういう顔のようだった。1シーン撮り終わってはモニターを見にタターと走り戻る姿がまた笑顔。まさに笑顔上手。なんと彼は個人的に『ぴあ』にすら載らない小さな規模で「朗読の会」をジミーに主催しているのだそうだ。値段もジミーで、無料（タダ）なんだそうだ。「知らなかったよ、えらいじゃん」とメイクしながら横顔で言いながらも、ふと顔見ればやっぱり笑顔。

○月×日

WOWOWの鴻上尚史《こうかみしょうじ》さんの番組にゲスト出演。浅草キッドとご一緒。楽屋で、浅草キッドにすすめられた『モハメド・アリ〜かけがえのない日々』、そのうちレンタルしようと思ってたら、ちょうどWOWOWでやってて観た。興奮。なんで今まで知らなかったか。おのれのおろかさ。胸のすくセリフを覚えるためにまた観た。録画して良かった。

「コドモ、めんどう見るで」あまりにも悪人声なのに吹き出しつつ

○月×日

日テレのドラマ『フレンチポテトカップ』の撮影。終了後、TBSで『見ればなっとく!』のゲスト入り。今話題のカイヤ川崎さんとご一緒。怒りトークがすごいので、会ったとたんになんだか腹いっぱい、というカンジになった。ご本人はモデル時代から、食事は日に夕食の1回しか取らず、あとは必ずプロテインと水だけを飲んでいるのだそうだ。そういえば、いつもおなかがすいてるようというか、ハングリー精神でいらっしゃるようだ。

○月×日

テレ朝『ビートたけしのTVタックル』ゲスト。いまどきの大学入試につ

いて。「子供を大学に入れたがっている親たちに、入試問題を大学から秘密のルートで買い、高額で問題を売る」というあっせんの世界の男が出た。これが「そんなもん、あっちが欲しがってるもんをこっちが売って何が悪い」と、あまりにも堂々と胸を張っている態度は気持ちいいほど。気持ちよく悪態をついてくれる人は、テレビでは面白い。しゃべりがうまいので、「それは疑わしい、嘘だ」と大槻教授も言葉を失いがちに。「大槻さん、あんた何寝ぼけたこと言ってんの」「超能力はないかもしれんけど、裏口なんかどこにでもあるわ、アホ」などと、どんどん調子づいていった。収録後、偶然にも廊下でこの男に出くわすと、これ以上小さな声はないだろうというヒッソリとした口調で「コドモ、めんどう見るで」とささやいた。このトーンがあまりにもまれに見る悪人声なのに吹き出しつつ「はい、ありがとうございます」と言って、そそくさと車に乗った。怖かった。

サレ！　サレ！　サレ！
何なのサレって？　どういう意味？

○月×日

コドモとスーパーへ買い物に行った。歩く途中、コドモが店頭を見ながら「あ、サレだって」と言う。何だろう。きっとヒーローがテレビでそういうセリフを言うんだろうくらいに思い、特に返事もせずに歩いていると、今度はショーウィンドウを指して「あ、ここにもサレ！　また出た、サレ」と言う。しばらくしたら「わ、この店、3つレンパツして、サレ！　サレ！　サレ！　何なのサレって？　どういう意味？」なんて聞く。こっちこそわけがわからない。「あんた、さっきからそのサレって何のことなの？」と聞くと、意外そうに「え？　ほら、そこら中にたくさんあるじゃない」と向こうがわの店を指さした。見たら店頭に何枚も「SALE!」と書かれた紙が貼ってあった。サレ……。

○月×日

テレ朝の『日曜洋画劇場』の特番に出た。ラサール石井さんと、浜丘麻矢《まや》さんとご一緒。浜丘さんは、まだ15歳なのだが、映画のことをものすごくよく知っているのに驚く。本番前も「『スタートレック』、昔の方がわかりやすいですよね」なんて普通に言う。ケーブルテレビで全部知っているのだそうだ。私の15の頃は『燃えよドラゴン』だけで頭の中いっぱいだった。芸能レベルは上昇中だなあ。

○月×日

フジの番組『快進撃TV!うたえモン』を観た。ここに出る声優さん、観るたび歌うたびに不思議な電波を感じる。それが楽しみですらある。なんでそこにバンダナを巻く?　なんてファッションや、歌う時のまっすぐな瞳など。アニメがそうさせるのか。や、もともとがそのスジなのか。

「魅せられて」ジュディさんとご一緒
「建てられて」昔歌った私はドキドキ…

○月×日

こないだからハムスターを2匹飼って気に入ってたのだが、きのう、ペットショップでエサを買おうとして、とても悲しい事実を知ってしまった。なんとハムスターというのはちょっと特殊な生物で、身体よりも歯の方がずんずん成長するのだそうだ。そして、それを自分で研磨しないと、歯ばかりが大きくなりすぎて、エサを食べられなくなり、ついにはおなかがすいて死んでしまうのだそうだ。ガーン。ふびーん。どうりで毎日カリカリとエサでもないものをかじってるはずだ。これだったのか、となんだかよけいにかわいく思える。がんばれ小動物。

○月×日

ＮＨＫ『ぴかいち倶楽部』で、ジュディ・オングさんがゲストにお見えになった。出た、デラックス。私は昔「魅せられて」の替え歌で「建てられて」というのを歌ったことがあり（ジュディ・オングさんはジュディ・オング記念館を建てられている）、ちょっとドキドキ。でも大丈夫そうだった。この日予定されてたオープニングコントでは、私が「魅せられて」をヒラヒラ歌って出ると、「さあ、今のは何点でしょう？　2点、3点、1点」と出て、最後にジュディさんが「0点」とフダを上げるというオチだったのに、いざ本番になったらジュディさんは「100点！」と出していた。すみませんねえ。そのあと日テレ『i-Z』。坂上《さかじょう》みきさんのトーク番組。ワオ！　原宿の閑静なレストラン。スタッフも意外とたくさんいるのに、ずっと静か。テンション上げてもシーン。下げてみてもシーン。でも顔を見ると、誰もがやに笑顔。ずっと声を抑えてたと聞き、安心した。歯でも研磨するか。

「すごーい！　ついに会えたの？　サイババに！」それ、めちゃめちゃな話じゃないのか

○月×日

ドラマ『ロマンス』で、秋本奈緒美さんと10年ぶりにご一緒した。秋本さんはああ見えて（？）、サバサバと屈託なく話す女性なのだが、そういうところは当時と全然変わってなかった。会うなりこんな話をされた。「清水さんさ、ずっと前、中国ロケで私と一緒に写真撮ったの覚えてる？」。私「あー、なんかあったねー」。秋本「清水さんが特に大きな口あけてガッハッハって笑ってる一枚。その写真、ずーっと私の家の玄関に貼ってあるんだけど、友達が来てそれ見ると、必ずみんな真顔で同じこと聞くの！『すごーい！ついに会えたの？　サイババに！』って」。それ、めちゃめちゃな話じゃな

いのか。

○月×日

『天才てれびくん』のコーナー、「なりきりシンガーズ」の収録。最近の小学生の子供は、親に連れられてカラオケに行く機会がやたらに多いらしい。それで作られたコーナーなのだ。ここで私は、より楽しく歌えるために講師となって指導する。つまりはモノマネ！　あ、本業だ！　しかし、１本目は「宇多田ヒカルで」と言われ、とても無理無理と思ってたが、ＣＤを聴くうちにだんだん好きになり、偉いもんでうっすら似てきたようだった。自分がイッツオートマチック。これにより、お母さんの藤圭子さんと2代にわたって制覇できた。おめでとう私。そのあと、多摩スタへ。宮沢りえさんに会うと、私の顔を見るなり、「ラブラブなんですー！」と吉川ひなのさんのモノマネ。しかし、違う。あまりに似てないので、もう一回、もう一回、とリピートさせる。させながらもアップで見ると、やはりいい顔。別に似せる必要のないまま何度かさせた。

「じゃ、また『ブロス』の上下でねー」となんだかやたら『ブロス』な今週でした

○月×日

ある雑誌で取材を受けたんだけど、そのライターさんが「僕は『TVブロス』のような雑誌を作るように目指しているんです」と、ハキハキおっしゃった。「どういうところがいいの？」と聞いたら、「毎号ラフでテンションが高く、ナマの声が楽しめる」とのことでした。ほほう、でした。そのちょっと前では、番組で加藤紀子《のりこ》さんが「『ブロス』読んでます！　うらやましーい！」と言われました。「うらやましいって、もし連載したいとかだったら編集者紹介しようか？」と聞くと、「いや、そうではなくて、いつか自分の名前が出たらなあって思ってるんです」と言ってました。よく意味がわから

なかったけど、夢のように語ってました。そのうち、この連載「私のテレビ日記」の下の枠で書いているスチャダラパーの3人と、彼らの番組でご一緒しました。偶然。帰り際は「じゃ、また『ブロス』の連載の上下でねー」などと別れたのですが、なんだか『ブロス』な一週間だったのでした。

○月×日

エステに行ってきました。高級ではなく、ちょっとボロいんだけど、本当に上手と思える、いわゆるゴッドハンドを持つエステティシャンのいるお店。エステめぐり（たとえば一年で10回ほどの回数券を使いきると、次に新しい場所を開拓してみる）が私と友人との贅沢な趣味なのですが、ここは長ーく通っています。終わるとお肌がつーるつる。つーるつるーのピーカピカ。他人にやさしくされるせいか、自分の性格も直ってくるのがわかります。ここにまた来れるようがんばろうなどと思いながら、月に一度の私のミソギは終わりを迎えるのです。

「いやあ、僕と僕の息子は、清水さんのファンなんだけど…」って徳光さん…

○月×日

ニッポン放送『ビバリー』に徳光和夫さんがゲスト。CM中に、徳光さんがあのニコニコ笑顔で「いやあ、僕と僕の息子は、清水さんのファンなんだけど、いつもあなたの噂をすると、息子の嫁が必ず『あの人のどこが面白いのかちっともわからない！』って言うんだ。どう？」などとのんびりした口調で言われた。どうって。どうって。どういう返事で答えたものかこっちがわからない。「なるほど、鋭いですねー」と、わけのわからない返事をするしかなかった。徳光さんー。ってゆーか徳光さんの息子の嫁ー。番組の直後に、たまたま雑誌『クロワッサン』の取材で、マッサージ特集があり、青山のウチイケ治療院に行き、特殊な計器（熱いところは赤、低いところは青で出るやつ）で体温を診てもらうと、「わあっ！　低すぎて読めない。まるでユーレイ！　ひいっ！　こんな人初めてー！」と、医師とは思えないハイテンションなコメント。またここでも「ああ、ユーレイっすかー」と、不思議な返事。まったく、トホホーな一日だった。

○月×日

日テレの番組に、ゲストで雛形《ひながた》あきこさんとご一緒。「雛形」という名前がまるで「顔のひな形なのです」という自慢かのようにキレイでした。局の帰りに、久々に新宿丸井に行ったら、「ウンジャマ・ラミー」のショップができていた。ここんとこずっとこのゲームにはまってたもんで、これまたかわいーかわいーとバッグ、人形、Tシャツなど買ってしまった。キュートなギターもいい音がして欲しかったけど、「売り物ではないです」と言われ、断念。本当はさわってもいけなかったらしい。ボロローン。

テレビ局の廊下で フケゆく自分がわかりました

○月×日

テレビ局の廊下を歩いていると、知り合いのプロデューサーさんとバッタリ。なんだか「いたいた」みたいな感じで、ニコニコされながら挨拶もそこそこに、こう頼まれました。「今度さ、俺、『美しさの秘密』っていう、まだ仮のタイトル段階だけど、そういう特番を作ろうと思ってんだよ」。ほうほう、とうなずく私。「女性なら誰でも美しくいたいと願うもんじゃない。でしょ。そこでさ、いつまでも若くて美しいヒト。とても40、50代には見えないっていうタレントさんに、いったいどうやって美を維持してるのかとか、体型のキープの仕方のヒミツを聞いていくの。今、会ったら、そうだミッちゃんがいるじゃないかって思って。出てもらえるかな？」でした。思わずほころびそうなのを抑えながら「いやいや、マズイっすよー。それじゃまるで私が、自分のことをキレイだって思ってるみたいじゃないですか。そんなそんな、ダメダメ」としゃにむにケンソンを繰り返していると、違うよワハハハと、即座に笑われました。「ミッちゃんに頼んでるのは、そっちじゃなくて、そういう美人のトコ行って、リポーターをやってもらいたいってハナシだよ」。キャー！　恥ずかしいー。「あっ！　ですよね！」などと言いつつ、顔から火が出ました。「たとえばどなたですか？」と聞くと、「由美かおるさんとか」でした。天国から地獄へ。落ちてく間に、また老けたのがわかった。

○月×日

4月から日テレ、宮沢りえさん主演のドラマ『ロマンス』に出ることになりました。でも私の役の名前は沙知代。

久しぶりの飛騨高山実家に顔を出してきました

○月×日

　名古屋で仕事があり、ついでにちょっと実家に帰って顔を出してきました。私が生まれた所は岐阜県の高山という所。名古屋から高山線で2時間ちょっとくらいです。高山駅から1～2分のところにあるジャズ喫茶「ＩＦ（イフ）」というお店がウチです。イフて。そしてその2Fが自宅。ニフ。しかし、ここ最近では、両親は経営はしながらも、イフはもっぱら若い子にまかせてて、数年前にそのナナメ前の土地を借り、お弁当屋さんもはじめたので、「今は新しい料理に夢中！」と言ってました。お客さんに「おいしかった」と言われるのがヨロコビ！　のようです。なんだか夫婦で輝いてて、「新作、新作。どう？」と、たくさん試作品を口にさせられました。ちょっとうらやましい。やっぱり料理って面白いし、お客さんに喜んでもらえるかもしれないとなると、そんな楽しい商売ないよなあ、と思いました。近所の病院にも50人分くらい仕出しまでしているそうで、「だからオカーサン朝5時には起きて、仕事始めてんのー」だそうです。聞いたとたんに、うらやましくなくなったんですけど。でも両親、若い感じがしました。友達にも会ったのですが、私の幼い頃の話をしてくれました。顔が真っ赤になりそうでした。全然記憶にないのですが、なんでも私は幼稚園で「怒りだすと、泣くんじゃなくて、洋服を一枚一枚パッパと脱いで行く！」という意表をついた攻撃をしていたんだそうです。まわりは「ミッちゃんが裸になったら、先生に自分が叱られるんじゃ」と思うらしく、しぶしぶ私の言うとおりになっていたんだそうです。はしたないわあ。

「深夜の映像。歌。エスカレーターで上がる女」ってどんな女？

○月×日

ＣＸ『噂のどーなってるの?!』に出て、エレベーターを降りたところで知り合いのディレクターに会うと、「あ、ミッちゃん、言われるでしょ、中嶋《なかしま》瑠美《るみ》に似てるって」とニヤニヤ言われた。これで何人目だ。「それって誰なの？」と聞くと、誰もが「深夜の映像。歌。エスカレーターで上がる女」と霊のような説明。どんな顔なのか怖い。顔マネ写真作ってるクセに、たまま似てるとあわてる心理。ま、美しいに決まってるけど。ホホホ。

○月×日

『天才てれびくん』収録。ここのコーナーで、コドモにモノマネを教えているのだが、やはり桜田淳子さんでいいわけがなく、最近ハヤリの歌にトライしなければいけない。しかし、やってみっかと思い、車の中なんかで、ＭＤでちゃーんと聴くと、我ながらできちゃったりして。崖っぷち仕事の天才かもね。

○月×日

獨協大学に呼ばれて行ってきた。出る前から６００人くらいの学生さんがすでに盛り上がっていたのがわかったので、私も早く出たくなった。最後に、女の子が手を上げ、「お願いがあります。今日のことを『ブロス』で書いてください！」と言った。別れ際に断れるハズがないとヨマレたか。しまった。ところで、最近の学生って何だかサイズがミニになった気がする。やせたってこと？　ミニ達も私が歩くと口々に「でか」と言ってた。１６２センチなのにだ。

あの、清水さんに、非常におこがましいお願いなんですが…

○月×日

変わったことを言われた。ユーミンのコンサート「シャングリラ」を観に行こうとしたんだけど、ちょっと早く着きそうだったので、原宿のとあるショップで洋服を買ってたんですよね。そしたらお店のきれいな女性が、なぜか「コンサートに行かれるんですねー」とほほ笑むんで、私も「だいたい誰のコンサート行くかわかっちゃうでしょ」と笑うと、「わかりますー。ユーミンですよね」「はあいー」。しばらくしたら、口調を改めて「あの、清水さんに、非常におこがましいお願いなんですが」とマジメに言うんで、なんだろ、と思ってたら、「コンサートが終わったら、ユーミンにことづけをお願いしたいんです。この店の○○（自分の名前）が、よろしく、と」なんて言う。いきなりあせった。マジなのだ。「あなたは、ええっとお知り合いか何かで？」と聞くと、「いいえ。来月、横浜公演を観に行くんで！」とスマイル。シラケた私もすかさずスマイルで「いいなあ、横浜！」と言って、返事をするのを逃げた。味わい深い人だ。

○月×日

今度のライブ「清水ミチコ・ディナーショー（食事なし）」というタイトルなんだけど、チラシを見た中村雅俊さんから「なんでディナーショーなのに、食事が出ないの？」と聞かれ、「しゃれで」と言おうとしたら、多分、お金がないのだと思われたらしく、「こういうのはどう？　せめて、『うどんですかい』だけでも出すってのは」。「うどんですかい」って、ＪＡＬのカップ麺なんだけど、すぐにその品種を思いついて選んだ、中村さんの感性が面白いと思った。なんであれなんだ。

まわりの芸能人はだませても
私ゃだまされないからね

○月×日

日テレ『ホンの昼メシ前』で峰竜太さんとお会いし、夕方TBS『見ればなっとく！』収録でまた峰さんと会う。峰竜太デーだった。会ったあと、なんとなく肉を食べたような気になりました。

○月×日

テレ朝の土曜ワイド劇場『女探偵・朝岡彩子』の収録。私は、主役の彩子（田中美佐子さん）と同居中で、コドモもいるというのに、10歳も年下の若い男とつきあっている女性の役。観てね。それにしてもこの「10歳も年下の若い男とつきあっている」というフレーズ、依頼された時には「あ、そうなんですか。なるほどです」と、クールに言いながらも、めっちゃ嬉しかったー！　待ってましたー！　いーとも！　だった。現実にはありえないし、そもそもそんな役自体に驚いた。ごちそうさまっす。しかし、なんとそのちょっとあとで、スポーツクラブに行ったら、本当に若い男の人（でもエネルギッシュ）に濃ーい声をしつこくかけられ、「げっ」とひきながらも、お、おれもまだそういうもんが残ってるかー、とニタニタと自分をはげました。どすこい。

○月×日

『ごきげんよう・上半期大賞』収録。ご一緒する藤井隆さんのファンだったので、言おうとしたら、なんと藤井隆さん、私のＣＤをずっと聴いてた頃があったのだそうだ。しかし、あまりにも尊敬の目で１７０度ほども頭を下げるので、「まわりの芸能人はだませても、私ゃだまされないから。その低姿勢は計算計算」と言ったら（親しみのつもりだった）、本番ですっかりしょげてしまい、「大丈夫っすか？・」と楽屋にあやまりに行く。淡色野菜。

ストイックで、格があり、ヒトにやさしいこれが一流の定義。私は？

○月×日

テレ朝の土曜ワイド劇場『女探偵・朝岡彩子』の収録。私が揉《も》み合い、転倒するというシーンを殺陣《たて》師に教わる（顔怖かった）。カメラのアングルを知り抜いての動作、けがのない所作を教わり、勉強になったでごわす。でも、ひじにアザができてしまい、それを言ったら叱られそうで、胸に秘したでごわす。

○月×日

オペラシティでの大きなコンサートに呼ばれた。今年、著作権法100周年なんだそうで、100年間を音楽で振り返るという企画。雪村いづみ、水《すい》前寺清子《ぜんじ》、赤塚不二夫、山下洋輔《ようすけ》、野村万蔵《まんぞう》、綾戸智絵《あやどちえ》（敬称略）など、著名人が勢揃い。廊下を歩けば歩くほど楽しかった。なんと4時間。私はモンローで歌う、ユーミンになったりと、時代別に4回登場。久々コメディエーンヌ、ってカンジ。訳すと女芸人（泣）。楽屋が一緒だった、渡辺えり子さんと妙に気が合った。嫁にほしいと思った。誰の。司会の堺正章さんは一流芸人という感じだった。ストイックで、格があり、ヒトにやさしい。今日からこれを一流の定義に決定。印鑑。

○月×日

野沢直子ちゃんが家に遊びにやってきた。高校生時代にかえったような気持ちになる。しかし、お互い子持ちなので、ノーメイクでシワシワのほほ笑みあい。いたたた。

○月×日

マネージャー・矢野の買ったばかりの新車に初めて乗せてもらった。免許あるってカッコいいな！　矢野さん！　ってカンジ。矢野センパイ！　ってカンジ。発車！　印鑑！

何も考えない。それってホントは意外と難しいことだった

○月×日

青森でイベントに参加。終了後、空港行きのタクシーに乗ったら、目に映る景色の中に、でっかい「関ガラス店」を発見。ナンシー関さんの実家のはずだ。昔、彼女から「うちの実家の宣伝文句〝ガラスコワレマシタラ〟なんだ」という話を聞いたことがあり、目の前のお店にもそう書いてあったからだ。「ちょっと！　すみません！　止めてください！」と停車をお願いし、不思議そうな顔をしている運転手さんを尻目に記念写真。ここかあ。しばらくすると、お店にホンモノのお客さん（主婦）二人が「すみませーん、すみませーん」と、中に何度か声をかけていた。「お、ちらっと親の顔が見られ

るかもしれない」と思った矢先、その二人が私の前につかつかっとやってきて「あなた、お店の方ですか?」と指さして聞かれた。「あ、違います!」と否定する声が情けなかった。

○月×日

夏休みにオアフへ。芸能人くさー。でも、5年ぶりのハワイ。今回はとにかく部屋から出ず、海だけ見て、何も考えないでゆっくりするんだもんねー、と決意してたのだが、「何も考えない」って、意外とホントーに難しいことだった。みなさん、やったことありますか? 「さ、ボーッとしますよ。白紙にします」と思っても、いざ椅子に座ると雑念が頭をよぎり、どうでもいいようなくだらない思い出がやってきて、そのうち好きでもない歌まで鳴りはじめ、ストッパーがきかない。すごく無駄なことにあえてがんばって座ってる、みたいなのだ。何も考えないって修行でもいるんじゃないの、と思い、結局さっさと水着に着替えた。

観てきましたよ、カッパーフィールド
有名手品師ってみんな手足短くない？

○月×日

観に行ってきましたよ、デビッド・カッパーフィールド！ 前の方の席で観たんだけど、びっくりして自分の目を疑ってしまいました！ カッパーフィールドって、ザ・外人なのに、めちゃめちゃ足が短いんですね！ あれっ!? っと思って、集中して観てしまいました。そしたら、ホントに。しみじみ考えてみると、有名な手品師って、みんながみんな、揃って手足が短くないですか？ 気のせい？「足を長く見せるマジック」なんて、誰でも知ってるのに。っていうかやってる人も多いのに。なんちゃって。

○月×日

『出没！アド街ック天国』のロケ収録で、故郷・高山へ行ってきました。学生時代の友達S君もチラッと出演したんだけど、Sったら、カメラ持ったスタッフに会うなり「あ、おはようございまーす！」とさわやかに挨拶してんのに笑った。業界ノリ。久々にラーメン、飛騨牛、お寿司と、おいしい、おいしいと、高カロリーのものも次々にやたら食べた。

○月×日

ちょっと太って『笑っていいとも！』へ。メイク室で話をしてたら、ココリコの田中さんのマンションと、私が住んでるマンションが、えらい近所にあることがわかった。歩いて2分くらいなのだ。私も「へえ」と驚いたが、ふと見ると、田中さんは「それ、本当ですかっ！」と死にそうなくらいの驚愕をしていた。なんというか、圧倒的びっくりの表情！　なのだった。私もそれを見て、また再び驚いてしまったくらい。驚きは伝染するようだ。でも、いつもそういう表情なのだった。

おーい！　そこにゃあ何もねえぞーっ！
何もねーんだぞーっ!!

○月×日

このあいだ、ふとテレビを観てたら、梅宮辰夫さんがこんなことを言ってた。「俺はね、若いころァ、とりあえず朝までずーっと六本木にいたんだよ。ずーっと。いれば、いつかは何かいいことがあるんじゃないかと思ってサ。面白いことがサ。けどね、ある日、やっとわかったんだ。ここにゃー、なーんにもねえ！　ってことが。ねーんだよ！　なーんも！　それからね、俺は夜ァもう、早く寝るって決めたんだよ」。ここまではわかる。そのあとが好きだった。「だからネ、俺はいつかヘリコプターに乗って、六本木の上空から、下で遊んでる奴らに向かって大声で言ってみたいんだ。おーい！　そこにゃあ何もねえぞーっ！　何もねーんだぞーっ！」。これがほほ笑ましくも、あまりにもスカッとしたセリフ（言い方）だったので、ここにメモしてみました。

○月×日

番組で、青山のボディ&ソウルというジャズのお店で、山下洋輔さんと話をした。おだやかなほほ笑みと紳士的な話し方をされながらも、やっておられる仕事は壮絶で、ピアノに向かわれて演奏されている姿も、ピリピリと恐ろしいほどだった。結局、面白いことのひとつも思いつかぬまま、退散。

○月×日

『天才てれびくん』で、振り付けの南流石《さすが》さんに踊りを習った。南さんとは、たまたま先月も別番組でご一緒したのだったが、その時は踊る私に「踊る以前に、身体に芯がない」と名言を残し、笑ったが、今回は芯を持って踊っていた私に「ほら、ひざがふざけてる！」だって。みなさんも、ひざ、ふざけないでね！

今月はいろんなモノを観に行ってきたある
街頭のティッシュはもらっとくもんだね

○月×日

今月は、いろんなモノを足で観に行ってきたある。まずは京劇の『楊門女将《ようもんじょしょう》』ね。意外とこれが面白かった。ステージの両脇に縦長の電光掲示板があって、それがオペラみたいに日本語に同時通訳してくれるんですね。ストーリーは「まだ幼い子供がけなげに、戦争で殺された親族の復讐を遂げる」というモノ。観ながら、はまってるけど、まさか泣いたりしないよね、と思ってるうち、恥ずかしいほど涙。街頭のティッシュはもらっとくもんだね。ただ「あ、なんでこういう感情表現の時にバクテンするか？　あ、また」というのはあったんだけど。ところで幕があがったら、たちまち「大中」店内と同じ匂いがしたんだけど、あれって何の匂いからくるんでしょうね。よく外国人が、日本製の飛行機に乗ったとたん「SOY SAUSE SMELL（しょうゆ臭い）」と感じる、と聞きますが、それはきっと我々の口臭やら体臭ではないかと。ただ大中は、竹みたいな匂いなんだね。あ、竹でいいのかな。パンダも竹好きですし。翌週、ドキュメンタリー映画『グレン・グールド27歳の記憶』も観ました。ピアノを弾きながら片手で指揮をし、鼻歌でハミングしつつ、足ではリズムをとってしまう。身体がひとつの楽器と化してしまったようなクラシックのピアニストのフィルム。それにしても男性ピアニストはなんでこうも決まったように美形が多いのかな。ギターがその中間として、ウクレレ方面の顔と比べると、まるで楽器の方が顔で選んでるような。「ウク」ときて「レレ」だもん。人柄もかわいくなるんでしょう。あと、モノマネシンガーの映画『リトル・ヴォイス』も面白かった。

山田洋次監督から電話があり、危険信号が黄色いハンカチとなって点滅

○月×日

最近、自宅にかかってくる電話にロクなもんがなく、ほとんど勧誘。敵もさるもので、最初に会社名を名乗らず「鈴木です、ミチコさん、元気でした?」と、久しぶり! のトーンで始まるので、(あ、あの鈴木さんかな?)などと思ってるうちにスラスラ説明に入られる。これが腹立つ。こないだは墓地の勧誘。しつこかったので、カンジ悪くすぐ切ったら、相手も怒ったのか、またすぐ電話のベル。今度は「山田ですが」と言う。「あー、どちらの」とカンジ悪く出たら、なんとホンモノの山田洋次監督だった。娘さんとは友達だったので、自宅の電話番号を知ってらしたらしい。危険信号が黄色いハ

ンカチとなって点滅。すげー、いやな印象になってたに違いない。

○月×日

鈴木慶一さんプロデュースによる、あがた森魚《もりお》さんの『日本少年2000系』のレコーディングに参加した。あがたさんは美しい詩人のようなのだが、声のトーンの注文のされかたもこれまた詩のようで、「イタリアの海の向こうにいる、セイレーンのような感じで、もっとかぼそく」とか「まだランドセルが重い小学生の歌う唱歌のような感じで、苦しくて楽しい感じで」など、イメージしながら歌ってみるだけで、かなり面白かった。

○月×日

『たけしの誰でもピカソ』に出演。今田耕司《こうじ》さんは、人の心情が即座にわかる上、的確にコメントやチャチャを入れる。でも、目が離れていると（人のこと言えないけど）、どうしても知的に見えないので、いつもアホっぽいのに頭がいいんだと感心してしまいます。それってめちゃ失礼。

「俺は違うんだ！」　みなさん、こうせつさんのは本物です

○月×日

ＮＨＫ『熱血！オヤジバトル』の司会をした。オヤジのバンドが競い合う番組。その審査員の一人、南こうせつさんが、コント用のアフロのカツラをつけた時があったんだけど、なんとも似合いすぎてて、「あれ局のヤツじゃなくて、本人が隠し持ってるカツラなんじゃゃ……」と、途中まで言いかけた瞬間、「ちょーっと待った！」と、客席の審査員席にいた南さんが走り出てきた。「実は俺は今、それ、しゃれにならなくなってるところでさ、インターネットで神田正輝なんかと一緒に『ヅラ疑惑芸能人』とされているひとりらしいんだ。俺は違うんだ。ミッちゃん、この際だから、ここで俺の髪の毛

引っ張ってくれない？」と言って、頭を差し出した。ところがこれが、引っ張るのにしのびないような薄さ（すみません）。しっかり引っ張りながらも「みなさん、ごらんのように南さんはカツラじゃない！　見事な植毛です！」と言ってみたら、「あ！　お、おいっ！」というマジであせった顔をなさってた（本物です。念のため）。それにしても、芸能界の男性陣は、このところ痛くもない腹をさぐられててかわいそうなほど。女性のつけるウィッグだって似たようなもんなのに。

○月×日

平野レミさんと銀座でトーク。私は自分で自分を「芸能界で平野レミについて語ることのできる人間第1位」だと思っているのだが、会うなり「清水さんトコ、お子さん3人とも元気⁉」と聞かれた。「ウチはひとりだって会話、いったい何回目っすか？」と言ったら、「ねー！　この人、いかにも3人産みましたって顔してるのよね！」と、観客に。

「また中尾彬さん来たとね！」「毎年くんちに参加しとるとよ！」

○月×日

ロケで「唐津くんち祭り」に行ってきた。そしたら、到着したホテルの玄関に、大きな字で「中尾彬《あきら》・御一行様」と書かれてあるじゃないですか。普通、芸能人が仕事で訪れた場合なんかだと、こんな風に看板に個人名を書かれないものなので、「個人旅行なのかな、それとも同姓同名？」などと思っていると、地元の人たちの会話が聞こえてきた。「あれ、また中尾彬さん来たとね！」とか「毎年来とるばい。くんちに参加しとるとよ！」など、その言い方は、やっぱり「あの」中尾彬さんであり、かつ本当の「お祭りファン」なんだと驚いた。というより、むしろ「お祭りファンが本当にいる！」

ということに驚いたのだ。全国にそういうファンがいるということは噂で知っていた。でも「いるんでしょうな」くらいで、その存在をうまく自分の中で消化できていなかった。本物の味を知って、ますますうまく消化できなかったけど。「去年はイマイチな。餅のまき方が」とか「今年の神輿《みこし》の腰の入り、最高」とかの会話があるのかなあ。これぞ「男の趣味」ってカンジ。いつか聞いた、なぎら健壱さんの話によると、「鉄塔マニア」という人々が存在するらしい。これも男性に限っているのだそうで、変わった鉄塔、最新のデザイン、色つき鉄塔、日本一高い鉄塔など、写真を撮っては、お互いに見せ合うのだそうだ。その話を聞いてからというもの、私は鉄塔が昔のように無視できなくなっている。普通に歩いてて「あ、鉄塔」と見つけられ、どの位かと、見上げるようになってしまったのだ。祭りもそうなりそうで困る。

「♪あなたサ～、ずいぶん僕にアコギなことしてるそうじゃな～い♪」by陽水

○月×日

NHK-BS2『真似して真似され二人旅』というすごいタイトルの番組で、吉田日出子《ひでこ》さんと二人、新潟へ旅してきた。「豪農の宿」という、ものすごい敷地を所有していた豪農の屋敷を、今は旅館にしているところに宿泊。それにしても「豪農」って、何度口にしてもインパクトあるなあ。かなわない強さよのー。なってみたいなあ。芸能人でいうと、石井ふく子さんかなあ。豪農系ですよね。楽しい撮影が終わり、夜、ひとりで温泉に入ってたら、鼻歌が聞こえてきて、見れば吉田日出子さんであった。二人でお湯につかりながら、男の話などした。吉田さんは、そっち関係はどうやら豪農の様子だっ

たが、バディの方は、二人とも貧農だった。

○月×日

ニッポン放送で、井上陽水《ようすい》さんと『2時間半！　井上陽水スペシャル』に二人で出演。実は前日に、コンサートの楽屋で初対面のご挨拶をしたのだが、私は陽水さんをネタにしておちょくっているので、かなりブルーだった。「勝手にお世話になってますー」と言うと、いきなり「あなたサ〜、ずいぶん僕にアコギなことしてるそうじゃな〜い」と、ゆるやかなジャブ。アコギ。これが本当にしてるんだ。しかし、サングラスからのぞかせたそのほほ笑みに、「もっとやっていいよん」というメッセージを勝手に感知。ラジオ本番も、あの妙にいいフレーズをじわじわと出しておられた。終了後、「どう、食事でも」とヨユーで誘ってくださり、ジャガーに乗せてもらって、ずーっと話しながらドライブし、レストランで最後に「あなた、やっぱり変」と言われた。

ジャンジャン廃館にウルウルベスト版ライブを1月にやります

○月×日

11月末、BS2『渋谷・原宿ポップストリート』のファッション対決に出た。途中、時間がなくなってきて、しゃべりながらふと見たら、ADさんが小さい声で「マキでマキで!」と、指をぐるぐるしていた。昔から思ってたんだけど、普段はタレントにやさしく、シタテにシタテに接してくれるADさんが、いきなり本番になると「失敬な指さし」に変わるのって、なんだか笑える。何度見ても笑える。仕事とはいえ、指でぐるぐるって。オッケーマークって。「のばして」の時は、両手でおにぎり開くし。エンディングに「さよーならー、よいお年をー!」と言ったら、ADさんが「まだ早い、早い！」と、口に指を立てて「しーっ」を繰り返していた。

○月×日

渋谷のジァンジァンというライブスペースが、ついに廃館になってしまう。うるうる。思えば私は約13年前、ここで「ひとり勝手にデビュー」したんでした。それで来年、２０００年の1月21日と22日（マチネあり）に、ライブが決定して、今までここで作ってきたネタを、ベスト版ってことでお見せする運びになりました。せっかくだから「もうちょっと日にちをくれんか」と頼んでみたんだけど、案外ジァンジァンってビジネスライクで、「や、他の方で埋まってます」とあっさり。ま、そこがいいんだけどね。ま、なんちうかネ、と森繁久彌《もりしげひさや》さんのアゴヒゲ。

2000年

デヴィ夫人になってみると、
世の中のあらゆるものが気にさわる！

テリー伊藤さんと目が合うといきなりよくわからない話が……

○月×日

「おっ、超かわいい洋服発見!! でも、背中が丸出しじゃーん。いや、テレビで後ろ向かなきゃいっか！」と思って服を買い、前向き姿勢の多い『ビートたけしのTVタックル』に出たら、大竹まことさんがそれを即座に発見し、「けばけばしいもん着やがって！」と、あっさり背中向きにされ、ブラの線丸出しに。カットになりましたが、大竹さんはずっと昔も、生放送で私が'50年代風ウィッグをつけて出たら、「ヅラ発見！」と言って、人の頭を片手でつかみ、カポッと外されたことがある。「あっ！」と網ネットのみのヘアで丸まった。こんなことさせたら日本一だ。

○月×日

『北野チャンネル』で、テリー伊藤さんとご一緒。たまたま浅草キッドの水道橋博士が「テリー伊藤さんって目が合うと『オッス!』でもなく、いきなりよくわからない話が始まる」と言っていたんだけど、私のマネージャーが最近廊下でバッタリお会いしたので、挨拶したところ、「近いよね!」と言われたらしい。「近いって、何が、どこが」と、一人で混乱したそうだ。そして「今日の本番、テリーさん、いったいどんな挨拶で始まるんだろーね」と噂してたら、案外ニコニコしながら歩いてきて、私の顔を見るなり、「ダメじゃないかあっ!」と笑顔で叱られた。いったい私の何が、どうダメなのか。もはや聞く気すらなかった。そうか、そう来たか。

○月×日

矢野顕子さんのコンサートへ。素晴らしいこと。涙ふきながら、私のメンタル・除夜は明けました。賀正。

スチュワーデスとのコンパは会社によってこんなに違うそうです

○月×日

「今年は暖冬」なんて言われながら、けっこう、これ寒くない？　寒いよね？　と、私のイメージするスチャダラパーの「ゴキ足のダンナ」なオープニングで書き始めてみましたが、私の持病はとにかく末端冷え性なので、身体に悪いことはわかってても、毎晩つけてくるまる電気毛布は離せません。だって、あったかーくしてないと眠れないんだもん。グス（と、ここはパフィー調で）。しかし、私は思う。この世でいったい何人の人間が身体に悪いとされているファストフードなどを、本気で非難できるのだろうか（と、ここは太田光《ひかり》風に）。

○月×日

ニッポン放送のチャリティー番組で、たまたま鳩山由紀夫さんとご一緒するコーナーがあったんだけど、CM中、鳩山さん、あのまつ毛パッチリの顔で「ゆず」のポスターをじっくり見上げながら、まじめに「ゆずはそうか、食べ物じゃないんだな。人気の漫才師？」と聞いていた。漫才に「師」をつけたところが古かった。

○月×日

先日、松村邦洋さんに聞いた話が面白かった。スチュワーデスさんとのコンパなんだけど、「会社によってこんなに違うもんかと、びっくりした」と言う。A社はさすがにプライドが高く、年齢もやや高いんだそうだが、B社は飲みに行くお店の値段が高いんだそう。C社あたりから「下ネタ、オッケー！」と、人間的な幅が広くなるのらしい。そして最近の新・某航空会社の方々には、その場でいきなり呼び捨てにされ、何やっても「てめ、面白くねえんだよ！　あっち行けよ！」と、足げにされたそうだ。

似顔絵の描き方をみんなで習った描くたびに激怒させていたようだった

○月×日

『ウンナンの気分は上々。』のロケで、プロの先生にイラスト(似顔絵)の描き方をみんなで習った。私は学生時代、美術はヘタだったし、ふだんも絵なんて描かないんだけど、ホント絵ってものは、あんなに描いているうちに、じわーと落ち着いてくるものだとは。ちっとも知らなかった。やあ、落ち着いたよ。これでわかった。どこの学校の教師の中でも、美術の先生だけは、なぜか一人だけ浮いてるって風なのは、ストレス系から一人解放されてたんだ、なーんてね。音楽より落ち着いてるよ。音楽は興奮しがち。まあまあ落ち着いて。奥さん、落ち着いて。タクトを置いて。そんなカンジ。でも、いざできあがった作品を見てみると、描いた本人の性格がハッキリ出るものらしく、私は描くたびに一人一人を「ひどい！」と激怒させていたようだった。ウッチャンは絵のどれにもイキイキ感がないし、出川《でがわ》さんには毒というものが全然ないと、落ち着きながらも、みんなでひたひたとののしりあい。

○月×日

ある放送作家が「僕は映画館に行けない」と言うんで、理由を聞いたら、閉所恐怖症なんだそうだ。広い、狭いの問題じゃなく、密閉感なんだという。困るのはタクシーの中で、数分で落ち着きがなくなり、いかにも運転手さんから「挙動不審な人物」と認められてるのがわかるんだそうだ。隣にいたもう一人の女性放送作家が「私は高所恐怖症なの」と言う。話を聞いたら、もとは違ったのに、高所恐怖症の夫のマネをし、からかってたら、自分がなっちゃってたそうだ。「バチって当たるのよ」と、最後に忠告された。

さようなら、ジァンジァン
たくさんの思い出をありがとう

○月×日

渋谷ジァンジァンでライブ。ここでのぎゅうぎゅうお立ち見ライブもついに今回でおしまい。そう思いながら眺めていると、本当に壁のシミすら美しく見え、またじーんと悲しくなってくる。まさかここに立つなんて思ってもいなかった学生時代のことです。矢野顕子さんのコンサートを観て、いざ会場を出る時、あのピアノに指一本でもさわることができたら、何かが変わるんじゃないかしらと思い、人の波に流されながらステージ近くで、ピアノの流線形部分に一瞬指で触れたことがありました。電気。あそこは客席とステージに高さの違いがなく近かったから、そんなことができたんですね。ドキドキしました。しかし、スタッフから聞いたのですが、その数年後、ジァンジァンで私のライブが終了した時、帰るお客さんが、ピアノの上の譜面台に置いてあったネタ帳をパラパラーとめくって読んでいたそうです。まあ、そういう狭さがいいのよねー。ここがなくなるのはとても淋しいですが、個人的な思い出はたくさん残っています。

○月×日

そんなしみじみとした感傷も残しながら、おとといはなんと日本武道館で自分の顔を観てました。というのは、忌野清志郎《いまわのきよしろう》さんのコンサートのオープニングにちょこっとVTR出演をさせてもらったので。ブ、ブ、ブ、武道館ベイベー。広ーい。なんだか今週は、まるで大も小も兼ねるウィークかのようで、翌水曜日は、試写会で『ストレイト・ストーリー』を観て涙すすったあと、すぐにテレビの仕事でラーメンすすってました。大小兼ねてないか。

いやー、私やてっきりそういう名前の選手がいるのかと思ってて

○月×日

　某番組で、生田智子《いくたともこ》さんとご一緒した。なんとも上品。本番前に、メイク室の鏡の前で、生田さんがメイクさんと「ウチの主人がね……」と、話しておられた。私が「あ、結婚してらっしゃるんですか？」と、軽いカンジで聞いてみたら、「はい。あの……（言いにくそうに）ジュビロ磐田《いわた》の……」と言うので、驚いた。ジュビロ磐田といったら、スポーツ音痴の私ですら、何度も何度も名前を聞くほど有名だ。「えーっ！　じゃあ、生田さんって、あの、ジュビロ磐田の奥さんなんですか！」と聞いたら、とても意外そうな表情を瞬時にされながら「いえ、あの、ジュビロ磐田はチーム名です……」と、

さらに言いにくそうに答えた。わ！　顔まっかっか！　私はてっきり「ジュビロ磐田」さんというのは、著名なサッカー選手で、イタリアと日本人のハーフの方、と勝手に思ってたのだ。「どうにも、ホントにスポーツ知らなすぎてごめんなさいね、日本人で知らない人いないでしょうに、ホントすみません」と、あせりつつあやまった。ゴン中山さんの奥様なのだそうだ。知ってたか。番組終了後、エレベーター前で、マネージャーに、「悪いことしたよ。さっきさー、私やてっきりジュビロ磐田って選手がいるのかと思っててさー」と、話をしていたら、横にいた男の人がハデに爆笑した。見たら、ヨネスケさんだった。「わかる！　や、俺はわかんないけどサ、そーいや、いそうだよな！　ジュビロ磐田って選手。いそういそう。いるいる」と、ダミ声で笑いながら賛同してくれて、「でしょ？　ですよね？」なんつって、おのが罪をいくらかでも軽くする方に向けた。

沖縄のフリーマーケットへ
チャタンの夜は更けていった…

○月×日

ＦＭの仕事で沖縄へ。仕事も夕食も終わった夜、ホテルでまたマネージャーとテトリス対戦でもするべ、と思いながらホッと一息ついてたのが夜の9時、と思ってください。なんと、その数分後、私たちはフリーマーケットへ行けたのでした。「こんなに遅い時間でも、行けるものらしい」と、スタッフからの電話で、立ち上がってワーイ！　だった。もし私が外人なら、ワーオ！　ブルルン！　ホテルから歩いて10分ほどの「チャタン」という街では、毎週土曜は、深夜12時までフリマが開いているそうなのだ。アラマ。しかも行ってみたら、たまたま一軒だけオープンしているスペースがあるというわけじゃなく、ホントにそのストリート周辺、だーっと並んで売ってるんですよ。買ってるんですよ。にぎわいでるんですよ。だーっと。なんか若いわ！街中！ってカンジ！飲めや歌え、ハモれや踊れってカンジ！ハレンチな格好した娘さんもいるし。外人さんもベリベリスマイル。子供もサムタイム・カッポ。アメリカの古着買うずら。オリオン飲むずら。ウベアイスなめるずら。めずらしそうなカセットテープ買ってみるずらか、と温泉地の観光客のおっさんと化しながら、チャタンの夜は更けていった。君たちゴーヤ・ソーキ・チャンプルだね！翌日はまたファンの方から「名護《なご》のアルゼンチン・チキン」をいただいた。沖縄なのにアルゼンチンという、この不思議なルーツのチキンは、私がずっと前、友達からおみやげにもらって食べて感動し、探してたヤツ。トマトとニンニク、バジルのスパイスが利いてて、カリッとジューシー。ありがとう沖縄。

オカマみたいな人、仕事柄多いからね。どうしても

○月×日

さる番組で会った女優さんに、ほんの数秒だがメンチきられた。「えっ？」と驚いた。私は昔っからそういうことはされないタイプ！　と勝手に思ってたので、や、きっと彼女はメンチ切ったのではなく、視力が悪いのだと思い、ニッコリ。しかしどうも後になっても、あれは積極的視線だったよな、と感じ、しばらくしてトイレで「ハッ！」と思い出した。数年前、私はテレビで彼女のモノマネをネタにしてたことがあったのだ。もしかして、ずーっと数年間怒ってて、今日やっとめぐり会えてそうしたのではないかと思ったら、意味は深い。しかも、笑顔で返したことで罪は二重。せめてびびった気持ち

を前に出すべきだった。

○月×日

『ズームイン朝！　スペシャル』に出た。たくさんの芸能人が出身地別に並んでごった返す中、私の注目は青森出身のフォークシンガー、三上寛《かん》さんただ一人。こういう風にたくさん人が出る番組だと、たいがいお互いが牽制《けんせい》しあってしまいがちなものだけど、三上さんはさすが、ずうっとノーマルなまま淡々としゃべってた。いっさいおかまいなし、そしておかまいなく。久々に見た、男！　仕事柄、どうしてもオカマっぽいタイプが多いからね。ところで、南の暖かい地方の人間が根っから明るいのはもはや常識だけど、北国の方が、笑いの質はなんだか強い気がした。明るくない分シビアというか。ストレートじゃない分、意外とふとした言葉の意味がキツかったりするのだ。お笑いの「関西vs.関東」よりも、むしろ「北国vs.南国」の対決をいつか見てみたい、なんて気がした。

わかめごはんを食べながら味覚について考えてみました

○月×日

ニッポン放送でCM中、スタッフの熱海おみやげのお菓子をいただいた。「ふーん、どれどれ」なんつって、何気なく一口食べて驚いた。おいしいのだ。薄ーいパリパリの飴の中に、細かくくだかれたアーモンドが入ってて、さらにそれがソフトクリームのコーンみたいな肌色のサクサクの台の上に置いてあるという、小舟の形をしたお菓子。上の歯ではパリパリさせつつ、下の歯でサクサクという、この歯ざわりが新鮮で、奥に噛み進むほど香ばしい。「今、温泉地のお菓子ってどれもこんなに進化してるもんなの？　知らなかった！　うま！」と言いまわったら、買ってきた主が、ふだんから「グルメ板倉」と呼ばれてる男とわかり、「やっぱり君か！」と握手した。板倉君は食べ好きなだけでなく、人にあげるおみやげもこだわるようで、熱海の売店で、一口ずつ、かたっぱしから味見して決めてきたのだそうだ。さすが。たしか「お宮の月」とかいう名前のお菓子でした。おためしください。

○月×日

そんなおいしい思いをした翌日、某局のお弁当が「わかめごはん」。世の中に、わかめごはんほどまずいものがあるかしら。しかし贅沢は言うまい。噛みながら、なぜまずいかをじっくり考えつつ、一人静かにいただいた。わかめも好きだし、ごはんも好きなのだ。なのに、両者を合わせたとたんにまずくなるという構図。それは、1・両方とも歯ごたえがないから。2・ごはんの風味を、わかめの磯が殺してしまうから。3・口の中で、ふと、わかめが大きく広がるから。などでした。ご意見お待ちしてます。嘘。

ツンツンするくらいがちょうどいいのだ！

○月×日

飛行機に乗る機会がありました。何気に聞いてた機内アナウンスが、「お？」とちょっと耳を止めるほど、やにかわいい甘い声。聞いてたら、「皆様、本日はご搭乗まことにありが……」あたりで、なぜか一人クスクス笑ってしまってました。すぐに先輩スチュワーデスさんが交替し、おわびを言ってました。ガーン。こんなちょっとしたミスは初だし、そう迷惑でもなく、ささいなことのようですが、私としては、ああ、ついにスチュワーデスの世界にまで、こういう軽いノリがはびこってきたかと直感。ファミレスやブティックや美容院などならともかく、スチュワーデスさんの世界だけは、エへ！　若くてドジなアタシなのれしたた（でも許される）！　みたいなノリは永遠に持ちこまないでいてほしいのです。いつもキリッと自己管理な姿に、ずうっと憧れたい。むしろ普段はツンツンしてくださってちょうどいいです。特に海外に行った時など、いかに日本人スチュワーデスさんがやさしく頼もしく、完璧に優秀か、よーくわかります。世界に誇れます。関係ない私まで、鼻が高くなりますもん。特に欧米人スッチー！　長い旅路が多いってのに、皮肉なことに10〜12時間、いっさいのスマイルなし。仕事にスマイルは含まれておりません、みたいな。それどころか、めっちゃ冷たい。ずーっと冷たい。毛布頼めば、「やれやれ」ってな動作だし、窓の開け方もバッ！　と、母親のように乱暴で、「早く起きろ！」ってな手つき。しかし日本人スチュワーデスには、これらすべてありえません。むしろ軽い自己主張などを嫌うフシがあります。なので、よけいにね。

休みの日も家にいるのが好き 今日も清水ミチコ・イン・家

○月×日

『ウンナンの気分は上々。』に出演。横浜の駅前で顔を隠しながら、ウッチャンと似顔絵書きに挑戦した。ドキドキ。長時間のロケによって、久しぶりにしっかり日差しに当たったってカンジ。帰ってからよく眠れたー。私はもともとインドア派で、休みの日も家にいるのが一番好き。今日も清水ミチコ・イン・家。シゴトにしたってスタジオの中が多いから、こうやってロケで外に出ると、太陽に向かって「防虫!」って叫んでみたくなるの。意外とロマンチスト、だね!

○月×日

ある雑誌で「食べ物について」の長ーいエッセイを頼まれて、それを書きながら思ったんだけど、味覚のボキャブラリーって、絶対数が少ないですよね。今日はここで、これをぜひみなさんに訴えたいと思います。ここからはメガホン片手にしゃべっていると思って読んでください。スイッチ・オン。私たちが住んでいる今の日本には、諸外国、つまりタイからフランスからロシアから韓国から、いろんな種類の食べ物が輸入され、もはや普通の食べ物として、深く浸透しています。しかしながら、その味覚を表す言葉は、江戸の昔から「甘い・辛《から》い・しょっぱい・すっぱい・苦い」の、この5つしかありません。あとは「コクやキレ」など「舌べら」に訴えがこないものばかり。全然追いついていません。もっと増やすべきではないかと私は思うのです。そこで「のっすい・ぬどっこい・ちりった・すまる」と、まずは新しい味の表現を4つばかり明記します。意味は各自で。メガホン・オフ。

ほんとうの悩みならたぶん
テレビに相談なんかしないだろうし

○月×日

こないだプライベートで、ある若手お笑い芸能人から、笑いについての悩みを打ち明けられました。こうやって個人的に頼られただけで、私も役に立ってるんじゃない！　ラブリー私！　と、なんだか嬉しかった。しかし、ずうっと真剣に話しあってるうちに「あっ！　あんたの方が売れてて、けっこうすごいんじゃないの！」と、最後はこっちの方が相談したくなった。しかし、家に帰った夜、「芸能人による、一般人へのお悩み回答」ってな番組をゴールデンでたまたまやってたので観てたら、充分重い悩みなのに、ずいぶん答えがいいかげんで驚いた。ただただ「あなたもがんばりなさい」みたいな、きれいな言葉の一点張りで、具体的なアドバイスもないんだ。ある人なんて、ことわざをそのまんま出してた。しかも悩んでるはずの人も「ハイ！そうします！」とか言って、ニコニコ終了してんの。悩みの9割は、誰かに話すことで解決したようなものなのかな。本当の悩みはたぶん、テレビで相談なんかしないだろうし。まだ出て話すぶんだけ、余裕があるってこっちゃ。

○月×日

なーんて思った翌週、ニッポン放送に入ったら、「お悩み相談番組」の聴取率がいかに高いものか、ということをディレクターから聞いてビックリした。きっとテレビもそういうところがあるのかしら。

私の手料理、ほんとうにマズイ！でも仕事としてはオイシイのかも

○月×日

『クイズところ変れば!?』収録のメイク室にいたら、1本目の撮りを終えたばかりのファンファン大佐がおられ、「さっき優勝して、商品をもらったんだ」と言うので、「何をもらったんですか？」と聞いたら、「ハモ」と、たったヒトコト。「ハモって、私は調理したことないんですけど、どうなさるんですか？」と聞いたら、「俺もわからない。調理されてないナマのハモって、買ったことない。あれって、うなぎみたいなもんだろ？」と言ってて、ますますわからなくなってきた。しばらくシーンとして、私は他の人と話し出したのだが、ファンファン大佐は、用が終わったのか、立ち上がって、去り際

にふと私の方も見ず、「ハムの方がまだ良かったな……」と、真面目にボソッと言って帰った姿が笑えた。まだこだわってたのか！

○月×日

『どーなってるの?!』で、梓《あずさ》みちよさんとご一緒した。なんというか、さすが、だった。ふとした拍子に「ごめんあさっせ」とか「でございあすの」など、ふだんなかなか聞けない言葉が身についておられ、語尾を聞くのが楽しみになってきた。昔読んだ週刊誌に、確か「奥歯にダイヤモンドを埋めたの。笑うとキラッと光るの」と書いてあったことを思い出し、梓さんが笑うたびにちらっとのぞいた。見えなかったけど。取ったのかな。

○月×日

『ジャングルTV～タモリの法則～』で、手料理を作り、それをみなさんに食べてもらい、気持ちいいほどボロカスに言われた。私もあとで一口食べたんだけど、ほんとにまずい！　仕事としてはおいしいのかも。淘汰《とうた》。

藤井隆さんと顔赤らめて指切り
何かが汚されてないんですよねー

○月×日

こないだ、電車に乗ろうと駅のホームに立ってたら、すぐ隣で小学2年生くらいの女の子が、駅員さんに何かを訴えてた。さりげなく聞いてたら、「百円玉が落ちてました！」とのことで、お金を渡しているのだった。駅員さんが「ありがとう。どこに落ちてたの？」と聞くと、その子は「ここの駅を降りて、右にずうっと行ってー、公文《くもん》塾のところを曲がってー、公園があってー、その近くにあるー、自動販売機の道」と言ってた。私のような素人が考えても駅から遠い。駅員さん、いったいなんて言うのかな、と思ってたら、しばらくして「あの……交番って知ってる？」と、言いにくそうにボソッと聞いてた。それ、正解！

○月×日

藤井隆さんの『オールナイトニッポン』へ。藤井さんはなんだか人に会うとドキドキする体質らしく、私もそれを察知したとたん、なんだかずいぶんいじめる方に出ちゃった。番組はすごく楽しかった。若ーい女の子と一緒にいたみたいだ。汚れてない人ですよねー。そのあと「そのうち一緒に何かやろうね！」アンド「メール交換ね！」と、顔赤らめて指切り。ワオ！　スマイル！　でも！　シワシワ！　のばして踊って！

○月×日

取材で、私の好きな原宿の中国家庭料理の店「東坡《トンポー》」を紹介した。「トマトと豆腐の炒め」や「じゃがいもとセロリの千切り炒め」を久々にごはんにかけて食べて（これが正しい食べ方）、めちゃおいしかった。思い出し笑いってあるけど、思い出し味わいもあるある。

カラスと目が合うと何かされると聞いてたけど、それってほんとうだった

○月×日

某航空機に乗ってて、めずらしい体験をした。スチュワーデスさんが「お食事、いかがでございますか？」と言いながら、私の席のテーブルを出そうとしてくれた。ところが、取っ手の部分を上に引っ張ろうとしたら、そのまんまスポッと抜けてしまったのだ。テーブルを持った姿のスチュワーデスさん、そのまま「テーブル、取れてしまいました。申し訳ございません」と言い、こっちも「いえいえ」などと言いつつも、どうなるのかな、なんて思ってたら、「あの、お弁当ですので、おひざでよろしいでしょうか？」と聞かれ、機内で私一人だけ、ひざにお弁当。ひざ、ホカホカした。

○月×日

テーブルが壊れたというその翌日、インターネットをのぞいていたら、突然パソコンが「ブッ！」と低い声で笑ったかのような音を出し、なによ今の、と思ってたら、そのまま壊れた。どうやっても蘇生しない。「嘘でしょおおおー！」と、深夜に私が壊れた。

○月×日

ヤノッチ（マネージャー）が、自転車で駅に向かってたら、反対方向から飛んできた2羽のカラスのうちの1羽と、確かに目が合ったそうだ。「あ？」と思った時には、すでに彼女の頭上にカラスがズン、と乗っかってたそうです。「カラスと目が合うと何かされるとは聞いてて知ってたけど、それは本当だったんですね」と言ってました。世田谷あたりは、特に本当多いんです。私も、一度カラスの被害にあったことがあります。あまりに恥ずかしかった一瞬でした。きっといつか駆除します。

番組収録中にジェネレーションギャップをみつけた日

○月×日

モーニング娘。さんの番組へ。みなさん、しゃべってることのほとんどがひらがなできこえてきまーす。興味を持ったのは、毎回使ってあるらしきカンペで、たとえば、普通は「CM入り」とか「シメて」などと書かれており、それがADさんからの指示になっているんだけれど、ここではそれがちょっと違っているのでした。「そんなわけで、続いてはCMでーす」とか「ほっといて、次に行きましょう」とか「さ、無視してこのコーナーでーす」など、彼女たちを悩ませることなく、話す口調のままで書いてあるのです。かわいいっす。働く10代ですもんね。スタッフも若い、というのが正しいのかはわかりませんが、一人完全にハイテンションで、印象的な挨拶の方がいました。「清水さん、僕こないだナントカ温泉行ってきましたア！（笑）」と言うのです。真意が読めず「あ、はあ……」と言ったら、「と！　まあマエフリ・ギャグはこれくらいにして！　ハイ！　オシゴト！　オシゴト！」と、一人で笑ってました。マエフリ・ギャグなんて言葉、初めて聞いたし。

○月×日

『今夜ピアノが好きになる』という番組で、久々に山下洋輔さんとご一緒。モーニング娘。のあとはピアニスト男。という一週間。緊張〜。きっと緊張するだろうから、前日の夜は緊張していない自分をイメージして寝ました。緊張すると、うまく話もできないし、ピアノすら聴いてるようで、スーッと聴こえなくなっちゃうもんです。白紙状態。しかし、本日は努力のかいあってか、ちゃんと聴けました。カンペもちゃんと読んで、進行できました。

松原智恵子さんが「決して…あなたを傷つけたくないのよ…」という口調で

○月×日

『明石家マンション物語』に出てきました。なんだかその日の私の着てた服(私服)について話題となり、「コレ、古着屋さんで買ったヤツでー」などと話をしてた時のことです。着物姿の松原智恵子さんが、私の隣にスッと上品にお座りになられました。そして、決してあなたを傷つけたくないのよ、というトーンで「あのう、清水さん、いったいどうして古着屋さんなんかに行かれるの?」と、やさしい口調で。ハッと途中でわかりました。どうやら「古着屋=貧しい世界」と思っておられるようでした。「そーですね、色とか案外いいのがあってですね、なんというか今はそう恥ずかしくないのです」

などと説明しながら、言えば言うほど、せつなそうな表情で見つめられていくのが肌でわかった。見つめないで。話題をそらせとばかりに「松原さんはどのくらいお着物をお持ちなんですか？」と聞いてみたら、さすがの答えだった。「たんすにふたさおほど」。世の中にはたんすを「さお」で数えられる人が本当にいるんですな。さおてキミ。

○月×日

某気楽なラーメン屋さんで、「ぜひぜひ新メニューの冷やし納豆麺食べてみて！」と言われ、注文してみました。しかし、これが本当にまずくって、笑えてきました。１口食べてまずっ！　２口食べてまずっ！　友人も「じゃ、私もそれを」と言ってしまったので、二人でくすくすつつきあいながら食べました。でも、まずいからといって、違う一品を改めて注文するなんてのはもっとイヤなのよね。結局残さず全部食べました。人生。

京本政樹さんの髪の毛が切っておくれと手招いているようで

○月×日

夏休みにスタッフみんなとハワイへ。でも、中華航空で。でもってことはないか。マネージャーに教わり、生まれて初めてボディボードというものにも挑戦いたしました。酔った。遊び慣れないこの身体。でも、正直言って、今までは海に行っても、ただ泳ぐか、浮くか、焼くってだけで、あとは、えーと、何したらいいべ？　と、ちょっとタイクツだったのも、これで解消！　波乗りという手があったんですね。これで、ずいぶんヒマがなくなりました。海中充実。海上か。あと、小さいことだけど、感動したのはワイキキのマクドナルドの「シェイク・サラダ」という新メニュー。縦型の筒みたいな容器に、野菜が8分目ほど入ってて、そこにシーザー、サザン、ノンオイルなど、お好みのドレッシングを入れて、上下にシェイクすると、ハイ、サラダのできあがりってヤツ。ついてくる長いフォークで食べるわけですな。単純だけど、野菜もビタビタにならずに、シャキシャキ。よく考案してくれた！　早く日本に来て〜。

○月×日

『ダウンタウンDX』に出た。たまたま楽屋で、うざったくなってきた前髪を自分でちょっと切って出たんだけど、廊下で会った京本政樹さんの髪の毛、めちゃこの手でカットしたくなった。また、フワフワとしたカールが、とても切りやすそうなヘア。切っておくれと手招いているような。おいで、おいでと、こちらになびいてるような。でも、チラチラ見るだけで、当然ガマンした。なんか、痴漢の気持ちもちょっとわかるような。目の前ってのが毒、なんですな。

真面目に生きます！
よろしくお願いします！

○月×日

CX『ごきげんよう』に出演。行きの車の中、まだちょっと眠かったので、真心ブラザーズのCDをかけ、「スピード」に合わせて早口で一生懸命歌い、自分にカツを入れた。そしたら私よりも早くマネージャーにカツが入ってしまったらしく、車がガシャシャン！　とガードレールに突っ込んだ。しかもそのガードレールにしっかり車がくい込んでしまい、バックしてもバックしても抜けない。後ろの車はまだ？　って感じで並んでいるし、非常事態発生だ。免許もない私は、こんな時もおろおろするばかりで、役に立たないし。「何か手伝えることある？」と聞いたら、かなりブルーが入ってる声で「タクシー拾って、一人でCX！」と指をさされた。

○月×日

翌日、事故った車を修理に出そうと電話したら、その会社が夏休みに入る期間だったらしく、しばらくそのままに。「ますますついてないねー」と言いながら、マネージャー個人の車を借り、日テレへと連れてってもらったら、今度は途中でその車のバッテリーがあがってしまい、立ち往生。暑い日中ガソリンスタンドまで二人で徒歩。トホホ。直してもらって、また車に乗り込む。「どっかたるんでるってことっすかねー」とマネージャー。「だいじょうぶだよー」と、私も無責任な返事をしてたら、今度はその車をタクシーが「ドウン……」と鈍くこすって行った。だ、だ、大丈夫じゃない！　ダ、ダ、ダメだ！　なんだかこの2日だけで、嘘みたいに連鎖してついていないので、しばらく気を引き締めることにした。真面目に生きます。今年もよろしくお願いします。

我ながらすごいシュート！　と思ってもしょせんは小さなパスだった

○月×日

『ウンナンの気分は上々。』で、子供たちの夏休みの宿題を手伝うというロケに参加した。ロケバスの中で、海砂利水魚の二人が、ずーっと私の方をヘラヘラ振り返ったまま「姉さん、モノマネしてよー」としつこい。ウッチャンが眠そうなので、「ちょっとだけだよ！」と言って、やってあげたら、ウッチャンに「うるせーぞー！」と目をつむったまま言われたので、「ほらごらん！」と、すぐやめた。なのに、ウッチャンが「小声でモノマネしてやれよ！　若手に！」なんて笑う。しかたなく小声でやってみたらイマイチだったので、「実力が出ないから、今度今度」と言ったら、またウッチャンに

「実力なしで、小声で、モノマネすれば？」などと言われた。「黙って寝とれ！」とついに火を噴いた。

○月×日

大阪の明石家さんまさんの番組へ。我ながらすごいシュート！　と思っても、いつのまにか、最後はサラッとさんまさんが笑いをさらって行く。私にとってのどすこいシュートなど、しょせんは小さなパスになってるのだった。ひえー。それにしても、来ているお客さんも本当に素人じゃなかった。話がうまい。いろんなパスをくれるというか、つっこんでよし、ボケてよしで、バラエティ遺伝子を感じた。

○月×日

渋谷公会堂で、ボニーピンクさんのライブへ。そしたら、噂で聞いたことのある「渋谷系相撲取り」２名を発見した。オシャレなライブに必ずいるという。さすが、いい席をゲットしてて、見たらずーっと立ってて、でも踊ってもなかった。

「怖がり疲れ」ってないですか？

○月×日

『世界の仰天体験スペシャル』にゲストで出た。怖かったー。ある古い洋館をそのままスタジオとしてお借りして収録だったんだけど、そこがまた「いかにも！」なカンジで、「出まっせ！」みたいな雰囲気。湿った空気、薄暗い部屋、本番前からみんな怖い体験談で持ちきりだし、音声マイクは理由はわからないんすけど切れちゃう、VTRは停止しちゃう、リンダ困っちゃう。その時、霊がしょっちゅう見えるという女性がゲストでいらしてたんだけど、その人、本番前に私にやさしい口調でそっと耳打ちしてくれたんですよ。

「清水さんの楽屋の隣の部屋、あすこにさっきから男性の霊が、おひとりいますでしょ?」だって。ぎゃあああ!!　「でしょ」と「数」が怖かった!　私は、もう絶対楽屋には帰らない!　と決意し、なぜかそっち系に全然怖がらない女性マネージャー・ヤノに「荷物持ってきて!」と頼んだ。番組自体はとても楽しかったけど、番組以外のところで、一人で疲れた。こういう独特の「怖がり疲れ」ってないですか?　私はスペース・マウンテンに乗ると、そのあとものすごく疲労してる。ま、筋肉もなんだけど、これが「怖がり疲れ」。ま、嫌いではないんだけど。ついでに、こないだスプラッシュ・マウンテンに乗って、全員が写真を写される瞬間、「一人だけ全く無感動な人」という顔にトライしてみました。感情って「出す」より「止める」方が難しいもんなのねー。勇気、といってもいい一枚です。しばらく自分のHPに飾っときます。

デヴィ夫人になってみると、世の中のあらゆるものが気にさわる！

○月×日

ラジオの番組の中で、オリンピック柔道女子で銅メダルを獲ったばかりの、山下まゆみ選手と話した。なんと、私と同じ飛騨高山出身なのだ。中山中学だそうだ（わからないか）。笑い方に高山弁を感じた（もっとわからないか）。岐阜県出身タレントというと、野口五郎さん、Mr.マリックさん、清水ミチコと、ややうさんくさそうな人が多い中（失礼か）、ようやっと本格派味噌醸造。ところで、オリンピック選手といえば、100メートルのモーリス・グリーンの走る前のあの舌の巻き方、観ました？ 集中の仕方はいろいろあれど、とにかく舌べら、出す、巻く、うねらす。絶対日本のテレビで芸人にモノマネされそうと、想像しながら観ました。

○月×日

デヴィ夫人になって『おネプ！』に出た。デヴィ夫人になってみると、世の中のあらゆるものが気にさわるってことに気がつきます。たまたま隣にいたマネージャーの座り方も、すでに気に入らない。アタクシの前で足を組むなんて。尊敬が足らないので処刑。そんなカンジ。意識は国王だったりして。

○月×日

雑誌の対談で、ナンシー関さん、内田春菊《しゅんぎく》さんと。初めは1時間で終わる予定だったんだけど、だんだん楽しくなってきて、結局ウーロン茶1杯で粘って、約3時間。別に盛り上がった！ってわけでもないのに、なんでもない話が妙に面白かった。芸能人だと、「会ってみると意外といい人」で終わるのが多い中、今日は濃密な話ができたなーと、夜、お風呂につかりながら会話をはんすうしました。

なぜほとんどの女性はドラクエにハマらないのか？　その答えは…

○月×日

『内村プロデュース』に出た。ふと思い出し、ウッチャンに「こないだ私さー、生まれて初めてジャッキー・チェンの映画を観たんだよ」と話し出したら、いつもの死んだような目が、ものすごくギラギラと熱い目になって輝き出し、「俺のジャッキー」について語る語る。私の観たヤツは「まだまだ」なんだそうだ。まだまだて。河相我聞《かあいがもん》さんとも一緒だったんだけど、こちらとはバスの移動時間に話しててびっくりした。彼は今、某ミュージックスクールに個人的に通っており、ジャズピアノのコード理論を勉強中なのだそうだ。「弾けるの？」と聞いたら、「大人になってから始めたから、あんまり上手じゃないけど……」と言いながらも、難解なコードについて語る語る。指、動く動く動く。さらに「今、僕はなぜほとんどの女性はドラクエにハマらないか、と考えてる」とのこと。結果は「やっぱり女性は現実しか見えないから」だそうだ。それを横で寝ながら全部聞いてた、ふかわりょうさんが「ガモン君、キミ、変だよ」とだけ断定的に言って、本人が「えっ？」と聞き返す前に、また寝た。

○月×日

家族で青函トンネルを通って、青森から北海道の函館まで渡った。「一度でいいから、あの電車に乗って津軽海峡を渡ってみたい！」と思ってたのだ。小旅行。浮き立つ自分を理性で抑えた。しかし到着したというのに、まわりはとても冷静で、あれ？　だった。当たり前か。もっとなんていうか「着いたあっ！」と歓声で盛り上がる車内！　踊る車掌！　を予想しちゃった。頭の中では、北島三郎さんが消えなかった。

頭の中は今、コドモとオカネ
オットをずっと、ナイガシロ！

○月×日

関西テレビ『痛快！エブリデイ』のロケで、大阪市内の旅。行って良かったー！　大阪は今まで何回も行ってるはずなのに、結局いつも駅とスタジオの往復ばっかりで終わるので、ロケバンザイ！　だった。特に印象的だったのは、今、なんだかアニメなどでもブームになっているらしい「安倍晴明《あべせいめい》神社」での占い。最初は「ウソくさ！」なんて思ってたんだけど、上品な女性が淡々と、しかし続々当てていくのにびっくり。笑ったのは「あなたの今の頭の中は、コドモとオカネ」で、これも恥ずかしい話、当たってた。実は、私はグランドピアノ（エクスペンシブ）が欲しくってたまらず、この夏からそのための貯金をしていたところだったのだ。「オットをずっとナイガシロ」にも驚いた。ナイガシロ。確かに、あるかも！　と、用もないまま急いで携帯でオットに連絡した。

○月×日

そんな翌日、『ロンブー龍』に出たら、今度は字画の占いの先生とご一緒。初めは番組として参加してもらってたのに、終了後、タレント全員、番組そっちのけでその先生の占いのトリコになってた。ヒタヒタと占いブーム。

○月×日

偶然とは怖いもので、別の番組で会ったナンチャンが「俺、今占いにハマッてるんだよ」と言ってた。ひゃー。でもよーく話を聞いてたら、「俺が占う方」なのだった。これが「驚くほどめちゃ当たるんだ！」だそうで、ふと「占いって、もしかしたら、こちらが言われたい内容に、自然に合わせようとするもんなんじゃ？」と、いぶかしがったりして。

相田みつを系の言葉が貼ってあるラーメン屋って多いよね

○月×日

こないだ、青が点滅しかけたな、と思いながらも、えいっと横断歩道を渡ろうとしたら、車に「プップー！」とクラクションを鳴らされた。「すみません！」ってカンジで、そそくさと渡り切ったんだけど、それでも「プップ・プップ・そしてプップー！　アーンド・プップ！」と、クラクションがしつこい。チラッと見たら、なんと相手がこっちに向かって手を振ってるではないか。人なつっこい人だなあと思いながらよく見たら、ロンブーの亮さんだった。「なーんだ！　おーっす！」と、こっちも遅れて手を振ったが、亮さんのスマイルには「ニブイ……」と、表情に書いてあった。なーんてことがあった夕方、そのまま『いろもん』に出て、その翌週は『吉本ばかな』にゲスト。まるで今月は吉本月間だった。

○月×日

知り合いの住んでる、近所のラーメン屋さんが、めっちゃおいしい店らしく、友達いわく「俺の中では日本一！」なのだそうだ。しかし「なぜだ。なぜにいつも客が少ない！」と思いながら、すすってたが、こないだついにその理由が判明したという。それは、汚いワケでもサービスが悪いワケでもなく、「厨房の中の夫婦ゲンカが、ハンパじゃない頻度で起こるから」なのだそうだ。その、ののしりあいを聞いたお客は「うるさがる」というより「めげる」そうだ。しょっぱいわあ。でも、ラーメンって、やはりどこかメンタルーな食べ物なのかなあ。相田みつを系の誠意ある言葉が貼ってあるラーメン屋さんも、意外と多いんだよね。こないだ入って「ここもか!?」と思ったもん。人間だもの。

婦警さん役でドラマ出演 ハッ！ タイホであります！

○月×日

ドラマ『はみだし刑事情熱系』の衣装合わせに行ってきた。なんと私は今回「女性巡査長」の役なのであります！ ハッ！ タイホであります！ 衣装合わせというのは、このシーンにはこの服でいいかを決めるために、監督を始めとするスタッフ約15人の前で、役を演じる人が一着ずつ着てみては「いかがでしょうか……」と見ていただく、というシステムなんだけど、これが立っているあいだ、めちゃ恥ずかしい。だいたいどういう顔をしたらいいのかわからない上、恥ずかしがってるという表情がバレたらもっと恥ずかしいのだ。しかし、婦人警官の制服を着て、まず一人で鏡を見たら、「いるいる！　こういう婦警！　チョーク棒持って！」ってカンジで気に入った。なんか、婦警さんの格好をしただけで、シキリたくなってたまりませんでした。警笛ピッ。

○月×日

コドモがテレビを観ながら「ママ、おととい来やがれ、このすっとこどっこい！　の、すっとこどっこいって、どういうコト？」と聞いた。そういえば私もよくわからないまま生きてきた。しかし、二人して辞典で見ても、電子辞書にも載っていなかった。ま、たいして意味はないんだろうけど、それにしても、かつて誰かが考案したとすれば、なかなか味のある響きの言葉ですな。

○月×日

さるパーティーで、ある人があんまりスピーチのジョークから自分の失敗談まで、スラスラとうまいので、聞いてて、だからこの人ってどこか信じられないのだわと、ふと思いました。やたらスピーチ上手って、どこかうさんくさいんですよね。警笛ピッ。

2001年

ふくろうは「不・苦労」とも言われてて
「福」の象徴なんですってよ

卒業文集の、昔の作文
私のだけが、あまりに低レベル

○月×日

ＢＳ2『おーい、ニッポン・今日はとことん岐阜県』という番組のため、高山へ。久しぶりに中学時代のクラスの友達とも会えて、懐かしくも楽しかった。悲しかったのは、卒業文集で、私の昔の作文だけがあまりにも低レベル。みんな「卒業したら〜が夢」とか「忘れられない、一番の思い出」など、ちゃんと卒業に向けての文章なのに、私は「最近買った下敷き」についてのこだわりを書いているのだ。どうにも気に入ってなかったらしいのだが、あまりのちまちま性にびっくりした。しかも書く文字が、今と変わってなかった。同じ。友人から「芸風も同じじゃ。変わらんもん」と言われ、複雑な気持ちとも再会した一日だった。

○月×日

『はみだし刑事』に出た。やさしいスタッフで、現場が明るかった。なんてったって、ラフなムードで、大きな声を出し合いながら、さくさく撮っていくのだ。ドラマって、ホント、その作品によって、スタッフの気合いも全然違うようなんですよね。柴田恭兵《きょうへい》さんは、意外なくらいによく働かれる。「これはないんじゃない？　こう変更したら？」とか「このシーンはオッケー！」など、ものすごく作る側に自ら参加なさっておられた。私にも「こうしてみたら？」と、身体の動きの指示までテキパキ。お笑いの世界でもそうだけど、仕事ができる人は、出演するだけじゃなく、裏側に常に立っておられるんだわ。と感じました。

○月×日

『ビートたけしのTVタックル』。不潔な生活に平気な女性が増えているらしい。その現場の女性がニコニコしてて、そこが一番怖かった。

コタツ。それは人間を魔法のように…

○月×日

今年は暖冬、とは聞いてますけど、やっぱ寒いですよね。寒いのをガマンしてると、身体が収縮するため、小さな筋肉痛まで起こるそうです。わかるわあ。ところで、こないだコタツを出したんだけど、テーブルと違うのは、何か食べたりする時、コタツだと顔が近くなるせいか、「おっ、家族っぽい」ってカンジがするんですよね。しかし、「わっ、暑苦しい」とも思わせるのが、ついそこでウトウトしてる姿。あれって魔法のように人間を堕落させるようで、私もついダラー、と寝てしまうんですが、めちゃその図がダサいです。「熱っ！」なんてびっくりして起きたりして。しかも深夜になっててまわりに誰もいなかったりして。家族の中の孤独を一人かみしめたりして。コタツといえば、私の友達は「北海道で買ったコタツが最高！」と言ってました。それは北海道にしか売ってないヤツで「さすがに温度設定を〈低〉にしたって、だんぜん強力に高い！　熱い！」だそう。「どこのメーカー」より「どこの土地」で選ぶのも一案かもしれません。寒がりには。しかし、もう一人のおしゃれな友達は「コタツを出すと、どんどん生活がダラけるから捨てちゃった」と、きっぱり言いました。さすがお嬢様の発想。常時低温・低血圧の私が怠らないのは、実はコタツよりも電気毛布。健康に良くないとは聞くんですが、あれなしでは寝られないんですよね。ベッドに入る2時間前には「最強」にセットして充分暖めておき、眠りにつく時は「5」くらいに下げて朝を迎えるんです。冬は、この楽しみがあるから、結構好きです。

こういうところは残酷なくらいに孤独かもしれません

○月×日

こないだ、某ビッグタレントとご一緒したんだけど、その人さすが大物っていうか、でかいっていうかで、妙なとこを見ちゃった。その方、本屋さんで週刊誌を1冊買ったんだけど、その時に一万円札を出したわけ。で、そのおつりをもらってから「財布に入れるの、メンドクサイ」ってな顔して「これ、いらない。あげる」なんつって、隣の若い付き人さんに全額ポイッとあげちゃった。そこまでは良さそうな話なんだけど、その付き人さんのまた隣には、古くからのマネージャーさんがいて、付き人さん、めちゃその人ににらまれてたワケ。「あんた、受けとんのか」みたいな顔でね。このあと、二人の間で、たぶんオモシロクナイよーな展開になるのは予想がつくでしょー？　こういうまるで「親切」みたいな「気まぐれ」って、ものすごく王様っぽいなあ、と思いました。今考えると、「人間↓お金渡す↓必ず喜ばれるもの」みたいな態度も、めちゃ悔しくって。もしも私が付き人だったら、あの時！　と考えると、やっぱり「いりません」とは言えない。立場ってものがあるからね。でも「あなたね、今の態度は間違ってるわよ！」と、そのタレントさんに言ってくれる人も、まわりにいなさそうだった。ビッグになると、こういうところは残酷なくらいに孤独かもしれません。

○月×日

あるセレクトショップで、マネキンが着ていた洋服が気に入って、上下とも全部買ったら、店員さんに「おたくスタイリストでしょ⁉」と、自信ありげに断定された。ビッグじゃないと、こういうところは残酷なくらいに孤独かもしれません。

ふくろうは「不・苦労」とも言われてて「福」の象徴なんですってよ

○月×日

日テレ『ロンブー龍』で、栃木県は日光へロケに出かけた。猿軍団を見たり、温泉に行ったりしたんだけど、ロケバスの窓から、淳《あつし》さんがしょっちゅう「ここのおみやげ屋さんには、あるかなー」とのぞくので、「何なの？」と聞いたら、「今、ふくろうグッズを集めている」と言う。ふくろうですか。「ふくろうは『不・苦労』とも言われてて、『福』の象徴なんだ」と、おばあちゃまみたいなことを言う。今、70種類くらいのふくろうが自宅にあるんだそうだ。「ふくろうをどんどん集め始めたら、ロケに行く楽しみが確実にひとつ増えたし」と、ついでみたいに言ってたが、おそらくこっちの理由の方が強いんだろうと見た。集めるより、買う衝動。5分ほど休憩があり、立ち寄ったおみやげ屋さんで、たまたまかわいい顔したふくろうキャラクターを見つけたので、「これはー？」と聞いたら、淳さんがタタター、と走り寄ってきて、それをむんず！と片手に取って、店員さんに「これは、ふくろうですか？それともミミズクですか？間違えやすいんですけど！」と、あせりながらも真面目に聞いていた。しかし、店員さんからは「さあ」というシンプルな返事。

○月×日

アロエリーナのCMの主婦の歌、わざと下手に歌ってるのかしら、イライラするわー！とずうっと思ってたんだけど、こないだスーパー行った時、「お、聞いてアロエリーナ、これか」と、ついカゴに1袋入れてしまい、しかも食べてみたら案外おいしかった。CM大成功ってことか。しまった。まんまと。

ゴージャスって、時代を超えた貴重なボケ役！

○月×日

こないだ番組で、初めて叶《かのう》美香さんとお会いした。なるほど、ゴージャスでした。「あれ？　今日、あのお姉様は？」と聞いたら、「はい（ニッコリ）。姉は本日、シェイプアップ・ジムに行っておりますので」とのことで、バラのような笑顔をしつつ、まさにバラウリ状態でいらしたのでした。それにしても、大きめにカールした髪に、白い毛皮のコート、外国人が持つあのボリュームあふれる香水たっぷりな姿は、まさに絵に描いたようなゴージャス。というか、そういう芸風のようにも感じられるヒトコマだ。しかし、なのに、です。彼女と、そのマネージャーらしき女性は、有名芸能人（ゴスペラーズなど）との記念写真大好き！　みたいだったのでした。「ゴージャス」と「記念写真」との違和感は、「トンカツ大好きな自然保護団体」のようでしたが、まわりの人間の目を釘づけにしたまま、はしゃいでおられました。

○月×日

そんな翌日、モノマネしきって出たデヴィ夫人役の私と、目の前におられる本物のデヴィ夫人とが、番組でガチンコ。しかも、私の名前はヴィデ夫人。これぞまさにハブとマングースです。ただし、彼女は私を見て、「こーおーあたー（このお方）」「おちらおー（どちらのー）」「2丁目のオカマあのかしらー（2丁目勤務の方なのでしょうか）」と、つぶやいておられました。やはり、私はどこかオカマっぽい何かがあるかと思いつつも、それを瞬時に見抜いたデヴィ夫人も、さすがなものだとお見受けいたしました。去り際にはみんなに向かって、おじぎなどをしておられました。さすが。

ヘアパックは小麦粉？フケの固まりじゃないのよ

○月×日

このところ、テレビ番組に出る前に、アンケート用紙に自分のエピソードを書いて出すというのがめちゃめちゃ増えてきた。昔はそんなアンケートなどはまったくなく、ただただテキトーに出ちゃしゃべってたので、最近じゃ「え、じゃあ今日も締め切りがあるワケ？」と、日々驚いてるくらいです。これは最近のタレントに才覚がなくなってるからなのか、スタッフのレベルが上がったのかはわかりませんが、とりあえず芸能界は文科系の職業なのかもなあ、なんて思ってます。

○月×日

ある番組で、「間違えたり、ヘタをしたら、一気に白い粉が上から降ってくる」というのに出て、私は出てすぐ粉まみれになった。ところで、その白い粉っていうのはどうやら小麦粉なのか、シャンプーしても、なかなか取れないもんだった。翌日、まるで「でかいフケの固まりをつけてる人」みたいになって、メイクさんに恥ずかしかった。小麦粉って、シャンプーすることでかえってひとつの物体にまとまるようなのだ。ところが、そのダメージと同時に、めちゃ髪質がツヤツヤと元気になっていたのがわかり、ヘアパックは小麦粉で充分なのかもしれないと思った。

○月×日

松島トモ子さんとご一緒した。「ライオンとヒョウに噛まれた話は、14年たった今だからやっとできる」とのことで、オープニングでは、ひとつのドジな笑い話と思ってたお笑いメンバー、ナマナマしい話を聞くほどに、シーンとしていった。ともかく、壮絶なんですから。

移動中は睡眠時間！
親切ドライバーは芸能界を知っている？

○月×日

ゆうべ、日テレ前からタクシーに乗った。行き先を言い、車が100メートルくらい走ったところで、運転手さんが突然うしろを振り返り、こう言った。「はい！　今なら大丈夫です。横に伏せてください！」と言う。「え？」と、聞き返そうとしたら、「たくさんの芸能人を乗せてきて、私、慣れてるんです。毎日いっつも疲れてて、移動中の時間しか眠れない。でしょう？みなさん同じことを言われる。さ、横になってください。ちょっと寝ただけでぜんっぜん違う。でしょう？」。私は全然疲れていなかったんだけど、この親切を断るのも悪いような気がして、「はい」と横になった。しかし、さあ眠れ、さあ眠れと、自分に暗示をかけるほど、眠れない。しかも無線が入ると、「しっ！　今ダメ！　清水ミチコさん乗車中！　ピッ」と、すぐ切ってしまうので、相手はどう思っただろうかと、落ち着かない。眠ったふりをしながら、二人ともどうかしてるけど、悪気はないのだ、早く到着しますようにと祈った。降り際、お礼を言うと、即座に「あんドーナッツ」をくださった。「甘いものは疲れが取れるので、各界の方々にも喜ばれているんです」だそうだ。各界。なんかおかしくなって、車にも酔ってたのか、ドーナッツ片手に、笑いながら自宅のチャイムを押した。

○月×日

旅行で湯布院《ゆふいん》へ。饅頭《まんじゆう》の薄皮の中に赤飯が入った、栗むし風のおこわってあるじゃないですか。あれってここでも湯気を出して「湯布院名産！」みたいな顔で並んでるんだけど、確かに函館でも飛騨高山でも大阪でも見た。どこが本場なのだ？

PTA会長は球児・好児のどっち？「ゲロゲーロを止める方！」

○月×日

再放送で、映画版『フランダースの犬』を観た。最後のシーンは、ネロよりもパトラッシュがおじいさんの言葉「ネロを頼むぞ」を思い出して追いかけてきたところに、涙が止まらない。しゃっくり状態でえっく、えっくと号泣した。ティッシュ使った使った。あれって、どうも一度泣きに入ってしまうと、なんだか気持ちがよくなるもんなんでしょうか。「もっと涙出してヨシ！」という指令を脳から受けてるかのようにどんどん出るんですよね。なんだかスッキリして、案外こういうストレスの解消方法もあるかもしれないなあ、と思った。夕方、目がボンボンに腫れ、面白い顔になっていた。

○月×日

テレ東『スキヤキ!!ロンドンブーツ大作戦』にゲスト入り。街頭インタビューで「清水ミチコの良いところと悪いところ!」を聞く。なるほどな、なんて思うのがほとんどだったんだけど、ランキング外で、ひとつだけジミに「番組を成立させる」という意見を発見し、めちゃ嬉しかった。予想外の意見! ってカンジ。あなた何者? ってカンジ。しかし、その翌日のTBS『オールスター感謝祭』では、映るのすらままならず。

○月×日

近所の方に呼び止められ、「おたくのお子さんの入学した学校のPTA会長、青空球児《きゆうじ》・好児《こうじ》のやせてらっしゃる方よ!」と言われ、びっくりした。せまい。「えー? 球児・好児のどちらですって?」と聞くと、「ゲロゲーロ、止める方!」にも笑った。手を「やんな!」と、横に出しておられるし。いつか仕事でご一緒したら、挨拶する前に笑ってしまいそうだ。

私のまわりの女性から大人気の木村祐一さん

○月×日

木村祐一さんとお会いした。私のまわりの女性には、彼のファンがとても多い。「きのうテレビ観た？　木村祐一が……」と言いかけたところで、相手の顔が、早く早く、何を言った、何をどう言ってたの、と輝くのがわかる。地味ながら味わいのあるコメントが多いのも特徴かもしれません。ところで、テレ朝で会ったゆうべの木村さん。私の楽屋にスーッと入ってきて、しゃべりながら普通に私のお弁当のお茶に手をかけたので、「あ、飲まないでよ、それ私のだから」と言ったら、例のゆっくりした口調で、こう言いました。

「いや、そういうことでなくてね。このお茶ですわ。さっき自分の楽屋で同じヤツを飲んだんだけれども、これ開けるとアワ吹きまっせ。プウッシュー、ゆうて。アワ。アワでっせ。もうたちまちプウッシュー！　言いまんねん」と言う。しかし、日本茶がアワを吹くわけないので、「そうなの？　へー」と流してメイクしてたら、です。鏡ごしに見た木村さんは、そのお茶を特に振ることもなく、普通にプルを抜きました。そのとたん、本当にプウシュー、と音を立て、パチパチパチパチパチとアワ立っていました。さすがに驚きました。「ね」やて。ここまで、ずうっと無表情で行われてます。心に残るヒトコマです。じんわりくる話。そしていつもなぜか赤のアロハ。

○月×日

局のメイクさん、大失敗とこぼしてました。さる男性のヘアを直そうと、言われてもないのについ勝手にブラシを当てて下にひいてみたら、カリカリカリカリーッ！　と、カツラのネット独特の音を立てさせたんだとか。ちょっと冷える話。

心ツーカーになるまでがんばるのだ、左手よ！

○月×日

私はここんとこしばらく、左手だけでピアノを弾いたり、字を書いたり、スカッシュしたりしてます。同じ手なのに、左手ってホント不思議で、どうも心が直に通じにくいみたいなんですよね。たとえば、お風呂で身体を洗ってる時なんかでも、右手は「さあ、きれいにしましょう」と、もはやその動き自体に、そういう気持ちのカンジが出てるもんなんですね。うまいというか。ところが、左の手を使って、右半身なんかを洗ってる時は「脳味噌の命令通り」って動きで、どうも表情がないんですよね。暗い。もともと利き腕じゃないからか、考えるってコトができないみたいなんです。ドラマなんかのセリフに「チミはワシの右腕じゃ」というのがありますが、それもきっと労働だけじゃなくて、誠意も含んでいたのかもしれません。文章書いてても、右手がなんとかしてくれるって感じ。だから、左手よ、今まで甘やかしてた分、母さんはお前を働きに出すことにしたよ。心ツーカーになるまでがんばるのだよ。そう言いきかせております。

○月×日

名古屋の番組のロケで、2時間ヘリコプターに乗った。ヘリは何度か乗った経験もあり、あたしゃ全然平気！　と思ってたら、これが「ズームインしましょう」とか言って、しょっちゅうヘリがパタパタパタ、とそのまま空中待機をする。少なくとも走っているならば、どんなに高くてもなんとか乗り物に乗ってる私として納得もいくんだけど、空中にただ浮いてるという図は、動物的にも、脳から「なしである」と指令が「顔面蒼白」という形で出た。

次に妖精を見るのはたぶんこの人でしょう

○月×日

こないだ、テレビ『おしゃれカンケイ』を観てたら、釈《しゃく》由美子さんが「妖精を見た」と、真面目に言っていた。引き出しの中では浪人生と、お風呂場では小さな大仏（ノープロブレム、ノープロブレムと言って、排水口に流されたんだそうだ）も。その前は番組で会ったMAXのメンバーの女性も、真面目に「確かに見た」と言っていたし。このところ、なんだか急激に増えている妖精。私の知り合いは「自分の死んだおじいちゃんが、コンパクトサイズになって出てきて、私の首のまん前あたりで、くるくるくるくる、嬉しそうに自転していた」と言っていた。この話をする人の共通項は、1・本人たちがすでに妖精っぽい。２・驚きもせず、信じさせようともせず、淡々と普通に述べる。３・声が高い。この統計からいくと、西村知美さんもそのうちきっと見る。いや、すでに今、見始めてるかもしれない。

○月×日

番組で柳沢慎吾さんと会った。今日も言うのを忘れた。実は私がまだ素人だった頃のある日、友達と飲みに行ってたら、お店にいた柳沢慎吾さんに「ねーねー！　ちょっと！」と、手招きされたことがあった。お、芸能人が！　何だ、何だ、何の用だ!?　と思ったが、同時に、一緒にいた私の友達が、めちゃ目立つ美人なので、しまった、ムシされるんじゃ？　と思ってたら、本当に思いっきりムシされ、美人にばっかりしゃべりかけ、私にも話せよ！　と思いつつ、地味〜に座ってた、という思い出がある。でも、話題は「『ふぞろいの林檎《りんご》たち』って知ってる？　出てるでしょ、俺」だった。

間違いなく脱腸になる⁉
そんな‼　絶対嘘だ‼

○月×日

　先日、通販でトランポリンを注文しました。そしたら偶然にも『スーパーニュース』から「通販にハマッてませんか？」と電話が。「や、今、トランポリンくらいしか……」と言ったら、「いいですね！　取材させていただきます！　では到着する日に！」とのことで、本当にトランポリンが来た日に、カメラの前で跳《は》ねた。めちゃめでたい。でもあれって、私だけじゃなく、どんな知識人でもバカに見える効能があるようです。でも、そのあと知り合いに自慢したら、「あれ、間違いなく脱腸になるんだって」なんて言われ、そんなワケない、絶対嘘だ！　フラフープの時だって悪く言われてたんだから！　と自分に言い聞かせつつ、だんだん跳びながらも、ここでもし脱腸になったら、と冷めてきて、ジャンプ力も鈍った。人間の健康は、器具より言葉なのだ、と。ヘソをしめました。プッ。

○月×日

こないだ、笹塚を歩いていたら、おじいさんが頭から血を流して倒れてて、驚く間もなく「今、救急車を呼びました！　大丈夫ですか！」と、通りすがりのお兄さんが声をかけている、という現場を偶然目撃しました。で、すぐに救急車は到着し、もうひと安心、と思ったら、そのおじいさん、サッと起きて、別の方向へスタスタと早足で歩くじゃないですか。その救急車を呼んでしまったお兄さん、あせって「あの、救急車きたんですけど。え、大丈夫じゃないですよ。いや、乗ってください！　ちょっと乗ればいいじゃないですか！　乗ってください！」と、最後には頼んでいた。

日本一ふてぶてしい前説とは？

○月×日

『ダウンタウンＤＸ』へ。前説、木村祐一さんが担当で、これまた驚くほど落ち着きのあるしゃべり。前説って、たいがいテンション高い人がハイになって話す印象があるけど、常にローテンション。ウケてたけれど、ウケようとウケまいと知ったことか、という気持ちがどこか根底に流れているのが感じられました。楽屋にやってきて、「鶏ガラでスープを一度ゆっくり作ってから、玉ねぎやらピーマンやら野菜を入れてまた煮込む。これだけでいい。すると、どうでしょう。１週間といわず、ずうっと食べられる。そういうスープができる。それほどうまい。姉さんも一度作ってみなはれ」とのメッセージをいただきました。

○月×日

親戚のお葬式に参列してきました。都内の有名な火葬場に行ったのですが、しょんぼりしている遺族の気持ちを察しながらも、係員の方が意外なほどに、ハイ次、ハイ次と、あまりにも見事なテンポのいい流れ作業をなさるのに、ちょっと驚きつつ、都会の喧騒に感じ入りました。そうか……。お亡くなりになられる方は毎日こんなにおられるのだなあ、命というもの、驚くほどはかないものなんだなあ、としみじみ感じた次第です。

○月×日

出会い系サイトからのメールがひんぱんに入ってて困ります。しょっちゅう、熟れた人妻やHしたい女の子からメールがくるんです。消すのすらうっとうしい。なので、アドレスをややこしいものに変更したのですが、これをまた全員に出して、アドレス変更させるという手間を考えると、わずらわしい限りです。

こんちはっ、清っ水ミチッコですッフッ

○月×日

久しぶりにスポーツクラブに行ってきた。身体の老化は硬化から、と聞いてましたんで、まずは柔軟体操からと思い、トレーナーさんの指導のもと、伸ばしてもらった。あれって、シーンと静かな動作なのに、強くずうっとやられてると、びっくりするくらい息が切れるもんなんですよね。汗もジワーッと出るし。で、ふと見たら、お隣に同じポーズの女性が。チラッと見たら、うつみ宮土理《みどり》さんではないですか。「ハアハア、こんちはっ、清っ水ミチッコですッフッ」と、息もたえだえながら声をおかけしたら、「ハッハ、あっ、あっ、おっ、お久しぶりねっ、ッフッハ、あ、そうっだっ、フッフ、あなたっ、

私っの、ハッハ、フー、モ、ノ、マネ、うまい、っんってすってね！　ちょっと、ハッハ、聞かせてッハく、れない？」「ハッ、ここでっ？　いいって、っすよ、じゃ、あ、うーっつみー、みーっ、どーっ、りよーッフッフ、もっと、ふだん、似て、る、はず、なんで、ッハッハ、す、けどっ！」「な、る、ほっどー、ま、た、普通ッの時、聞くわッねー、あ、り、がとーッ！　いたっ‼」と、最後まで悶絶しながらの会話だった。でも、この「人に押し続けてもらう強い柔軟体操」って、あとでめちゃめちゃ爽快《そうかい》！　になるほど気持ちいいもんだったです。オススメでした。

○月×日

野沢一家がウチにやってきた。もはや風物詩としての行事のよう。ああ、もう夏がきたんだなあ、とクーラーをながめながら、コドモとスーパーに行き、食料をたくさん買って、思いきり腕をふるいました。大量料理は爽快です。

でも「チュラさん」って歌手いそう

○月×日

東京フォーラムで行われたMISIAさんのコンサートに行ってきた。といっても、観る方ではなく、なんと出る方で、私は黒柳徹子さんになって『徹子の部屋』と化し、約30分、でかいモニターに映りながら、二人でトークをしてきたのでした。盛りあがってたなー。楽屋では、こんないいコが世の中にいるのか！　と思うほど、MISIAさんは素直でかわいい人で、スタッフに恵まれてる理由もよくわかった。ちょっと天然で。偶然にも翌日、マネージャーに電話で、NHK『ちゅらさん』から出演依頼がきた。初め、ウチのマネージャーは「チュラ」さんという、自分はまだ知らない若い歌手の方がいるのかと思い込み、なかなか話が通じなかったそうだ。でも「チュラ」さんって歌手いそう。マニアな音楽雑誌に載っていそう。

○月×日

映画に出ました。でも、野沢直子監督作品の『マネーざんす』。でもってことはないが。江頭2：50さんと私が夫婦という設定なんだけど、ロケ現場は狭い分、充実した時間でした。たまに監督の赤ちゃんが泣き出したりして。ただ、錦糸町での撮影だったせいか、楽屋というものが、近所にあるラブホテルしか用意できなかったらしくって、昼間っからちょくちょくエガちゃんと二人で入って行くのが、ちょいとためらわれた。もちろんマネージャーやスタッフも同行するんですけども。しかし、私よりも、実はエガちゃんの方が妙に恥じらいのあるうつむきかげん、という様子で、日本女性のなくしたものをこんなところで発見。

『ちゅらさん』出演前夜 家族全員、早々に黙って寝た…

○月×日

この人、いかにも腰が低そう！　に見えるタレントさんが、意外と裏で見ると偉いし、居丈高だったりすると、「なーんだ、チェッ」と、普通にガックリくる。しかし、こないだは逆に、この人ら、プライド高くて怖そう！と思えるバンドのメンバーがいきなり裏でニコニコ、ペコペコしてて、ある意味ガックリしながらちょっと笑ってしまった。これはきっと、この人は「こう見られたいという欲求」がバレてしまうからなんでしょうなあ。でも後者の方が笑える。

○月×日

『ちゅらさん』に出演した。その前の夜、家族に「ちょっとリハーサルしてくんない？」と頼んだ（本読みだけしてもらい、私がソラで演技する）。しかし、いざとなったら、やっぱ恥ずかしいらしく、誰も感情入れて読んでくれず、棒読み。そういう自分も、やっぱり始めてみたら、すぐにこっ恥ずかしくなり、全員、早々に黙って寝た。

○月×日

テレ朝の深夜番組『愛のエプロン2』にゲストで出た。スリルある番組だったなー！　いきなり「今週の食材（茄子《なす》やコンビーフなど）」というのが出て、それをいっせいに女性タレント3人が、40分内キッカリに競って調理しなければいけないのだ。しかも、何を作るかは自由なんではなく、料理名は決定されてるというもの。めちゃあせった。実際出てみたら、作ったことなかったし、カンに頼るしかないんだもの。でも、このスリルが短距離走みたいで、けっこう面白かった。水10ccに対し、塩およそ1gという調合の汗まで感じた。嘘。

のれんを下げとくから
お客もくぐるわ！

○月×日

『笑っていいとも！』のテレフォンショッキングへ。そのあと収録が迫ってたため、走ってマネージャーとアルタからタクシーに乗り込んだ（この方法が一番早そうなんでした）。そしたら、タクシーの「座ったお客さんから最もよく見える位置」に、警視庁からもらったメダルが飾られている。「あの、それ、何のメダルなんですか？」と何気に聞いたら、「ああ、これ？　去年、ちょっと殺人事件があってね、賞をもらったんだ」と。すごいことなのに、ふと嬉しそう。「えー！　どんな？　どんな？」と聞いたら、「いやあ。ハハハ。言わない方がいいな。たぶん。だってあまりに悲惨なアレだから。あんたたち、夢でも見てうなされちゃうよ、きっと。そりゃすごいんだから」。車内、シーン。そうか……。じゃあ、あきらめるかと思いかけた矢先、「あの時は……」と、ひとりごとのように言う。「え、あの時は何だったんですか?」と、こっちはせっぱつまりながら聞かずにいられない。どうしても聞きたい。「うん。あの時ゃ、俺のカンが働いてさ、車を走らせて追いかけてさ」「はい!」「いや、やっぱやめた方がいい。残酷すぎるよ。むごかったなあ。あれは」と、結局はじらされる。自分の中でいろいろな殺人事件が渦巻いては消され、渦巻いては消され、と地団駄踏んだ。「お客さんのほとんどが事件を必ず聞くから、こっちも困っちゃう。言えないんだからサ」だって。じゃあ、初めからメダルなんか飾んなきゃいいじゃないか!! のれんを下げとくから、お客もぐるわ! という、こんな気持ち、何かコトワザでなかったかしら! と思い出そうとしても出ないし!

野々村真さんと尾道ロケ 謎の女性が出すヒント

○月×日

野々村真《まこと》さんとロケで尾道へ行ってきました。私らを見かけて、ほんの2分ほどでしたが、ついてくる美女がいました。野々村さんファンかな？　へえ、いるんだ、と失礼にも思ってたのですが、そのうちその方、カメラが止まった瞬間にうまいこと「私よ、私！」と、野々村さんに向かって、何度か自分の顔を指さしています。「君、ええっと、誰だったっけ？　どっかで会ったっけね」と聞く野々村さんに、「マリカ。去年6月。福岡キャバクラ」と、ヒント3つをお出しになられてました。最悪なクイズみたいで笑えました。ところで、ここで絶対食べたい！　と思っていた朱華園《しゅうかえん》のラーメン、めっちゃおいしかった。現在のところ、私の日本三大感動ラーメンは、岩手・白龍《パイロン》の担々麵、飛驒高山まさごのラーメン、そしてここ朱華園のラーメンに決定しそうです。おめでとうございました。

○月×日

下北沢を自転車で買い物。踏み切り待ちをしていたら、肩をポンポンとたたかれました。何だと思いふりむくと、若い男性で、「清水さんですよね？　やあ、本当に自転車に乗ってるんですね！　(握手して)いや、僕おととい から大阪から遊びに来てるんです。まさか本当に芸能人が自転車に乗ってる ところをナマで見られるなんて、とびっくりしてたとこですわ。今ね、もし や！　と、まさか！　と両方にびっくりして。念のため、こうして走って追 いかけたとこでした。ではコレですね、カラスが肩に乗った自転車」とのこ とでした。っていうか「あなたこそ何者？」と、こっちが聞きたいくらい話 にムダがなく流暢《りゅうちょう》で、なんだか感心してしまいました。

人生で最長時間並んだ記録達成
そこに江守徹さんが

○月×日

私の人生の中で「最長時間並んだ記録」を達成。合わせて8・5時間です。というのも、オープニング前の混雑日に、朝からディズニーシーに行ったからなんでした。2時間待っては3分乗り、3時間立っては2分乗る。そんなことの繰り返し。最後には、1時間半待って、ギョーザ・ドッグを食べながら帰ったという。仲間がいてこそ並んで話もできたが、一人だったら帰宅してた。でも、おかげで人気のアトラクションは全部乗れました。ミッキーたちも、TDLのようにおいそれとは歩いていなくって、花火でやっと見られた時は「ミッキー様！」と、ひれ伏したくなる感じ。価値高。それにしても、こんなところで江守徹《とおる》さん、声のガイドとして活躍なさってました。あの「ドモホルンリンクル」のシブいナレーション声、とイメージしてください。「塗る、のではなく、塗りこむ、のです」だよ〜。ここ、何度聞いても笑っちゃう。いいよね。塗り・こむ。

○月×日

『明石家マンション物語』へ。打ち合わせから、同じゲストで来ていた小堺一機《かずき》さんが、すごいノリノリで、ずうっとモノマネしてくるんで、私とYOUさんに「うるさい!! しつこい!!」と、ののしられたりして。でも、まったく気にもせず、マイペースでどんどんやってくるのが、逆におかしかった。普通やめるのに。コドモ。小堺さんは鈴木宗男《むねお》さん、さんまさんが小泉首相、ラサールさんが亀井静香《しずか》さん、ココリコ遠藤くんが石原伸晃《のぶてる》さんで、私は田中真紀子さんとなって出ました。ちょっと「メスゴリラ」を入れてみました。

男二人で盛り上げを演出
それを思うと、しのび泣き

○月×日

夜、歯磨きをしていると（電動で、上を3分・下を3分＝息さわやか）、藤井隆くんと西川貴教《たかのり》くんから電話が。「今、男二人でカラオケ屋にいるんだけど、よかったら来ませんか？」とのこと。しかし、私はその時、すでにお風呂上がりのパジャマ姿だったので、「行かないよ」と言ったら、「あっ！あっ。何その言い方。そりゃね。断るのは自由だけど、口調があんまり冷たすぎやしませんか！　何様っすか!?」と、不愉快にさせた様子で、ちょっと笑ってしまいました。私が「さらに言いましょう。今夜これから何人の友達に声をかけてみたとしても、100％来ないでしょう」と、予言しました。

そして2時間後、どうなったかと思い、彼らの携帯に電話をかけてみたら、「ちょっと待って！　電話が全然聞こえない。君らそんなに踊らないで」だの「リカコ、なんだよ、盛り上がりすぎだよー！　服着なってばー！」だのと、大変な人数で盛り上がっている、イカした雰囲気を、彼らなりに二人でかもしだしているのがわかりました。ああ見えて気弱な二人なので、たぶん電話は誰ひとりにもかけられなかったんだと思われます。しのび泣き。

○月×日

テレビ局入りの前に、あえてスポーツ・ジムへ行きました。一汗かいたあとの本番というのは、なかなかよいものである。自転車での通勤も快適であると、こないだ浅草キッドの二人から聞いたので。ジムで誘われるままに初ヨガにトライ。気持ちよかったー。私に向いてるスポーツ発見でした。先生サッパリ。汗はじんわり。身体クネクネ。よろしクネ。

業界で誰が苦手か？
白熱する議論の中、関根勤さんは…

○月×日

こないだ、藤井隆さんが幹事で、関根勤さんとYOUさん、私の4人で食事をした。スケジュールを押さえるという時に、つくづくメールというモノは便利だった。細かな都合を聞きあえる。京料理を食べながら、ふと「この業界で誰が苦手か」という話になり、思いがけず過熱する中、関根さんはじっくり練って考えるタイプのようで、「そういえば、俺はなんでこの人がダメなのか」を、一人ああでもないこうでもない、でもなあ、と悶々と話すのが印象的だった。それだけでもおかしかったのに、話がエロ方面となったら、また身振り手振りまで入れながらも、ちっとも顔がニヤけてない。真剣なのだ。この人は何に対しても真摯《しんし》な性格らしく、こんな純粋で白熱するエロトークは初めて聞いた。科学者のような横顔で、中身はあっはん、うーん、いいわ、など。

○月×日

松村邦洋さんとロケで喜多方へ。ラーメン食べまくり旅だ。喜多方ラーメンって、私はチェーン店でしか食べたことなかったんだけど、この街はラーメンが生活にとても密着しているようだった。ある女性は「私はこの街に嫁に来たのだが、遠方から親戚が来ても、お客さんが来ても、まず『ようこそ！』の意味でラーメンの老舗店へ食べに連れて行くのにびっくりしました。今は驚かないけど」と、言ってました。誰もがみんなそうってわけでもないんだろうけど、さすがな言葉だった。私もさすがな腹となっていく中、ロケバスの中での待ち時間も意外とたくさんあったので、今回は松村さんと二人で、芸人で誰が好きか話、架空選挙、モノマネしりとりなどでヒマをつぶした。

ハジメマシテ。鳥肌デゴザイマス
あ、低温人間！

○月×日

深夜に、新宿・ロフトプラスワンで、みうらじゅんさんとご一緒した。相変わらず、ヘラヘラといい加減で、面白かった。大阪の番組の収録だったんだけど、ずうっと酒を飲んでいて、最後チラッと見たら、酔ってトロトロどころか、眠気でウトウトしてるのだ。「おいおい！　おねむかよ！」と、たまに、テーブルの下で、わからないように足で蹴って起こした。それでもちゃんとコメントは言えるんだから、たいしたもんだなと、うっかり変なところで感心したりして。帰りに「ミッちゃんさあ、今度俺、ライブやるからおいでよ」と、軽く言う。「どこで？」と聞いたら、「日本武道館」だった。世の中、間違ってるよな。

○月×日

イベント『高田笑学校』に出て、鳥肌実《とりはだみのる》さんと初めてお会いした。冷たい目と薄い唇で、会った瞬間「あ、低温人間」と思った。顔より身体からまさに体温低い感じ。「ハジメマシテ。鳥肌デゴザイマス」と、たまにカタカナみたいに聞こえる低温ボイスで名刺をくださった。名刺くれるってのも、やにアナログで意外だったんだけど、事務所の名前が「ことり事務所」だったのもちょっと笑えた。「コンド、ワタクシ、ライブヲイタシマス」と言うので、「どこで？」と聞いたら、「代々木ノ国立競技場」だった。カ、カルト芸人じゃなかったんかい！　世の中、ほんとうに間違ってる2。

○月×日

パルコで『バッド・ニュース☆グッド・タイミング』を観ました。めちゃめちゃ笑って、最後しんみり、ではないのだ。すごい。

結婚パーティーに
ぐにゃぐにゃ人間登場

○月×日

大阪で吉本のお昼の番組に出ました。コント仕立てのお芝居なのですが、本番前にステージの裏で、石田靖《やすし》さんに、「アタシついにこういう場所に立てるんだなと思うと、なんか芸人としてステップアップを感じる。私が小中学生の頃の土曜のこのワクは、お昼を食べながら観るのがめちゃ楽しみだったよ」と言ったら、「ウッソ！」と笑いながら「俺らにしてみりゃ、ようこの人ＯＫしよったな、ってなもんやで」と、あっさり。ありゃ。でも久々のコント参加で、楽しかった。精神的充実！　を感じると、なんだかその日の食欲は失せるものですね。なぜって胸いっぱいだから！　などと思いながら、終了後に「お疲れさまでしたー」と、挨拶をしに行ったら、出演者のみなさん、廊下で地獄絵図のように弁当をむさぼっていた。

○月×日

買い物途中、ペットショップであまりにかわいらしい猫（アメリカン・ショートヘア）を発見した。近くに寄ってじっと見ていたら、店員さんが寄ってきて、私の耳元で「癒してくれますよ、猫は」と、そっと静かに言われました。そんな特典はいらないね〜！　と、なんとなくくやしかった。

○月×日

内田春菊さんの結婚パーティーで、ブルーノート東京へ。めずらしく、久々に松居直美さんと真面目な話をしておるうちに、ワインですっかり酔っ払ってしまい、「続いてはー、清水ミチコ様からのご祝辞でございます」と呼ばれた時には、ぐにゃぐにゃ人間でした。恥ずかしー。

2002年

ミッちゃんのモノマネってサ
似てるっていうより、憑依に近いね

長渕剛様のスタッフから「本人がぜひお話ししたいと言ってます」と

○月×日

先日、長渕剛《ながぶちつよし》様のスタッフから、事務所に連絡があった。「本人が、清水さんの顔マネのホンを読んで、ぜひお話ししたいと言ってます。つきましては、来週のコンサートにぜひ」。びっくりしたー！　そのあとびびったー！　最後に落ち込んだー！　ああ私のバカバカと思いながら、くりぃむしちゅーの上田さんに電話で相談。「オレのモノマネに関しては、あの方は意外に大丈夫だったよ」とのこと。安心。「でも、清水さんのあれはちょっと……」とのこと。不安。とにかく、どっちにしても行かねば、ですよ。あー、この身が潔白だったらどんなに面白そうな展開なの、などと考えながらも行ってきました。コンサートを観て、控室へ向かったら、すでにココリコの遠藤さん、ロンブーの淳さんらがいて、なんか安心。でも、係の方が「この控室もいっぱいになってきましたので、タレントのみなさんは隣の部屋にどうぞ」と言われ、「はい」と、一緒に立ち上がったら、「あ、清水さんはそのままで！　お話がありますんで！」だって。タレントの二人ともニヤニヤして移動してんの。しばらくして長渕様が登場。たまたまだろうけど、背中から後光がさしてて、私は民話の農民のようにひれ伏したくなりました。でも、なんと「おうっ！　いつもテレビで観てるよ！」と、すごいフレンドリー！　あら剛。しかも「コンサート、観たよね？　俺は、変わったんだよ。だから、なんての？　新しい俺をどんどんマネしてくれや」とのことで、大セーフ!!　しかも写真に握手、グッズまで両手にたくさんいただいて、かなり私としてはめでたかったのでした。グレなくてよかった。新年、本当におめでとう私。

初対面の平井堅さんにモノマネ伝授　しかし意外なほどにうまい彼…

○月×日

藤井隆さんの番組『Matthew's Best Hit TV』で、久しぶりに「山口百恵」となって2曲歌った。幸せだったなー。あのちょっと自分に暗く酔う感じ。永遠に歌ってたかった。でも、顔キツイので「シャをかけてください！」と、自分から頼んだりして。これに限らず、やはりこの時期はたくさんモノマネができるシーズンのようで、そのあとさんまさんの番組では、大竹しのぶさんになってデフォルメしてしゃべりました。でも、しつこくしゃべってるうち、さんまさんに「ウチの（もと）カミさん、そないにアホちゃうで！　あんまりや！」と、叱られた。ふいにかばったところがおかしかった。いいなあ。そのあと、平井堅《けん》さんのラジオにお呼ばれした。初対面のまま、モノマネを伝授する。しかし、意外なほどにモノマネがうまい彼。田中真紀子さんまでこなしていた。笑った。フレンドリーなお人柄で、めずらしくお互いメール交換などする。

○月×日

ＡＧＦのＣＭ、すごく気になってあとを引くんですが、みなさんはいかがですか？　あののんびりしたテンポで「コーヒーをいれたから、少し話そうよ」という、幸せそうな歌なんだけど、必ずそのあと「みんなっ」と続いて終わる。これが、必ず終わる。いったいそのあとにどんな歌詞とメロディが完結しているの？

○月×日

『ウンナンの気分は上々。』で、改名したばかりの「さまぁ～ず」の大竹さんのお見合いに立ち会う。その旅館で出演者がサインを頼まれ、書きながらチラッと見たらえらいもんで、ちゃんと「さまぁ～ず（三村、大竹）」と書いていた。笑った。

内山信二君とドライブ。えなり君とはまた違った中年具合を楽しむ

○月×日

内山信二君と二人、番組のロケで一日ドライブに行った。内山君は今年、成人式を迎えるみずみずしい20歳なんだそうだ（本人談）。しかし、私には時々「ホントは同級生なんじゃ？」と思えるほど、おっさんに見える。築地に行ったんだけど、私が生まれて初めて来た（そして来てみたかった）ところなんで、すごいすごいと興奮してたら、「この店ね、俺が飲んだ帰りの明け方に立ち寄る、なじみの安い寿司屋っす」と、軽く紹介してくれたり、車の中では突然「あ！ 俺、今、馬刺し食いてえなあ！ 馬刺し！ 嫌いですか？」と（食後なのに）聞いたり。横で聞いてるだけで膨満感。えなりかず

き君の老成しているそれとはまた趣の違った中年具合。昨日の成人式には仕事が入り、行けなかったと言っていた。私は個人的なシゴトで、晴れ着に白いフワフワつけて成人式に参加してた。どっちも変。

○月×日

人間、「ちょっと思い当たるフシがある悪口」を言われると、かなり腹が立つものだが、まったく潔白な時には、逆にどう否定したらいいのかがわからない。言葉が出てこないものなのだ。廊下で、くりぃむしちゅーの二人が「ここにいるミチコ姉さんは、若手の男芸人をこっそり楽屋に呼び出してはイヤラシイことをする人だから、君らも気をつけて」と、若手に普通に明るく紹介したのであせった。「したことないです！」と、すぐに大声で否定したが、まわりは「そうなんだ。意外と」という顔で通り過ぎてくし、初対面の中川家の二人なんかは、ややしゅんとしている様子でした。「あの、しませんからね」と、本気で否定。すればするほど。

ニュージーランドへ行ってきました
羊の群れに大コーフンしました

○月×日

日テレの番組で、田中美佐子さんと1週間のニュージーランド・ロケに行ってきた。昔からポスターなんかで知ってはいたはずなんだけど、実際に羊の群れがすぐ近くにいる、しかもしょっちゅう見る！　という光景は、コーフンした（動物好きなもんで）。私が群れに向かって、羊ソックリの声で「メエー！」と鳴いても、全然シーンと羊たちの沈黙のまま無反応だったんだけど、驚いたのは、ためしに犬で「ワン！」と、うまく吠えてみたらあなた、100匹ほどがいっせいにふりむくんですよ。全部が同時にくるっと。「はい？」みたいな顔で。通じるもんなのねー！　でも怖かったー。特に用はないんだもん。そのあと、じーっと見つめあうだけ。白けた空気体験。で、翌日は羊の毛刈りも体験しました。羊って、あきらめが早い動物なのか、つかまえただけでしゅーんと脱力しておとなしくなっちゃって、鋭くもでかいハサミを入れるのがホントにかわいそうに思えるんだけど、切ってるうちに、一瞬足のピンクの肉色が見えると、めちゃうまそうと、ヨダレが出るもんでした。あと、こちらで聞いてきたんですが、日本語のニワトリの「コケコッコー」は、英語なんかでは「クックドゥールドゥ」と聞こえているようで、犬の「ワン！」も、「バウ！」となってる違いがあるようですよね。それではここで問題です。羊の「メエー！」は何となっているでしょうか？　答えは「ベエー！」なのでした（がっかり）。でも、のどをしぼって力強く羊で鳴いてみると、なるほど「ベエー！」の方がとても似てくるのがわかりますね。ではまた来週。

「アタクシと真紀子さん、どっちが早口です?」by徹子

○月×日

『徹子の部屋』に出演。なんか、裏での会話が印象的だった。ご本人、前日アフガニスタン帰りだったそうなんだけど、時差ボケあるはずなのに、そのへんの若い人よりずっと元気で、延々しゃべっておられるのだが、「本番10秒前です!」と言われても、私にヒソヒソ声で「でね、アタクシ、田中真紀子さんから、いきなりゆうべ電話をいただいたんですけどね……」「えっ?どんな内容で、ですか?」「清水ミチコさん、今日のお客様です!!」「こんにちは!!」。そして本番からCMへ。CM終わる。「本番15秒前です!」「でもあれよねー、昨日アタクシ、アフガニスタンからのトランジットで、スキヤ

キをいただいたんですけどね、ククク（笑）、それがあーた、どんな味だったと思う？」「えっ、どんな味だったんですか？」「こちら、なんとモノマネのレパートリーが！」「あっ！　あっ！」。本番へという展開だった。他にも「アタクシと田中真紀子さん、どっちが早口です？　ヨーイドン、で二人がしゃべりました。あちらよね、やっぱり。そりゃあ早いもの」「あなた、やってることあれね！　変ね！　変なヒトよねえー」など、本番よりも直前がオモシロ・スピーディ。「本番用のカメラ回ってないところ特集」やってくれないかな。

○月×日

関西テレビの特番でデヴィ夫人とご一緒。若手お笑い芸人が、ふと「クジラの交尾は海水ザバザバ」という言い方をしたら、「ザバザバですって！　ザバザバ！」と繰り返しては、一人で盛り上がってた。そのたび泣いて笑い、本番途中に「鼻をかんできます」と立ち去った。何を出しとるんだ。

薬も飲むけど、花粉も飲む！いったいどうなるの？

○月×日

先月、エレベーターで数年振りに高田純次さんとお会いした。案外高田さんとは仕事したことがないので、私のこと覚えてるかなーと思いつつ挨拶。そしたらあの調子で「イヤイヤイヤ、寒いよねー！　ミッちゃん、もう4月なのにさー」と言う。「まだ2月なんですけど」と言うと、「そお？　2月だったっけー？　いやー、ボクなんかほら、生き急いでるからさー。先走っちゃうんだよねー」と。「いっそ今年も残りわずかですもんね」と言うと、「早いよねー。じゃ、メリークリスマス！　よいお年を！」と言って、手をパタパタ、小走りでエレベーターを降りた。まわりの人がやっと、今笑えるというカンジで吹き出していた。

○月×日

花粉症めちゃひどく、ああ、もう今日のシゴトはダメだわと思い、まずは午前中、インターネットで花粉症を調べたら「花粉症の人で、よくお医者さんにも行かずに、ただただ苦しんでばかりいる人が多い」とあったので、そのとおり！　私も医者に行こうと思い、行ってきました。注射で血液を調べてもらい、薬は「処方箋を専門のところへ行ってもらってください」と言われた。で、行ってみたらなんと「悪いことは言わないから、処方箋よりもこれを飲みなさい。すぐ効くから」と、そこのおばちゃんに花粉エキスを勧められた。花粉ばかりの飲料を飲むことで、逆に身体に免疫を作るものらしい。迷った。ドンペリのような値段だし。しかし、両方飲んでみることにした。花粉を飲みながら、それを抑える薬を飲む。いったいどうなるのか。この人体実験の続きは、また来年。

クサすよりホメた方が勝ちという法則

○月×日

　今週は、古株から若手まで、いわゆるコンビ芸人とやたら会いました。ふと思ったのですが、コンビという密接な関係って、相手をクサすよりも、相手をホメるって行為の方がおっかしいもんですね。「出た。出ました。アイツらしいっしょ？（ちょっとかわいいっしょ？）」などと陽気に言われると、「知らないよ、馬鹿」という気にもなり、たちまち笑えてきます。これって、なんだか夫婦関係にも似てると思いました。よく「ウチのカミさんなんか最悪でー」と、シリアスにこぼす人がいますが、聞いてるこちら側は、ちっとも楽しくない上に、最悪さ加減もよほどアクの強いものでない限り、興味すら持てないものです。しかし「オレの妻がいかに素晴らしいか」などという、やや意外な話の展開には、笑いも起こりやすく、全般ほんのり人生の哀愁が漂いはじめ、じーんと味わいが出てくるんですよね。身内というものは、どうしてもけなしけなされやすいがゆえに、ちょっとヒネリを利かせてからの調理でないと、いつまでたっても生臭さが残る関係なのかもわかりません。

○月×日

職業・アナウンサーの人間って、昔っからどうも苦手で困る。日本語がやたら正しく、自分の正義感をちゃんと胸を張ってうまく述べられるようなところが、まぶしすぎる白さです。しかも彼らはそうなるべく生きてきた人間なので、のっけからの異人種。なのに、必ずお笑い好き、みたいな顔を絶対するんです。そこに「手を差し伸べる感」が出てるの。出さないでほしいと思います。

アカ抜けないけど、シゴトが早い　ネーミングが悪いのかな

○月×日

今日は私がここ10年はハマッてるモノを紹介します。昨日の夕方、私はめっちゃ急いでたんだけど、ほんの5分で見事ごはんを炊きました。5分よ、5分。どうやったかわかりますか？　それが、圧力鍋。答えは圧力鍋。コレって、マジでサイコーに便利な調理器具ですよー。牛タン1本約1・8キロも、20分ほど蒸しただけで、一気に柔らかくなって、もう塩とカラシだけでうまいんだ！　残りも醬油なんかに漬けといて、チビチビとカットしながら食べられるし。カレーもすぐに一日置いた味になるし。とにかくコレは、外見はアカ抜けないけど、シゴトが早い。集中力があるんだな。電子レンジは

食物の分子を摩擦して温め、オーブンは外側から加熱していくけど、圧力鍋、この子は特に何も考えてないからね。ただやみくもに熱く走る。ゴールしか見えないから、みたいなとこがあっからさー。根っこと体力が違うんだよー。しかし、なんでそれほどまわりから評判になってないんだ！　噂も聞かないな！　と考えた時、たぶんネーミングが悪いんだ、と着地しました。「圧力」の部分。「圧力・ガマ」なんて特に重たい。和英したらいいのでは。

○月×日

「さあ、清水さんに懐かしい人の登場です！」。ジャーン！　バラエティ番組でのこの光景って、ホントびっくりして、いったいどんな顔をしていいのかわからなくなる。わ、久しぶり！　お世話になった上に、こんなスタジオまで来てもらって悪いなあ！　なーんて思ってるうちに、もう顔ヌカれてるし。もっと表情や言葉に出さにゃ！　なんて思う頃には終わってるし。

大阪で史上最低…
気にするわ！　しないでか！

○月×日

シゴトの流れのまま、ＭＩＳＩＡさんと食事をした。私が「たまに玄米を炊いて食べてんだ」と言うと、「えっ、私もなんです」だった。案外地味な、地味といえば二人とも休日は家にいたいタイプという、インドア指向な人間ということもわかり、来月あたり家に遊びに来るというオハコビになった。でも「免許とったばかりだし、車で行きます！」と言うヒトコトに、一歩先を越された感。

○月×日

『天才てれびくん』へ。メイク室で、さる小学生の女の子としゃべってたら、どうも香りがぷーんと印象的。いやな匂いではないんだけど、やたらさわやかな吐息というか。で、つい「今日、何食べてきた?」って聞いたら、「聞いてよー、酢大豆!」だった。笑ったー。「お母さんがハマッてて、食べろってうるさくて。食べると嬉しそうで、でもこれがまずくてまずくて。オエ」だそうな。私は食べたことがないんだけど、でもそんなにまずいのかと思ったら、かえって食べて味を知りたくなった。見るからにまずそうよね、アレ。それにしても、健康食品のブームって、宿命のようにどれもが必ずスタるって道を辿るのが不思議だと思ってたんだけど、こうして知らないところで拾ってるヒトもいるわけなんだな。

○月×日

こないだ、私が大阪で出た番組、「史上最低の視聴率でしたワ。アッハッハ! 気にしないでまた出てください」と、明るくプロデューサーさんから電話が。気にするわ! しないでか! 去年も大阪の番組で最低の視聴率を獲ってたらしい私。なんでだす! お食べやす! でした。

大阪からの帰りの新幹線
いや、それはないですよ、お客さん

○月×日

大阪からの帰りの新幹線で、うとうと眠っていたところ、激しくモメている声で目が覚めました。乗客の男性が「なんでこんな単純なコトがわからないんだっ！」と、ものすごく怒っています。そして車掌さんはものすごく困っておられるのでした。どれどれと、話を聞いていると、怒っている理由は以下のようでした。「私たち親子4人は、それぞれ4席分のグリーン指定席チケットを買った」「はい」「しかし、到着するまで、子供たちはずうっと私のヒザで、ずうっと眠ってたんだよ。わかる？　ヒザの上」「ええ」「だから、この2席は最初っから最後まで空いたままだったと」「はい」「ゆえに、2枚分のチケットの払い戻しをしてほしいと言ってるだけなんだ。そうだろ？いったい何回説明したらわかるんだ」「いや、ですからそれはダメです」「だからお役所仕事なんだよ。使ってないんだからおかしいでしょう」だって。「いや、それはないですよ、お客さん」と、私が割り込んで話をしたいくらいだった。しかも、その人の話し方がまわりに聞こえるような大声で、いかにも理不尽を抱えた被害者のような態度がヤラしかったです。しかし、ストレートなお子さんの声がよかった。「パパ、私ね、時々そこ座ってたよ」。乗客全員、心の中で喝采。

○月×日

ＢＳのコミックソング特番に出た。歌の仕事は楽しいな。マネージャーが「清水さんと一緒で何がいいかって、毎日違うジャンルの仕事がやってくるところ。飽きないですから」と、言ってました。Ａ級タレントほど仕事は一緒だから。あ。

本番まであと5分！　やさしい言葉を使わずに子供をはげます方法

○月×日

『天才てれびくん』の「やぎっち法典」で、さる子供さんが、生放送直前に泣いちゃった。ついさっきまで、廊下を汗かきながら笑って走り回ってたのに。ちょっとした大人のからかいに、深く傷ついちゃったらしい。しゅーんとなって、「もうボク、立ち直れないよ、清水さん……」なんてヒソヒソ声で言ってくるし。せつないわあ。でも、ここでもしも、やさしい言葉でなぐさめたら、かえってもっと泣きそうなのだ。あるでしょー？　こういう「緊張の糸がほぐれたとたんに逆に号泣してしまった！」みたいな現象って。でも、時間も本番まで5分ほどしかないし、まずはどうしたら笑わせられるか、そしたらマネージャーのヤノッチが「えなり、えなり！」と、失礼にも呼び捨てしながら教えてくれた。やったら「ブホッ！」と吹き出したんだけど、同時に今度はハナを大量に奮発してた。子供の身体はA・N・H（汗・涙・鼻）と、ほとんどが水で構成されているのがよくわかった。

○月×日

CXドラマ『ウェディングプランナー』にゲスト出演。ドラマって、バラエティ番組と違って、ほんの4分くらいのシーンにも、4時間ほどかける。わかっちゃいるんだけど、やっぱすごいなあ。ユースケ・サンタマリアさん、よほど忙しい生活だろうに、ずうっとまわりを笑わせていた。というか、普通にしゃべってるだけで、おかしみのある顔だと見た。口かしら、それとも目かしらと、じっと見て、帰り頃にわかったのは、バランスだった。

香港に行ってきました！
やっぱアジア好き好き！

○月×日

シゴトで、香港に行ってきました。今回で5回目になるんだけど、初めて行った15年前くらいは、街中が行けども行けども、しょっちゅうガガガと、工事中ばっかりで、なんて建築ビルが多いんだ！　そうか、これからって街なんだなって思ったんだけど、今回も行ってみたら、なんと同じように街中工事中なのでした。延々発展する国ってことなんですかな？　磯野貴理子《きりこ》さんとご一緒の旅で、香港のＦＭの生放送にも二人で出ました。ここでは、けっこうパチモン多く売られてるわりには、案外モノマネ文化はそんなにないのかもしれません。ちょっとアグネス・チャンのモノマネで挨拶しただけで、

「ワッハッハ！」と笑うというより、「えっ？　なんでできるんだ？」という驚嘆の目、なんでした。嬉しかったなー。全然ヘタだってのに、調子に乗って浜崎《はまさき》あゆみさん、宇多田《うただ》ヒカルさんで挨拶しても、めちゃびっくりされる私。サービスかな？　と思ったんだけど、そうでもないみたいよー！　日本のモノマネ芸人、注目かもしれません。「どうやるんだ？」なんて聞かれたりして。単なる「香港の言葉、韓国語のモノマネ」も、タモリさんのようにウケました。こうなると、ぜひここでライブをやりたくなりました。あと、ここでちょっと知り合いになった香港の女の子ってのが、めちゃ頭よくってかわいくって、私としてはめずらしく「ウチにホームステイし！」とまで誘ってしまいました。食事がやはりおいしく、食べまくって体重もめちゃ増えて帰国しましたが、やっぱアジア好き好き！　と実感した次第です。

いつか作ったろと思ってた大根餅。作った！　感動したー！

○月×日

清水宏《ひろし》さんって知ってました？　シンバル芸人なんだけど。こないだ初めてライブでご一緒してハマったー。いちいちシンバル、シャーン！　でも本人はすごい変人！　ってんじゃなくて、ちょっと変人なんだ。この「ちょっと」って量は、かすかなほど体温でじわりじわりと伝わってきやすいもんなんでしょうか。お客てえもの、あんまり熱いととっさにひくってやつでございやして。甘い卵焼きにも、ほんの少量の塩が利くと申しますが、わずかな量があとをひく味となってよみがえる、そんな芸人でございました。シャーン。

○月×日

オヤジ雑誌に載ってて、あまりにおいしそうなので、いつか作ったろと、ずうっと冷蔵庫に貼ってた「大根餅の作り方」。やっとこないだ挑戦してみたら、これがオイシー！　感動したー！　上新粉と片栗粉にスープを入れて合わせたものに、茹で大根の千切り、長ネギ、干し椎茸、ぎんなん、海老を混ぜて、レンジでチンして餅状態になったら、冷ましたあとでそいつを切って、胡麻油でじっくり焼くのだ。カーリカリーの中ネットリ。香りがいいし、舌ざわりがいい。これがすっかり気に入って、時々作ってたんだけど。こないだMISIAさんたちがウチに遊びに来るって時、よっしゃコレ出してびっくりさせたろと思って、餅状態までを冷蔵庫の中に作っておいたんだよ。それなのに、いざいらしたら、出すのをすっかり忘れてしまった（ないです？　こういう経験）。後日、だらだらとそれを切っては食べ、切っては食べておりました。

ものすごいショックで落ち込んだ！　フテ寝した！

○月×日

　ワールドカップ真っ盛り。オリンピックよりもずうっとすごい盛り上がりではないですか。私は「日本vs.トルコ戦」って日に、電車に乗ったんですね。そしたらさっそく青いシャツを着た若者が立ってて。お、君もアレか、サポーターさんか。そう思って何気に見たら、背中にあった文字が「NOMO」だった。「えっ？」と、びっくりした。もう一回見ちゃった。確認の意味で。「今日着るかよ！　誰かに言いてー！」と、しみじみ思ったら、一人で笑えてきた。はじめは「ONO」かと思ったんで、もう一回見て本当によかった。若者もいろいろな人生があるんだ。振り返って見れば、そういうことがわかるのだ。

○月×日

「ナンシー関さんが亡くなっちゃった」と、ある朝、水道橋博士から電話があった。ものすごいショックで、あれ、自分はこんなに好きだったか？　と思うくらい泣けて落ち込んだ。フテ寝した。年に1～2回会うって程度だったんだけど、会えばいつも話に味わいがあり、品格さえ漂わせる口調で言う冗談は、本当に面白かった。というか、うまかったのだ。「さ、面白いこと言いましょ！」というニヤニヤがなくって、淡々と、かつムダがない。って、芸人じゃあるまいし、こんなこと誉められても嬉しくないだろうけど。ま、そういう部分をほのかに尊敬もしてました。ベッドから起き出して、そういえば、最後にメールのやりとりしたヤツはどんな内容だったっけと思って、パソコンを開いてみたら「水野真紀さんについて」だった。し、し、しのびにくい。

浅草キッドのお二人
芸能IQ並外れて高い

○月×日

浅草キッドのお二人と都内ロケ。久しぶりに会ったんだけど、映画に芝居に読書にと、とにかく芸能IQが並外れて高く、造詣が深くて感心します。しかし、思えば初対面の時も朝からエロ話。ほぼ10年後の今日も朝からエロ話。本当は私、基本的には下ネタ嫌いなんですが。なぜに彼らのは不愉快じゃないかって考えると、やはり面白いからなんでした。

○月×日

引っ越しにともない、いらない自転車を粗大ゴミにと、シールを買って、貼って出しました。そしたら翌朝、収集車が来る前に、あっさり盗まれてるではないですか。なんだか自分でも得体のしれない爽快感をともないながら、ちょっとは悔しかった。ま、地球にはやさしいか。だからかな？

○月×日

高田文夫さんと私の北海道生絞りのＣＭ、観てくださいました？　高田さんは、どんなパターンの演技を要求されようと、涼しい顔で自己流に持っていかれるところに、都会人たるものを感じさせられました。暑苦しいのが大嫌いで、せっかち、早口、短気ながらソツのないところなどは、永六輔さんをホーフツさせます。

○月×日

仕事終わりで『Ｉ　ａｍ　Ｓａｍ』と、『少林サッカー』を連日で観ました。外国人の友人が言ってましたが、「日本デハ食事ヤカラオケ、トニカク値段ガ高クテ驚ク。デモ私、トニカクエイガニイク。アソコダト、２ジカン１８００エン。ダイタイヨユーデスミマス」と、聞いたことがあります。新作映画って、案外安く楽しめる空間ではないでしょうか。

ある日の早朝、三谷幸喜さんから電話があり…

○月×日

江頭2：50さんのライブへ行ってきました。久々に観る男くさーいライブで、観客の笑い声も1オクターブほど低い。ドド、ドドドド。登場も普通なんだけど、これが驚くほどカッコいい。トルコ応援にまつわることから始まる、サッカーワールドカップの一連の流れのネタなのですが、これがサポーターというより、まったく関係ない部外者の一人として観戦し、この中身全体を創作できたってところが新しかった。不思議なドキュメンタリーでもあるんだ。ああ、うまく伝わらなくてすみません。

○月×日

『ためしてガッテン！』の「豆腐の作り方特集」に出た。おいしくって簡単で、そのままはもちろん、カレー味からイチゴ味まで、何これ！ あら、おいしいじゃない、と新鮮な味覚だった。これ、はやるかもわかりません。TOFUパフェとかTOFUショコラなんかすぐ売れると見た。

○月×日

早朝、三谷幸喜さんから電話があり（早起き人間なんだそうだ）、「清水さん、いかにエアロバイクが健康にいいか知ってる？ すごくいいんだよ。毎日テレビなんか観ながら、スイスイ運動ができる。健康は足からって言うでしょう。ウチはもう買い替え4台目なんだけど、3台目を無料で差し上げようと思う。送るね？」と言う。「ハッキリ言うと、それはおのれらのお古をウチに流す、ということですね？」と言ったら、「でも、そのくらい、いいってことだから。いや、清水さんはついてるなあ」とのことで、もうすぐやってくるらしい。またぐたびに屈辱的な気持ちになったりして。

おつまみの家という
セットを夢で考案

○月×日

大阪での帰り、時間が3時間もあったので、今さらながらちゃちゃっと走って、マネージャーと二人、USJに行ってきました。この日の前日、たまたまお水がどうのこうのという時期だったらしく、どれも10分待ちくらいでスイスイ乗れて、予想よりはるかに面白かった。あきらめたのはJAWSくらいで、あと20分あれば、新幹線と両方乗れたのに！　最後はお水は飲まない分、ジュラシックパーク・ザ・ライドで全身たくさんかぶってきました。まわりから聞こえてくる声が「こんなに濡れちゃったよー！」「私なんかもっとヒドイよー！」など、水がかかるほど嬉しそうで、私もタオルで拭きながら、一気に水に濡れると、人間なんでこんなに狂喜すんだろ、なんて思いました。翌週、偶然にも藤井隆さんらとディズニーランドでの番組ロケだったんだけど、ここでも夏季限定のドナルドの水をたっぷりかぶって（一回につき、水1トンですって）、またタオルで拭き拭き喜んでました。そういえば、ずうっと昔に行ったサザンオールスターズのコンサートでも、私は「前列はいいな！　水かけてもらえて！」と、うらやましく思えたのを思い出しました。

○月×日

ビールを飲んで寝たせいか「おつまみの家」というセットを考案した夢を見ました。お菓子の家というのはありそうですが、ミニミニハウス一戸建てが全部おつまみでできてるというもので、タイトルは「おやじの夢」。たたみいわしがタタミで（そのまんま）、かっぱえびせんの椅子、エイヒレのテーブル、さきいかの庭木など。しかも、これだけ入ってて一袋100円でした。

『カンコンキン』で異様な熱帯夜を体験！

○月×日

浅草キッドの『クイズ！バーチャQ』に原口あきまささんとコンビで出た。原口さん、ふと見ると歯を普通に持って出てるのがおかしかった。しかも出し入れが早い。サッ、そして、サッ。さわやか、ではないわな。

○月×日

毎年恒例の関根勤さんのライブ『カンコンキン』に行ってきました。熱い夏にはいっそ辛いカレーが食べたくなるように、このライブもその濃厚さを体感することによって、かえって気温の蒸し暑さを忘れさせてくれるかのようだった。今回も出演者の誰もが壊れた大人のようで、めちゃめちゃ面白かった。下ネタもあれだけくだらないと、かえってすがすがしい。しかもまだ出足らなそうな気配を残し、全体で4時間ほど。時間はインド、ネタはポリネシアン、お客さんは歌舞伎町と、我々は異様な熱帯夜を体験したのでした。私は招待してくれた関根さんに、松坂慶子さんの写真集に自分のサインを添えたものを手渡しました。残暑。

○月×日

こないだ『千と千尋の神隠し』のビデオを買った。で、また野沢一家がやってきた時にこれを一緒に観たんですね。そこまではよかった。楽しゅうござんした。ところがそのあと、デッキの中にビデオを入れたまんまにしてたら、なぜか予約録画が続行されてて、上に昼間の番組『ドレミソラ』がのんきに録れてるではないですか！　なんで？　ツメ折れてるのに!?　せっかく買ったのに一度しか観られなかったー！　涙。今後、上に録ってしまった番組を除去してくれる、ってな装置をぜひ作っていただきたいものです。

台湾の人のしゃべりの早さにビックリ！

○月×日

ロケで台湾へ。お国が違えば言葉も違う。当然そんなことはわかりきった上で現地に向かった私ですが、びっくりしたのは、そこにスピードの違いもある！　という事実。台湾の皆さん、しゃべり方、早い早い。ぜんぜん速度が違う。およそ日本人が4拍子で「タン・タカ・タン・タン」というしゃべり方のスピードだとすると、台湾は「タカタカタカタカ・スッタカタカタン・スタタタスタスタ・スッタカスタタン」。このくらい密度が濃い。っていうか、早い。わかりますかね？　この比喩で。これが現地の人々だけじゃなく、こっちで日本語に訳してくれるコーディネーターさんの日本語までが、めちゃ早いんだ。ここに不思議な感動を覚えました。だって「この国の会話速度・３８０／ミニッツ」とかって、そういう本も出てないじゃないですか？ってことはまだ計算されてないんではないですかな？ぜひ私から出版したいです。ホテルでニュース番組なんか観てても、観てるこっちがあせってくるんだ。そういえばビビアン・スーさんの話す日本語も、いつもリズムがややクイ気味だし、欧陽菲菲《オーヤンフィーフィー》さんも、めちゃ早かったと、個人的にスピードの思いにふけりました。ところでロケ中、数時間の休憩があって、即座に映画館にも行ってきましたよ。海外なんかで「わざわざ」とか言われながら映画を観るの、大好きなんです。とくにたまたまやってた映画が『ｓｉｇｎｓ（サイン）』で、私のことわざに「メル・ギブソン出る映画に駄作なし」があり、これは絶対行くと、思ってたのでした。セリフを英語で聞きながら字幕は台湾語。やはり理解度60パーセントでしたが。あれはどうなの？宇宙人。あり？

グッさんにイメージでラーメンを作ってもらった

○月×日

特番でグッさんこと、山口智充《ともみつ》さんとご一緒した。長時間、ずうっと隣の席だったんだけど、カメラ映ってないとこでやってくれるいろいろなネタがホントすごかった！　待ち時間もかなりあったんで、途中「じゃ、テレビに映ってる清水さんのモノマネ」をやってくれるというんで、これには特にドキドキ興味が湧いた。どういう風にやるんだ！　と思ってたら、一人で聞こえないくらいの小さい声で、ボソボソッとツッコミ「おまえが寒いんだよ！」「古っ！」「ややこしっ！」などと言い、それに自分でウケているという。それも腰を折るようにして笑ってるのだ。確かにやってそう。恥ずかしー！　ヤメテー！　数時間後は、ふと私が「おなかすいたー」とポツリとこぼしたら、「じゃあ、イメージでラーメン食べませんか」と言う。あわてて「あ。待って。まさかラーメン作りをパントマイムでやるとか？　悪いけどやだー。よけいにおなかすくし、ずっと見てなくちゃいけないし、やめ」と、言いかけた時には、もうガスコンロにボッ！　と火をかけ始め、麺をシュッシュとほぐしていた。丁寧な職人さんらしく、何度も味見をし、湯切りも激しい。海苔やチャーシューなど、最後の配置にも繊細。もらった私がしぶしぶ「ラーメンをすすってます」というマネをしたら、「待って！」が入り、割り箸を袋から出し、パチンと割ってから右手に。左手にはレンゲを渡された。空腹時に見る芸も、これだけうまいと腹が立ち、私は丼ごと窓からポーン！　と遠くに投げちゃった。そしたらすぐに拾いに走ってんだ！　しかも完璧に受け取められてて、また私の目の前でラーメンが湯気を立ててた。

ピエール瀧さんと私の共通イメージ。もう悩み無用♪

○月×日

ずっと前、さる芸人さんから「業界での立ち位置が、どこかミッちゃんと似てる。うまくは言えないけど、かなり」と言われた、ピエール瀧《たき》さんと対談。ここか、ここが似てるのか？　立ち位置は、などとちょいちょい見ながら話をした。でも実際、共通の友達は多いんだけれど、ちゃんと話したのは初めてに近いのだ。なのに新鮮味がぜんぜんなかった。高校時代の男子と放課後しゃべってた自分に、確かにフラッシュバック。ふと、某CMソングについての話で気が合い、二人で腹から声を出して立ってコーラスした。もう悩み無用。いろんな意味で。

○月×日

銀座の老舗デパートへ行った。エレベーターに乗ったら、久々にエレベーターガールがいた。なんだか新鮮！　緊張！　エレベーターガールこそ、いつのまにか最近いなくなってしまった職業のひとつ。あの白い手袋をピンとのばしながら「ブエエ・バイリバーズ（上へ・参りまーす）」など、あの独特な鼻詰まった感じを久々に聞いて、一人ニヤニヤしてしまった。出たな古典芸能！　そんな感じ。たっぷり！　そんな感じ。ちょっと照れるんだ。あと、最近見ない姿には、切符を切る駅員さんもありますよね。どこの駅にも自動改札機が普通にできたからなんでしょう。ハサミをうまいことカチャカチャ音させて、たまに意味なく、くるくるっと回しながら、ヒョイ、ヒョイ、と、リズミカルに次々に切って行くってな光景。でも、そういう人はヒマな時でもしょっちゅうカチャカチャいわしてるので、貧乏ゆすり？　ともお見受けしてましたが。

さる大物演歌歌手の嘘笑顔の謎が解けたヨ

○月×日

　こないだ、番組でさる大物演歌歌手とご一緒したんですが、なんだか、ちょっと私に感じが悪いような。ふと見ると、ムッとなる表情を、時々大人になって隠してる、こらえてる、ってなカンジ。嘘笑顔。声も私には落としたトーンのようだったんだ。しかし、なんでだ？　でした。正直な話、私は結構この人の歌が好きなのだ。そんで、そういう気持ちってのは、今までの経験でも、言わなくても伝わるもんなんだなー！　と思ってきただけに、そうでもないんだなと、なんだかガックリかつ不思議だった。しかし、ゆうべ謎が解けました！　私の顔マネの本で、その方をコッテリ顔マネしてたんでした！　あれは怒るわ。すっかり忘れてた私の阿呆。しかもあの時の自分の明るい軽口や、親しげなツッコミ、そして彼女の複雑な笑顔、これらを走馬灯のように思い出し、とほほほほほほほ。涙。

○月×日

ウチのオットが、ジミな裏ワザを発見しました。「よくテレビとビデオデッキは、まるで夫婦のようにツイになって一緒に置かれてある。しかし、ちょっと考えてみたら、アレはおかしい」と。「アレは実はムダだ」と。なんでか聞くと、「ビデオデッキはむしろテレビと離して、ベッドサイドなど、観る人の手元に置いとけば、ビデオテープの出し入れにいちいち立たなくてすむ。一緒になっているモノ、という慣れだけで今まで我々は便利を不便にしとったのだ」と。なるほどな、と思い、こないだ自分の部屋の模様替えをした時にビデオデッキを離して配置してみたのですが、部屋がゴチャゴチャして見えるので、すぐ元に戻しました。

不思議なリップサービス「タクサンデテルヨー」

○月×日

韓国ロケに行ってきました。初めてだったんだけど、めちゃハマッたー！過去、韓国旅行に行ったことのあるまわりの友人らに「どうだった？」と聞くと、「最高！」というのと「ちょっと……」と、意見がいつも半々くらいに分かれてたので、自分はどっちなのかしら、なーんて思ってたのですが。ぜひまた個人的な旅行で行きたいです。人情は厚いし、やさしいし、女性はキレイだし、床暖房得意だし、食べ物どれもおいしいしー！夜は個人的にアカ擦りにも行ってきました。ひとたび背中をさすってもらうと、消しゴムのカスみたいなのが、顔にババッと降りかかり、えっ！と、恥ずかしくなるほど、出る出る。降る降る。フケツ人間清水ミチコだったのでした。生涯でこんなに100%近くアカが取れた日はありませんな。「タクサンデテルヨー」と言われた時、なぜか嬉しかったりして。あまりに感動して、翌日まわりに吹聴し、その晩も同じ店に行き、足ツボなどをやってもらおうと、「昨日、アカ擦り行ったばかりなので、今日はこっちで」とお願いしてたのに、話がうまく通じていなかったのか、またアカ擦りベッドで横に倒されている私。「違いますよ」と、なんとか表情と動作で一度はちゃんと抗議してみたものの、人間半裸だと、気が小さくなるものなのか、その後はうまく反抗できず、されるがままになってしまいました。しかし、結果はまたアカが出てるんだから人間の皮膚ってもんはエライもんですな。エライかな。お店の不思議なリップサービス（?）なのか、また「タクサンデテルヨー」と言われてました。そんなには出てないわ。わしゃ成長期か。

ラーメン屋のご主人の性格がラーメンの味に出るもんなんですね

○月×日

ここんとこ、ずっとラーメン食べてばっかり。というのはこの時期なぜかラーメンの特番が多いから。ラーメンって、食べ物の中でも、特殊に画面に強く訴えるものがあるんだってさ。蕎麦もうどんもおいしい所はいっぱいあるけれど、絵としての「迫力がぜっんぜん違う！」のだそうだ。説明なしでも納得しやすい、湯気がある、油で艶も出る、インパクトが強い、視聴率も取れる、などなど。ディレクター談。なるほど、そう言われてみればめちゃ売れてるタレントよりも毎日テレビによーく出てるのもうなずけます。昨日も食べながら思ったんだけど、ラーメン屋のご主人とラーメンの関係も多少、性格というものが出るのでしょうか。いやー、このご主人本当にいい人そうだなーなんて思えるようなとこだと、ラーメンの味ものんびり、おっとりしてるんだけど、短気でせっかちでクセがあってうるさ型なご主人だと、「すげっ！」とするそばから迫力に圧倒されるものがありました。職人目指すって人、短気なあなたはラーメン方面へ、ヤセ型でストイックなあなたは蕎麦打ち向き、肥満系で明るいあなたはスパゲッティ向きと、食い倒れしながらちょっとしたアドバイスまでできるようになりました。

○月×日

水道橋博士から電話で「いかに良かったか！」という説明を受け、さっそく横尾忠則《ただのり》展へ行ってきました。美術館て好きなんだけど久しぶり。でも私は絵画があんまりすごい人の特集だと、いつも軽いめまいを起こしちゃうんだよね。こういうのってない？　この日もすぐ家で横になっちゃった。見倒れ。今週はよう倒れる。

ミッちゃんのモノマネってサ似てるっていうより、憑依に近いね

○月×日

鶴瓶さんと食事。歩きながら発見しました。声をかけられる率が、他の芸能人と全然違うのだ。その質もなんか違う。「キャーッ!」というよりも、もっと愛情深い感じ。近所に住んでる人同士が「あら。帰ってきたんだ鶴瓶ちゃん」みたいな。ちょっと歩けば「どこ行くの?」「何してん?」みたいな。しかも鶴瓶さんは一人一人に丁寧に返答するのだった。耳打ちする人までいる。そういえばずうっと昔は、仕事で松村くんと渋谷を歩いた時、ほんの3分でギラギラした目をした若い男の子が後ろからついて来て、「せえの、で走ってください!」と言われ、必死に走ったのを思い出した。個性出るの

ねー。

○月×日

山下洋輔さんのライブにお招きされた。「ミッちゃんのモノマネってサ、最近じゃ似てるっていうより憑依《ひょうい》に近いねー。巫女《みこ》だよ。巫女。清水ミチコじゃなくて清水巫女」なんて笑っておっしゃってた。清水ミコかー。しかし、山下さんの方こそ、おだやかーに話をしたかと思えばピアノに向かったとたんに、いきなり別人格の登場だった。ラジオの公開放送でもあったんだけど、司会のアナウンサーの女性が、ずうっとにこやかな言葉使いだったのに、最後は時間がせまり、あわてておられたのか、「では清水さんは帰っていただきます！」とあまりにキッパリ言われたのに、ちょっと笑えてきて「サミシー！」と言うと、真面目な方らしく、あとで深々とおわび。冗談だってば。

○月×日

ＭＩＳＩＡさんのコンサートへ。歌声うっとり、性格おっとり、ダンスはパシッと激しく。みんな、両面あるんだなあ。充実した今週でした。

2003年

面白い芸人みなやや卑屈
もちろん誉め言葉です

火事かどうか点検中です！
緊急時、カンペに書かなくても…

○月×日

ＮＨＫ『熱血！オヤジバトル』収録で、福岡へ。「オープニングで、ステージ前の円柱から炎がガーッとハデに10本あがります。リハでは2本のみですが、ヤケド等注意して下さい！」と言われた。で、やってみるとこれが2本でもけっこうすごい迫力。なるほど、盛り上げるねー、と思いながらいざ本番へ。ところがいざ10本の火柱がガーッとあがり、ウチらが登場し「皆さん、こんばんはー！」と言うと同時に、火災報知器が激しく「ブーッ！　ブーッ！」と響きわたった。こんなに長く鳴るもんだと初めて知った。お客さんも緊張。ただＡＤさん、収録はとっくに一時停止したってのに「ただ今、火事なのかどうかを点検中です！」と、マジックで書いたカンペを真面目に出したのがおっかしかった。口でいいだろ緊急時。さて、その福岡帰りの空港では個人的に火柱立った。マネージャーが「有名人発見！」と小声で私に言うので、誰？　どこ？　と思って見ると、ものすごい早口の男性が隣を通りすぎるところ。「予約待合室、ここ予約してあるの？　あ、そ。だったらいいじゃない、ここ行きましょ、さっそく。じゃヨロシク！」。おお、矢沢永吉様！　何なの？　この見た者すべてに強くラッキーを与えるオーラは！　何だか全部最高!!

○月×日

和田誠さんと一緒に「南伸坊さんのお母様の展覧会」に行く約束。それをたまたま山下洋輔さんに話したら、「ホー、俺も行こうかな」となり、結局みんなで待ち合わせして観に行ってきました。おばあちゃんの個展。チクタクチクタク、かわいかったー。みんなそろって目が細ーくなっていた。超難解マンガ、爆笑。

音楽聴きながらジョギング
まるで毎日優勝してるみたい！

○月×日

知り合いが「いいよー！」とうっとりした目で教えてくれたのをきっかけに、ここ3ヶ月ほどジョギングを欠かしてない私。余裕がない時は夜なんだけど、朝いったん6時頃に起きて、頭も身体もまだ眠っててトロトロしてる頃に走り出すのが最高！　だんだん気持ちよーく目覚めてきて、「あー今日もまた仕事かよ、ダラダラダラダラ」だったのが、「そうか！　今日も一日が始まる！　ラララララー」と、幸せな気分に。つっても、スローペースでほんの20分ほどなんすけど。でもこれがハマッたら止められなくて。はじめは6日間も走ったんだから日曜日はやめ、なんて思って休んでみたら、心身なまったような気になっちゃって、結局今では暴風雨の日も止まらないんだ。よく眠れるし眠りは深いし、肩コリも腰痛もなくなる。脳内モルヒネ出せば出すほど、どんどん早く出るようになってるんじゃ？　なんて思っちゃった。それで、マラソン選手はどなたを見ても人間的な根っこが明るそうなのかもしれません。何より、自分は自分の為にさける時間がこんなにあったんじゃないの！　と実感できるのがいい。時計で動く私じゃなくて、私が時間を作るのだ。よくマンガなんかで、主人公の女の子がガーンとショックなことがあると、いきなりダーッと走り出すシーン（待てよ！）があったけど、あれも、これだったんじゃないかしら。爽快！　を求める裏心理。ただ、先週あたりからｉＰｏｄでいろんな音楽を聴きながら走り始めたんだけど、気分が高揚してる時に音楽的感動も重なるせいか、泣きながら走ってたりして。まるで毎日優勝してるみたいであまりにめでたくて恥ずかしい。

十数年振りの上海は美しい蝶に変身していた

○月×日

ロケで上海に行ってきました。十数年ぶりに訪れたんだけど、めっちゃ変わってました。一気に浦島太郎状態でした。よく同窓会なんかで、「アカ抜けなかったあの女の子が、こんなになっちゃったワケ？」と、驚くほど美しい蝶に変身してたっていうことがあるけど、それよ、それ。それはもう近代的な都市となってた。ただし、違うのは単に「ザ・発展」となってただけでなく、「古くからの自分の顔も生かしながら、ちゃんとメイクできてる」っていう手腕で、古い建物を横にそのままちゃんと残すことで、新しいビルだらけでなく、近代建築もかえって目に映えるように作ってあるんでした。スタバが、茶色くなってるような古い土壁の建物の中にあるんですから。

○月×日

チョコレートをいただいた。ちょっと疲れててぼんやりしてた精神状態のまま、ぼんやり見ると、本当にチョコレートというものは美しい食べ物だとわかる。光沢から、風合いから、色に何とも威厳があるような。おいしいものは、なんでなんでしょうね。どれもきれいにできている。寿司ひとつ取っても美しいじゃないですか。私は「九死に一生を得た」とか「宇宙に出た時」なんてでかい体験より、こんな小さい法則を感じた時に、「お、神様いるねー」なんて思えてきます。しかし逆にインスタントラーメンなんかは、けっこうおいしくできてるというのに、損してるというか、かわいそう。ちょっと硬めに茹でたりなんかしてみると、あのチリチリかげんが、箸の上ですっかり揃ってしまう時。「いい奴なのにな」なんて言いたくなる。

照明の暗いレストラン 実は落ち着かないと思いませんか?

○月×日

大阪の番組『オチャわん!!』に出た。藤井隆くんとYOUさんのコンビなんだけど、二人の食欲にびっくり。「なんかココ(大阪)来るとつい食べたくなって……」と言いながら、いつものといった表情でコンビニで買ってきたマヨネーズ風味の柿の種、イチゴのプリッツ、牛乳、缶コーヒー、押し寿司、キムチのおにぎり、ツナのサンドイッチなどを広げ、ぱくぱく、そしてもくもくと食べ急ぐ。「あのー、会話しましょうよ」と言うと、二人とも「しますします」「うなずきますからどうぞどうぞ」などと言いつつ、しゃにむに食べるばかり。そして「食後のうどんとりますけど。何にします?」

え！　まだ食べるの？　思春期か？　という驚きを尻目にさっさか注文し始めていた。腹いっぱいのはずなのに、番組収録後「しゃぶしゃぶ食べに行きません？」とにこやかに言った。少しずつ狂ってきている。

○月×日

このところ、照明をやに落としてるレストランって多くないですか？　まわりをめちゃ暗ーくしておいて、テーブルにだけスポットを柔らかーく当ててるの。あれは人の気持ちを落ち着かせるようでいて、落ち着かない。私には。なんだか不安になり、さっさか食べて帰りたくなる。ちょっといいレストランなら、料理の皿もよーく見てじっくり堪能したいじゃないの。メニューも一度明かりの真下んとこまで持ってって読まなくちゃいけないし。最近のインテリア雑誌見てても、みんなダイニングの照明を落とすことで、リラクゼーションがどうのこうのとか書いてあるけど、それは夏だけ限定でやってほしい。なんか温度下がる。

関根勤さんを囲む会開催！
何度やってもネタは尽きません

○月×日

『ちゅらさん2』へ。エレベーターの中で、若い女の子が、その友達に「ほら」と、笑いながら見せてたのが、一見かわいい小犬のキーホルダーなんだけれど、おなかをムニュ、と押すと、わりとリアルなウンチがムンッと出てくるものだった。横目で見てびっくりして、もう一回見せてー！　と心の中で思った。そしたら偶然にも翌日、全く同じモノを知人からプレゼントされた。はやってるのか？　ウンチよりも、なんというか、無気質かつメルヘンな顔した小動物から、いきなり生命感を表すモノがナマナマしく出る、というところにギョッとなるんでした。「こんなカワイイ顔して…」と、ヘンタイのオッサンも、実はこういう驚きから始まっているのでは。

○月×日

夕方『踊る！さんま御殿!!』に出演。夜、関根勤さんを囲む会・別名「四季の会（春編）」へ。何度目だ。藤井さん、YOUさんとで食事をしながら、関根さんの話を聞くってだけなんだけど、語彙が豊富で、どんなにくだらないエロ話でも、細部にわたる描写があれば、それは詩の朗読のよう。ずっと聞いていたくなります。そのあとみんなでカラオケとなり、久々に歌った。カラオケ大好きだ、聞くのも歌うのもいーなー、と実感。特に'70年から'80年の歌謡曲って、歌詞とメロディーがものすごくうまく一致してる。同時に生まれたかのような歌ばっかだ。それにしてもなんでしょう。人というもの、楽ちんでなーんもしない受動的な快感よりも、あんがい能動的に何かアクションをガーッと起こした方がずっとスッキリするようですねー。

私とヒットチャート
歌と紅茶とマイケルと

○月×日

このところのヒットチャートって、ほとんどがまるで洋楽のようで、歌詞がまったく聴き取れない、というより、こっちの耳がすでにサウンドだけでいいじゃない、歌詞いる？　みたいな兆候になっているのではないでしょうか。いや、いかん。ちーとは何て言ってるのかちゃんと聴こうと思い、久々に歌本の歌詞をじっくり読んだ。ハマったのは一青《ひとと》窈《よう》さんの「もらい泣き」。こちらはめちゃ聴きやすいタイプの歌だというのに、読むほどにますますわからなくなってきた。ひとりぼっちで淋しいのか、二人っきりなのに淋しいのか？　そして「段ボールの、中　ヒキコモリっきり」って、どういう状況なんだ。「乙女座」「言葉、にすればする程」って、なかなか言葉にすることないしさ。始まりの「ええいああ」も、全体をまた謎のベールに包みこむよう。読みながら心で歌ってるうちについついモノマネになりながら。この神秘性がいいんですな。

○月×日

このところのマヨネーズの口って、すごーく細くなってて、たいへんに使いやすい。感心した。ボテッと出ない。スルスルー。「大量に使って、どんどん消費しなくても結構です」と言ってるみたいだし「この方がおいしいとわかりました」みたいな。ありがたい。インスタントの紅茶も、ここ最近のは三角形タイプで、この形によって、出るのめちゃ早い！　驚いた！　と知人から聞きました。アイデア。

○月×日

M・ジャクソンの特番にハマッた。でも、「このあと屈辱が！」で、CMへ。何が起こったんだ！　と思ってたら、舞台でちょっと出番を間違えただけかい。

久しぶりに歩く夕方の銀座ドラマのワンシーンのようでした

○月×日

　クレジットカードのマイル数がたまって、よし、今度こそ飛行機に乗ってどっか行こ！　と思ったんだけど、残念ながら期限までの休みのスケジュールが難しかった。いつもムダになる。しかし、私は今回あきらめず、我ながらせせこましいとは思いながら「すみません。飛行機に乗る以外のほかの特典はないですか？」と、電話で聞いてみたら、なんと銀座のホテルのレストランの無料お食事券がいただけるということだった。ラッキー！　で、先週、友達4人で行ってきました。久しぶりに歩く夕方の銀座って、仕立てのいい洋服パリッと着こなした人が多く、キレイに髪を結い上げた水商売のお姉さんも見てて飽きないし、携帯電話で「おい！　レイカちゃんがお店やめたいって泣いちゃったじゃないか！　おまえ、そんなこと客前で言わせちゃダメじゃないかっ！　マリコの時だってそうだったじゃないかっ！　何が店長だ！」と、歩きながら怒鳴る男性には、ということは、あなたは経営者かなどと想像し、ドラマのワンシーンをくぎりくぎり見てるみたいで、なかなか味わい深いものがあった。

○月×日

このところ特番続きで、花粉症の薬をずっとガマン。強い眠気との闘いとなるからだ。しかし、こないだ花粉症対策の番組を観て、さっそくネットの通信販売で購入。ちょっと高いけど、これが効くー。眠気に襲われることもなく、なんといっても味のおいしいこと。今まで正直、烏龍茶なんか一度もおいしいと思ったことはなかったけど、これはすばらしい味だ。そのうちこの凍頂烏龍茶が喫茶店なんかのメニューに普通になるといいのに。

「なんだか清水さんのって変」個性的ってことですよね

○月×日

ドラマ『ホステス探偵危機一髪5』で、柴田理恵さんとご一緒した。私が真面目にセリフを言うと、必ずと言っていいくらい、柴田さんがハンカチで涙を押さえる。というのは、笑いすぎて泣けてしまうほど「おかしい。ミッちゃんの芝居は笑える!」らしい。「とにかく変!」なのだそうだ。私が真面目に何かすると、昔からなんだかよくこの表現をされてきた。小2の頃だったか、水原弘さんの『へんな女』という歌謡曲がヒットし、「ウパウパチンチン・ウパウパチン」で始まり、誰かが「へんな女に会いました」と歌うと、いっせいにクラスのみんなが私を振り返る、というのも記憶にあるし、図画や工作でも「なんだか清水さんの、変」と不思議な誉められ方（？）が多かった。こういう職業になっても「会話が時々変」だの「モノマネも変」と言われてきて、今日は「演技が変」。こ、個性的ってことですよね。はげましたりして。

○月×日

三谷幸喜さんに誘われ、美輪《みわ》明宏さんの『黒蜥蜴《とかげ》』を観に行ってきた。休憩時間、コーヒーを飲みながら、三谷さんが私に「清水さんって、本当に落ち着きないですね」と言う。うわあ。これまた昔っから通知表に書いてあった言葉。どう落ち着きがないかというと、上演中に、「上着を脱いだり」「膝《ひざ》の位置を変えてみたり」「せきばらいをしたり」「肩のあたりを掻いたり」「飴食べたり」で、「たまにおとなしいとうたた寝」だったとか。よく見てる三谷さんも三谷さんだが、実は三谷さん本人も落ち着きがないタチなので、他人の落ち着きのなさが気になる人間らしい。こ、これも個性よねー。

意外なほど自分を絶対語らない彼女の名は磯野貴理子さん

○月×日

板尾創路さんの一人舞台があるらしいとのことで、友達と私とでチケぴに電話したんだけど、すでに売り切れ。しかし、再演があるとのことで、某日さっそく電話し、ゲットできた。なんとその日の夕方、TBS『オールスター感謝祭』で、板尾さんも一緒だとわかった。会った時、「さっき、あんたのチケット予約できたとこだったんだよ！」と、少々コーフンしながら言うと、「そうなんすか。言ってくれりゃいいのに」と、そのトーンがなんともめちゃ冷静。興奮気味な自分が少々恥ずかしかった。私も淡々としよ。隣の席が磯野貴理子さんで、彼女は実は業界では「意外なほど自分を絶対語らない女」と言われてるんだけど、休憩時間に「用意してくれてたお寿司おいしかったよ！　食べた？」と聞いたら、「いや。食べないよ。私は一人で秘密の小部屋にいたからね」とのことだった。なんてみんな淡々としてるのだ。さらに驚かされたのは最終結果で、芸能人200名ほどいるうち、1位・磯野貴理子、2位・板尾創路という配列。な、何者なのあんたたち。

○月×日

ラジオで綾小路《あやのこうじ》きみまろさんのヅラについてトークをしてたら、なんと、帰りのエレベーターの中でご一緒しちゃった。ドキ！「ラジオ、聴いておりましたよ。これがそのヅラでございます」とニコニコ頭を下げられる。さすができたお方。私もあやまりながら、「なるほど、これが」と言いながらさわったりして。「あと3つ持ってます。もうひとつは現在製作中でして」とのことだった。ひとつ、100万円ほどするとか。「これで？」と、またついうっかり。

試験電波発信中!!
こんな夜更けに何の試験なの?

○月×日

最近、全ての放送が終了したテレビに、「試験電波発信中!!」という映像がシーンと流れ始めるのって知ってます？　私はその語尾にビックリマークが「!!」と、2つもついてる意図が妙にコワい。「だから注意してっ!!」とでも言われているような。だいたい何の試験なの。こんな夜更けに今、私に発信されてる、と想像すると、脳ミソがスーッと軽くなる気がするんです。最近は、危ない！　とすら思うようになり、一瞬でも流れないようすぐ消すようにしています。深夜番組といえば『アジア情報バラエティ AR』という、日テレの深夜番組が始まりました。私とベッキーちゃんがMCなんだけど、タイトルはアジア限定という意味で、アジア諸国の価値観の違いをのぞいて行くんですが。ただしロケ現場から帰国しては、すぐ本番の収録というヘロヘロのスタッフは、本当に大変そうだった。「3日寝てない」なんて平気で言う。それ聞いただけでこっちが眠くなった。

○月×日

友達と渋谷の街を歩いてたら、いきなりすぐそばで選挙カーからの演説が始まった。聞くともなく横断歩道を横ぎろうとしてたら、「あ、どうも、いってらっしゃい！　今日もご苦労様！　がんばってください！」と、あきらかにこちらを向いて声援していた。私より自分を声援してなさいよ。でもその一瞬ふと、今確かに目があったような？　と思い、ぱっとふりむいたら、すぐさまニッコニコして、「あっ、笑顔でのご声援、ありがとうございます！」と言っていた。「してないです」とも言えないし。都合のいい解釈に笑ってしまった。

先日、憂いにひたりながら曇り窓に指で文字を書いてました

○月×日

新幹線に、お財布を忘れてきてしまった。私もホントおっちょこちょいで、これまでにも数回経験があるんだけど、なぜかいつも戻ってくる。ある時はタクシーの運転手さんからの通報、またある時は親切な学生さんからの連絡などで、100%の確率だったのだ。まるで「あなたは反省しなくてもいいのです」と天から声がするかのよう。ははは。しかし今回だけはさすがにダメ。駅の忘れ物センターに問い合わせしても「うーん、残念ですが、きのうの新幹線の中に財布はありませんでしたよお。まあねえ、戻ってこないと思うよ。世の中不景気だしねー、いい人ばっかりじゃないから。今後は気をつ

けてねえ」と言われた。親切な方なのか、予言まで残してくれました。さよならクレジットカード、さよなら６万５０００円の現金、さよなら歯医者さんの診察券、さよなら写真。などと憂いにひたりながら、曇り窓に指で文字を書いてる場合ではないのだ。すぐにでもクレジット会社と銀行に連絡！　と思い、ストップをかけた。さすがこっちのオペレーターはビジネスライクで、キレイな声なのにいっさいなぐさめナシだ。当然ですな。しかし、その翌日！　なんと警察から電話があり、「お財布を落としてますね？」ときた。落としてます。落としてます。肩も落としてましたー。世の中、なんて捨てたもんじゃないのかしら！　居間で踊った。早速、警察に取りに行くと、中身も全部揃ってるではないですか。「拾った方の連絡先は？」と聞いたら「わかりません。たぶん、駅の人」だった。駅の人て。この場を借りて、本当にありがとうございましたー！

客席からいっせいにブーイング！ ちょっとヒールになってきました

○月×日

『クイズ！ヘキサゴン』に出た。ゲーム中、ちょっと我が身を守ったら、客席からいっせいにブーイング（ＢＯＯ！　と親指を下にするヤツ）を浴びてしまった。いつのまに日本人はあんなことが即座にできるようになってたのだ。しかし案外あれも、拍手よりもこっちの気分を高揚させる作用があるのか、なんだかヒール（悪役）的な気持ちを味わえました。フン！　関係ねえよっ！　ってな気分で、大股でステージを降りた。高揚枝《たかようじ》が見えた。

○月×日

信号待ちをしていた車で、運転中のマネージャーが私に「あ、（ココリコの)田中さんじゃないですか?」という。どれ、と窓を開けたら、そのすぐ隣に立っていたので、偶然に驚きながらも「ちーす」と声をかけた。しかし、あまりにびっくりした様子の田中さんを見た瞬間、なぜかこっちにまでまたそのびっくりが移り、「わっ！」「わあっ！」と二人ですっとんきょうな声を出した。しかもお互いそのあとの言葉も見つからなかったので、二人して黙って両手で謎の握手をしてしまっていた。「選挙中ですか」と、マネージャーに冷静に言われた。しかもその夜、コドモと近所のコンビニまで歩いていたら、はしのえみちゃんからメールで「今、ブランチのロケで、ミチコさんの家の近所のコンビニの前にいます」と入ったのでまた驚いた。「今まさに、私はその近くにいるよ」と、返信を書いてたその矢先にバッタリ会った。女王様の格好なので、声をかけながら走ってくるえみちゃんがものすごくドラマチックに見えた。恋人だ。いや、変人だ。「それ、私服？」と聞いたら、「そうです！　地味？」と笑顔で。

地震で机の下にもぐる芸人さん初めてナマで見ました

○月×日

日テレ『エンタの神様』で関根勤さんとご一緒。私はCMのパロディで、平野レミさんになったり桃井かおりさんになったりしました。しかし収録の途中、ものすごい地震が来て、ビル全体がグラグラ揺れ出したのにびっくり。その時私はデヴィ夫人の格好だったので、こんな姿で見つかるのだけはイヤ！　と思いました。めちゃゴージャスな死体。しかしそんな瞬間「おい、みんな、早くこいよ！　まだか？」と、デスクの下にもぐって叫んでた芸人の声がしました。TIMのレッド吉田さんです。真面目！　とみんなで笑ってました。本当に机の下にもぐってる人、ナマで見るの初めてと思い、持ってた携帯カメラでパチリ。我ながらいい写真が撮れた。四つん這いになられてました。

○月×日

番組で綾戸智絵さんとご一緒した。オバハンと言われてムッとしない方は数少ないのだが、綾戸さんは自らをそうお呼びになられていた。相変わらずピアノも英語も、ええねん、ええねん。テキトーや。テキトーが一番やねん、とのことでラフな感じ満載。モトからある精神性がハデで楽しい。いつかマネしたい。しかし、「あんた、本当にええかげんな人やなあ」と、こっちが言われてた。

○月×日

テレ朝『Matthew's Best Hit TV』で、藤井くん、高橋克実《かつみ》さんらとご一緒。なんと、映画『チャーリーズ・エンジェル』のあの美女3人（本物）と、コントでからんだ。外国人関係者たちから「彼女たちの出演リミットは必ず10分まで！」と強く言われてて、ほんのちょこっとでしたが、逆にはしゃいでしまいました。

電気イスと呼ばれるマッサージチェア購入

○月×日

友達と映画を観た帰りに立ち寄った、私の大好きな電器店で、マッサージチェアに座った。あーいい気持ちー、なんてもんじゃなかった。あれよあれよというまに私をやさしく吸い込み、ゆっくりと包み込みながら、疲れとは逆の癒しの世界へといざなってくれる。驚いた。「さ〜眠りなさい〜」という聖母たちのララバイが、宇宙が、母なる胸が、私を導いてくださるのでした。感動した。こんなに進化しておられたのか。しみじみ見つめながらも、せっかちな性分。買うかどうか迷いました。お、そういえば、もうすぐ父の日ではないですか。これは夫にプレゼントしたいな！　そういう計算にし、買ってしまいました。「リビングが年寄り臭くなった」と評判です。でも私にはこの「彼」が最高。ラブラブ。帰宅してすぐに彼の腕の中へ飛び込むのです。たまに間違えて「電気イス」と呼んでしまいますが。

○月×日

CX『モーニングビッグ対談』へ。松ちゃんと二人だけで何か話す、というのは久々。とにかくニヤニヤしたり、笑わないようにだけがんばろ。真面目モードでするだけだ。笑うな、と前日から心に誓った。しかし、すでに打ち合わせでどんな設定にするかという話の段階でもうフガフガくずれそうになる。結局本番1時間のあいだ、耐えても耐えても爆発しっぱなしだった。反省。

○月×日

ついに私の写真集が出版に。といっても『清水ミチコの「これ誰っ!?」』という顔マネの写真集なんですが。撮り下ろしもありますので、ぜひおひとつ。

この場を借りて演説 豆腐にはワサビです

○月×日

以前、日テレ『AR』で私がつい言っちゃった「水面で何もしないままで浮いていられるよ」を、本当かどうか証明せよとのことで、代々木にあるプールを借りて、ただプカプカ浮いてきました。不思議な仕事です。私のまわりではそれを見て驚く人60%、「私も浮けるわよ」と言う人40%で、結構少なくはない数字ですが、みなさんはいかがですか? これっていばっていいの? 脂肪過多ってこと?

○月×日

豆乳ににがりを入れて、お豆腐を作ってみました。できたて新鮮のお豆腐だから、さらにおいしく味わおうと、生醤油たらーりプラス、カンでおろしワサビをちょろっとつけてみたところ、これが意外とおいしかったんでした。料理屋さんなどではよく、お豆腐にはカラシがついてるし、カラシ豆腐、なんて単体モノも見ますが、ワサビの方が合うんじゃない？　と料理界に提案したくなった次第です。だいたいカラシって「ちゃんと味がしっかりついているモノにパンチを入れる」のが得意なんです。おでんとかホットドッグ、冷やし中華とか。しかし、ワサビの方は「そのままだとマの抜けた味のモノを引き締めたい」のが身上のようなのです。刺身、蕎麦、お寿司とか。つまりそのままでは薄味のお豆腐は、もともとワサビ派だったのだ、ということをご理解いただいた上で、一度ぜひご賞味いただきたいと、この場を借りて演説します。

○月×日

『ウンナンの気分は上々。』で、くりぃむしちゅーらと一日ロケ。バドミントンに挑戦してるうち、すっかりハマッた。帰りにセット一式買っちゃった。右腕痛い。

新幹線で陣内孝則さんと遭遇
ちょっぴり悲しくも笑える出来事

○月×日

番組のゲストで大阪へと、新幹線に乗った。お弁当を広げて食べ、しばらくしてから、あっ、と気がついた。通路をへだてたすぐ隣の席に、陣内《じんない》孝則さんが座っていらっしゃるではないか。明らかにオーラが違う。しかし「あ、陣内さんじゃないですか！　偶然ですね、こんにちはー」などと挨拶するのには難しそうな、1時間がとっくにすでに過ぎている。どう想像しても白々しくなりそう。しかし、隣の陣内さんとマネージャーらしき男性も、こっちをたまにチラッと気にしておられるようなのだ。明らかに私とわかっている。どうするよと、迷いましたが、ピーン！　とヒラメキました。陣内さんらはどうやら名古屋で下車しそうな雰囲気。なので、降り際を見計らって、さりげなく挨拶したらどうか。しかもその時、出版したばかりの私の本『これ誰っ!?』を、どうぞとさしあげる。これで完璧。台本はできあがった。あと30分だ。およそ28分後、いざ陣内さんがお立ちになられ、私が「あの……」と、立ち上がって声をかけた瞬間です。なんと、マネージャーらしき男性が、即座に「はいっ！　ごめんなさい！　困ります！」と、陣内さんをかばうような顔で言うではないですか。ここでやっとわかりました。お二人は、私を「また来たやっかいなおっかけ女性」と見ておられたらしいのでした。そらガードも早いわ。チラチラこっちを見とるはずだわ。去られた大阪までのあいだ、マネージャーと、この数分に起きた出来事を検証しながら笑いました。正直なとこ、多少の謙遜も入っての「私ってタレントなのに華がないんですよー」発言のはずが、マジなものと確信。

ホースでガンガン放水！　意外なその犯人は…

○月×日

野沢直子一家が遊びにきた。彼女らが来ると「一緒にどう？」と、他の芸能人にも声をかけやすくなる。集まる口実というか、声をかけるきっかけができるんです。しかし今回、「その日は行けないかもしれない」という返事が多かったので、じゃこの人はと、やや多めに声をかけてたのに、当日「急に行けるようになった！」という人が6人も増えた。結果ずいぶん大勢な集まりとなってしまった。そんな夕方、三谷幸喜さんと私がテラスで話をしてたら、いきなり上からザブーン!!　と水をかけられ、びっくりした。全身ビッチョビチョ！　見たら犯人は直子ちゃんの子供たちだった。「やめなさい！」と叱っても、とても楽しそうにホースでガンガン放水。コントみたいだった。でもちょっとハイになり、濡れながら写真を撮りあったりして。そこへ何も知らない直子ちゃんがやって来て、私たちを見たとたん、爆笑しながら「何してんの！　あんたたち！　ケタケタケタケタ」と指をさした。なぜ、濡れているのかを三谷さんから詳しく聞いて、土下座してた。その数分後、玄関のピンポンが鳴り、洋服ビチョビチョの格好でタオルを巻きながら「いらっしゃーい！」と出迎えたら平井堅さんで、私を見て「お風呂でしたか！」と絶句していた。違いますから。

○月×日

某番組でご一緒したオセロの松嶋さんが、私に「出産の時、清水さんはオギノ式でしたでしょ？」と真剣な顔で何度も言う。わけがわからないが「あぁ」「ねえ」などと、返答を笑顔でにごす。しばらくしてわかった！　彼女は間違えてる。「ラマーズ法？」と聞けば、「あ、それや」やて。

面白い芸人みなやや卑屈
もちろん誉め言葉です

○月×日

なぜか個人的にハマッている態度。それは「卑屈」。どうにもツボで、ここを刺激されると私は無条件に笑ってしまう。意外にも卑屈な人って見てるだけでも面白いし、またそうでない人でも、卑屈さをチラリとでも発見すると嬉しくなる。というか、今まで私はコントやお笑い番組などでも、ここを中心に見つけては笑ってきたのかもしれない。卑屈。それは日本人独特の味わいとユーモア。面白い芸人みなやや卑屈。って失礼か。誉めてるんだけど。

○月×日

コドモと『踊る大捜査線THE MOVIE2』を観に行ってきました。

面白かったー、と思いつつ帰りかけたところ、後部座席の男の人、「マジで最高だなあ！」と本当に泣きそうに感激してて、隣の彼女にちょっと織田裕二さんの口調で、しみじみとこう言ってました。「あのさあ。俺らこれからいったい何回ここに来て、何回この映画を観るんだろうね？　数えられるのかな？」と言ってた。そ、そんなに感動したの!?　と、コドモと顔を見合わせた。

○月×日

夜、関根勤さんから電話があった。「僕ねえ、こないだＣＭをやったんだけど、いや、ひとつミッちゃんに先にあやまりたいと思ってね」と言う。いったい何をあやまりたいのだろうと思ってたら、「実は、そのＣＭの完成を見たらさ、僕の熱演度１２０％!!　って感じでね。きっとミッちゃんから嫌われるなあって。そしてこう言われると思って。『はりきりすぎ！』。言われる前に電話しました。はりきってしまい、どうもすみませんでした」。ひ、卑屈ーっ!!

浅草キッドのライブに行ってきました　ジモンさんの謎は深まるばかり

○月×日

浅草キッドのライブに行ってきました。『TVブロス』で連載されてた『お笑い男の星座2』の出版記念イベントにもなっていたのですが、中身の濃いライブだった。特にダチョウ倶楽部の寺門《てらかど》ジモンさんが、実は「日本でも屈指の、最強の肉体を持った男であると自称している」という、どうにも信じがたい説を、この場で立証してくれるんです。そのためにご本人が登場となるんだけど、このトークがめちゃ面白かった。だいたいジモンさんが、いっさい笑わせようともせず、真剣な顔で自己を語るという姿だけでも意表をつかれる。しかも、その中身は本に書かれている以上に自信にみなぎっていて、ボブ・サップよりだんぜん自分の方が強い、それはなぜかとか、普段から心臓を守りながら歩いているのはなぜか、それは俺を狙うやつらから身を守るため。心臓はヤバイから。などという持論をとうとうと語る。今まで知ってた芸人のジモンさんはいったい誰だったのか。そして、そんなに強靭な肉体を持ちながら、なぜにそんなにあせってしゃべるタイプなのか。座ってるあいだ、ずうっと自分の耳を疑うようなライブ、というのが新鮮でした。またこういうちょっと奇抜な人間を隣に置いた時のキッドは日本一だ。うまいなあ、さすがだなあと感心感動しているうちに江頭さんの登場。ここからは「実は彼は……」というドキュメンタリーが次々と展開され、最初は笑ってたんだけど、最後は胸がつまり、泣けてきて困った。きっとお客さんたちも胸が熱くなってしまったことに、一種の驚きを感じながら帰ったんじゃないかなあ。エガちゃんが身にしみた。

ピンクのドレスの女王様が我が家にやってきた

○月×日

朝、玄関のチャイムが鳴り、パジャマのままモニター画面を見ると、なんとそこにはピンクのドレスで王冠をかぶった女王様が、ニコニコ笑いながら立っていた。なんだ？　とよく見るとそれは、はしのえみさん。「ミチコさんチの近くでまたロケがあって、寄ってしまいました！　あの、玄関モニターにこんな格好で映ってたらウケるかなと思って、つい。ごめんなさい！」とのこと。なんてかわいいことする！　と、たいへん嬉しくなりました。空き時間があるとのことで、この変な格好の人と、一緒にコーヒーを飲んだりウワサ話をしたりして、久々に青春！　でした。ははーん。私は、私が好きな人が大好きなんだな、とわかりました。

○月×日

藤井隆さんと関根勤さんと私の3人で、めずらしく映画『パイレーツ・オブ・カリビアン』へ。食事の流れから、映画の話になり、六本木ヒルズならまだやってるとわかり、即、走ったのでした。芸能人と映画を観に行くなんて生まれて初めて。私だけではなく、お二人ともその様子でしたが。ちょっとシツコイと思うシーンなど、3人でコソコソ悪口言ったり、いいとなると褒めたたえたりと、もっともタチの悪い映画鑑賞でした。

○月×日

天地《あまち》真理さんがテレビに出てて「思わず録画した」と、オット。どれ、と観るうちに、私も釘づけになってました。コメントもだけど、歌う「恋する夏の日」もすごい。っていうか歌わせたのがすごい。翌日、三谷幸喜さんからもメールで「思わず妻のために録画した。真理ちゃんがすごいことに」とあった。二人の「思わず」に笑った。

ウエストが6センチ細くなるそんなエステがあるらしい

○月×日

さる番組のパーティー会場で、杉田かおるさんに会った。すでに酔っぱらってて、酒瓶片手にニコニコこっちに来る姿がおもしろかった。その前の番組でも飲まされてたらしく、フラフラ。なんて気取りのない女優。っていうか気取ってて。見ると上下揃いのジャージではあったんだけど、よく見るちょっとオシャレなウエアとしてのそれではなく、部屋着みたいなラフすぎるヤツで、ちょっとシミまであったのにまたウケた。赤坂プリンスまで、これで来たのか。YOUさんも「こんな人いないいっすよー」と感心しきり。まわりのスタッフからも注目されてて、時おりかかる冷やかしの声も、もちろん

「かおるちゃーん!!」などではなく、「おやっさーん!!」で統一されていた。

○月×日

また増えたと、体重計の上で落ち込んでばかり。そんな矢先、はしのえみちゃんからメールで、なんと「1回行っただけで、ウエストが6センチ細くなった！」という驚きのエステを紹介してもらった。彼女も番組で知ったらしい。「6センチは信じないけど、情報ありがと！」と言いつつ、先週しっかり行ってきました。びっくり。ホントにウエストが58センチに減ってた！とにかく、今まで行っていたエステティシャンは、いかに楽をしとったかと思えてくるほど、すごい汗だくな働き方で、サウナの後、私のおなかや腕まわりを全力でほぐしてくださる。逆に「エステティシャンのあなたの方がやせて行くのがわかるくらいっす！」と言うと、「みなさん、そう、おっしゃい、ます！」と、汗だくで。

くりぃむしちゅーはひどすぎるテイスト

○月×日

TBS『オールスター感謝祭』で、くりぃむしちゅーの二人が後ろにいた。途中で「うっす」と声をかけたら、二人して返事もせずに「ペッペッペ!!」と、ツバを吐かれた。時々わざとこういう失礼なことをされるのはいいんだけど、この日は私たちの間に、きれいで真面目系の女優さんが座っておられ、それを見て本気にとらえられたらしく、眉をひそめて私のところに来て、「見てました。本当にひどいわねえ。清水さん負けないで、くじけずにがんばって」と、そっとなぐさめられた。「違うんです」と、説明する時間もないし、ややこしくなりそうで、「はい、ありがとうございます」と、真面目に頭を下げたところまでを、あとでくりぃむしちゅーの二人が再現。しかも「もっともみじめな姿だった」とコメント。ひどすぎ。

○月×日

渋谷公会堂で「嵐」のファンのイベントに、なぜか進行役で出た。オープニング映像が流れたあと、華やかな音楽とライティング、期待する女の子の歓声の中、おもむろに私が登場。し、しにくい。みんなも「おまえかよ！」みたいな。久々にコケ！　みたいでした。

○月×日

友達のキミちゃんが、飛騨高山から家に遊びに来た。おみやげの和菓子「栗寄せ（羊羹《ようかん》の中に栗ぎっしり）」がめっちゃおいしく、「なんておいしいのこれ！」と、何度も切っては出しながらも、気がついたら一人でほぼ一本食べていた。一本。なんていやしいの私。それ以来、栗という食べ物に開眼したかのように、コンビニでも探しては買い、栗ばかり口に入れている。口に袋がある動物がうらやましい。

毎年風邪の個性を耳にしますが具体的な医薬品情報を希望します

○月×日

最近パソコンを買い替えたんだけど、今や、テレビ機能がついてる、なーんてのはもちろん知ってました。しかしです！ こんなシステムがついているのにびっくりしました。それは名前を入力すれば、その人が出てる番組をもれなく勝手にどんどん録画してくれるという機能。いいわあ。普段あまりテレビに出てくれないミュージシャンも、名前を入力しておけば、いつお出になってても、もう安心。「えっ！ 出てたの？ 誰かビデオ録ってない？」なんて悲劇とはもうおさらばです。それだけでなく、どんどんパソコンに録画しちゃザッと観て、消していけるのが楽しく、今月はドラマもバラエティもむやみやたらと観てました。私の発見したテレビ・トリビア。1・叶姉妹の姉は感心するほど写真を撮るのが上手である。2・UNKOという言葉はもはや放送禁止ではない。今週は4回も出ていた。3・今のNHKの連ドラではいきなり役者が歌を歌い始める。4・「言っていい？」と聞かれ「ダメ」と断っても、細木数子さんは必ず言う。5・有栖川《ありすがわ》宮家と名乗るパーティーは要注意。6・『ためしてガッテン！』で観たんだけど、ジャムで作った酢の物はなかなかいける味。と、しまいにゃ感想になってしまいましたが。

○月×日

私のまわりはもはや風邪ひき人間大集合です。「今年の風邪は胃にくるからねー」とか「今年は頭痛から始まるらしい」などと、毎年風邪の個性を耳にしますが、まったくと言っていいほどためにならない情報だと思います。今年はパブロン、来年はルル！　とかそういう具体的な医薬品情報だといいのに。

世田谷から八王子まで散歩これってちょっとすごいでしょ？

○月×日

ウチのオットは散歩好き。そんなの世間にたくさんいるように思うかもしれないが、これが本当に驚くほどの時間をかけて平気で延々歩く。こないだの休日、私が起きたのがお昼の2時頃でした。で、玄関からクタクタの顔でオットが帰ってきた。見るとあきらかに陽に焼けた皮膚だったので「どこに行ってきたの？」と聞くと、水道から直接水を飲みながら、「八王子」と言う。世田谷区から八王子まで歩いたと。ちょっとすごいでしょ？ なんでも「朝の6時頃に目が覚めてしまい、ちょっと歩くか、と出かけたつもりがなんだか止まらなくなって」と言う。この実話を、三谷幸喜さんとの電話中にふと思い出し「そういえばウチのオット、こないだこう歩いたよ」と話したところ、ものすごく真剣な声で「本当ですかそれ」と、興味を持たれた。プロの職人がめずらしい食材でも発見したかのようなトーン。聞けば「自分は今、時代劇の作品を執筆中なんだけど、文献をたどれば江戸時代の人間はどうやら、世田谷区から八王子までを徒歩で往復するのは全然普通だったらしいんです。申し訳ないんだけど清水さん、できたらご主人が具体的に時間はどのくらいかかったのか、あと歩幅なんかも教えてくれませんか」と聞かれた。無駄に見えるオットの散歩がこんなところで役立つのか、と思うと不思議でした。

○月×日

ツルムラサキという野菜ってご存じでした？　めちゃおいしいですね！　土のいい香りがして、最近しょっちゅう茹でたのをおひたしにして家で食べてます。大人になってから知った野菜。

少女の頃、教室のスミで鉛筆などをくゆらせてました

○月×日

番組で桃井かおりさんになりきり、本物の桃井かおりさんとご一緒。私はいかに彼女のような大人になりたい少女であったことか。タバコをあの細長い指先でタルそうに、という姿にも憧れ、教室のスミでよく鉛筆などをくゆらしていた。生意気、などと週刊誌に書かれているのもまた余計にカッコよかった。そんなことを今日こそ本人に全部言おう、と思ってましたが、どうにもアガってしまい、半分もできず。もっと饒舌《じょうぜつ》になれる自分を想像してたのに。憧れの人の前だとどうも脳が止まるかのよう、というのは私だけではないようで、知り合いの芸人さんも、憧れの長渕剛様にお会いでき、あれも

これも言おう、そして「長渕さん、歌をありがとう」と最後は言うんだと思ってたのに、いざチャンスがやってきたら意外に気さくな本人の前で、ものすごく暗く無口なダメ芸人になり下がっていたそうだ。「おまえ、あれじゃまるでそう好きじゃないみたいだったぞ」と友達に言われ、めちゃ落ち込んだそうな。わかる。それでも私は桃井様と電話番号を交換などいたしました。する勇気があるのかは別として、めちゃ嬉しかった。何度もながめたりして。なのにその夜は胃炎がきた。どっちなの。

○月×日

ＹＯＵさんと大塚寧々《ねね》さんとで、Ｐ＆Ｇ「レノア」のＣＦナレーション。大塚さん、めちゃのんびりさんで、途中で震度３の地震があったんだけど、ビルの揺れも激しく、私もＹＯＵさんもすぐにブースを出たのに、大塚さんは「どしたのー？」とニコニコしてた。「地震だよ！」と言うと、「怖いねえ」と全然普通のトーンだった。なんて平和なのだ。

2004年

似てないほどセーフであり
似てるほどやや怒らせる

ツヤッツヤ！　キュッキュッ！　小麦粉が髪にいいのだと確信

○月×日

「今日の清水さんの髪の毛、えらいツヤツヤですよねえー」と、局のヘアメイクさんに感心された。どれどれ、と自分でも鏡でよく見てみると、本当にツヤツヤ。そして一本一本がピカピカ光っているではないですか。特にシャンプーやリンスを変えたわけでもないのに、なんて思ってたんですが、しばらくしてすぐにわかった！　というか思い出した。不思議な話なんですが、その前夜、私はカラオケ番組で頭から小麦粉をかぶってたのだった。確か、去年も同じ番組で同じことがあったのですが、翌日の髪はツヤッツヤ！　キュッキュッ！　だったのです。その時は「小麦粉ふりかけると髪にいいみたい」と、言い方もやや冗談まじりでしたが、今回は絶対にいいんだ！　とわかりました。ただ、これはみんなにぜひオススメ！　とはしません。なんでかっつーと、いつか私は『暮らしの便利メモ』みたいな本で「髪にマヨネーズをヘアパック代わりに使うといかにいいか」というのを読み、なるほどマヨネーズの成分は卵にオイルにお酢なのだ。そのうち一度試してみようと思い、ちょうどコンディショナーが切れてた夜、冷蔵庫から一本出して、お風呂で勇気を持ってヌルヌルとトライしたのですが、翌朝のやや酸っぱい感じの残る匂いと、髪はシナシナだったので（きしむ感じ）、こういうことは個人個人によって違うのである、とわかったからです。こういう実験を面白半分にやるのってわりと好きなんだけど、やはり実験するなら翌日がお休みという日がベストですよね。お正月休みにはあえてもう一度、小麦粉をかぶってからシャンプーしてみようと考えている次第です。

アラビアのことわざ想像すると面白いです

○月×日

　こないだ本屋さんに行ったら『NHKラジオ語学講座』の教科書コーナーに、新しく始まった『アラビア語講座』というのがありました。アラビア語って、イラクでも使われてたりするらしく、ははあ、やはりイラクに派遣に行く人などが勉強するのかしら。どれどれ、となにげに立ち読みしたら、ハマってしまいました。というのは、はじっこの方に「アラビアのことわざ」ってのがあったんだけど、意味は日本語で書いてあるのに、どうも直訳されただけなのか、意味を飲み込もうとすればするほどよくわからないのが多いんです。まあ日本のことわざだって、直訳だけだと海外には伝わらないものが多いと思うんだけど。「母が違う兄弟（＝親友）がたくさんいる」とか「敷物に合わせて足をのばせ」など、これはいったいどういう時にどう使うのか、と想像するだけで一人笑いが止まりませんでした。字体もめちゃユニーク、というより一枚の絵画のようで、ぜひライブで使うべく一冊購入した次第です。というわけで、久しぶりにライブがあるので、ギリギリまでネタ作りにいそしんでます。こういう時って一人すぐ高揚するタイプなんで、いわゆる祭りのあとのションボリ感がこないように、かえって心にブレーキ（あまり盛り上がるな。喜ぶな）をかけるようにしてます。まずはテンション低くキープせにゃ。そんな話を友人の中川さんにしてたら、「昔から人間が今より祭りや行事を大切にしてきたのは、生きがいや目的を次々に見つけることで、ふいに訪れる空しさを忘れるという工夫だったらしい」と聞きました。先人の知恵ですな。

ローマへ行ってきましたがスタンダール症候群に！

○月×日

イタリアはローマへ行ってきました。でも、中尾彬さんとおさるさんとですが。でもとは何ですか。ローマって、まるで全体が屋外美術館みたいで、いたるところに濃厚なシンボルや彫刻が建ち並んでいるんですね。最初は見とれてたんだけど、そのうち、私はそのアクみたいなのにやられたのか、しょっちゅうロケバスで居眠りばかりしてました。食あたりみたいなもんかしら？　と思ってたんですが、コーディネーターさんに「たぶん、スタンダール症候群ですね」と、慣れた口調で言われました。なんでもあの『赤と黒』を書いた作家のスタンダールがローマに来た時、群れ成す芸術物に次々と感動していくうち、急に倒れて寝込んだことから、ついた名前だそうでございます。と、ここはバスガイド口調で読んでください。『赤と黒』を書いた人が、目を「白と黒」にしてたんですね。ま、どこかで取られてた脳の中の出力と入力のバランスが、「ピピピ！　ただ今、入力過剰！　寝ろ！　忘れろ！」と警笛を鳴らしたということでしょうか。私の脳ミソも、早く鎖国したがっているのがわかりました。

○月×日

元気に帰国し、さる番組のスタジオに入る前に、いつものように私がポリポリとフリスクを嚙んでたら（息さわやか！　にするため）、爆笑問題の田中さんが「ＹＯＵさんもそうだけど、ちょっと気にしすぎじゃない？　最近の女性タレントって一日1箱はフリスク嚙んでますよ」と言ってたのが心に残りました。歯も磨いて、ガムも嚙んでるのに、もしかしたら臭いんじゃや、と思うのもひとつの現代病なのかも、ですな。

似てないほどセーフであり似てるほどやや怒らせる

○月×日

一番好きな食べ物を聞くと、なぜかその本人に似てるみたいです。というか本人そのものを表してるみたいな。ちなみに私は穀物全般なのですが。パッとは目立たないんだけど、腹持ちだけはするような。最近はまわりにそういう趣向を聞いては納得しているのです。

○月×日

『ディスカバ！99』で、哀川翔《あいかわしょう》さん、中野英雄さんらとご一緒。ふと哀川さんのマネをしたら、哀川さん本人は「似てるかねえ」と言ってました。大人ー。でももはやその「似てるかねえ」の声をすぐにリピートしたくてたまらなかった。似てる似てないより、ヤリタイんだからヤラセロ、というワガママなところがあるようです。でも今までのデータによると、似てないほどセーフであり、似てるほどやや怒らせるようなので、ジャッジは微妙。ついでに、私が好きなモノマネタレントは神奈月《かんなづき》さん。ヘタウマなところもありつつ、思いっきり自分の為にやってるってなところにシンパシーすら感じます。

○月×日

テレ東『大人のコンソメ』に出演。スタッフが優れてるなあって思った。なんていうか、私に「はい、ここでモノマネしてください＝つまり我々はあなたの個性を生かしますから!!」なんて心やさしく頼む作家のいる番組というのは、なぜか結果がよろしくないところがある。が、この番組では全然頼まれないどころか、こんなことできる？　できます？　みたいな言い方やアイデアに、新しい遊びを次々見つけたがってるところが自然に感じられ、偉いなあ、としみじみ思ったんでした。

平野レミさんの息子がいるバンドはドラゴンアッシュじゃないですよ

○月×日

青山のスタバで、気持ちのいい光景を見ました。私と友達の二人でいたんだけど、後ろの方の席にいた女の子二人が、わりと大きめの声で会話していたんでした。それが後半になり、こんなことを言い出したのです。「あのホラあの平野レミさんの息子のさあ」「ああ！　息子さんのいるバンドでしょー」「なんて言ったっけ？」「えっと」「あれあれ。あのほら。あのカッコいい顔した。ほれ」「……あ、わかった！　ドラゴンアッシュ！」「そう！　それそれ！」だって。聞こえてた私も友達も、ニヤニヤしながら「違ーう！」という顔でそのままふりむきもせずにいたのでした。小気味よかったのはそのあとで、彼女らの後部に座っていたらしき女性が、帰りざまに「トライセラトップス」と正しいバンド名をさりげなく告げたことです。すごい。なんだか胸がスカッとしました。普通はガマンするところを、スッと通りすがりに。瞬間にコトを終え、後ろ姿だけ残して去ったのです。「あなたのお名前は？」と聞いたら「名乗るほどの者ではない」と短いセリフで返しそうなサムライの雰囲気でした。

○月×日

さる番組で私にプレゼント、という企画が。進行は原口あきまさ君で、何だろとドキドキしてたらカーテンの奥から見知らぬ社長さんが登場。「わかりますよね？」と原口君。全然わからない。思い出せない。めちゃあせった。しかし、答えを聞いてもっとあせった。実は私の初恋の人と御対面！　だったのだ。「わ！　田中くんか！　なるほど！　立派になられたからわからなかった！」。わかるまであまりに遅く、言えば言うほどシラケてしまった。

タイで有名な日本人は？　全員が「タッキー！」

○月×日

　ベッキーちゃんとKABA．ちゃん、私との『女3人旅』で、タイはバンコクとサムイ島へ。嬉しくなるほど物価が安いので、時間があれば5分でもガンガン買い物してたのですが、そのうち自分の所持金も足らなくなり、持っていた円をバーツにしてもらいました。その時、なにやらそこの両替所の女性が「あ」という顔をしたので、何だろと思いました。しばらくして買い物しようとそのお金を出したら、店員さん同士が「ちょっと……このお金」「あ……」などとヒソヒソ言い合ってるではないですか。ヤバそう。何だろ。ニセサツ？　海外で面倒に巻き込まれるのはイヤだな、なんて思ってた矢先、

「このコインは使わない方がいいですよ」と店員さん。なんと通訳の方に聞けば、「彼女たちはこう言ってます。かなり古いコインで、私たちはとてもなつかしい。ほら、国王がこんなに若くていらっしゃる。いつか価値が上がるであろうから手元に取っておいた方がよろしい」とのことでした。なんでもこの国の王様は、とても国民から愛されてるのだそうです。そのコインをまじまじと見る店員さんたちも、とても嬉しそうでした。ちょっといい話でしょ。ところでこちらのお笑い番組は、太ったコメディアン大活躍で、テレビでえらいウケてました。現地の方の話によると、オシリ、オナラ、ゲリなどの下ネタ関係も大好きでよく笑うんだそうです。ゲリて。「有名な日本人は誰？」と聞いたら、全員で「タッキー！」でした。「コンサートはいつも大、大盛況！」と言ってました。私はそれよりここでコンサートしてたということにひとり驚く、古いコインの浦島太郎でした。

一青窈さんと芝居を観る
水と油のようですが

○月×日

友達から聞いたんだけれど、『宇宙戦争』を書いたSF作家、H・G・ウェルズの予言めいた著作に、うろ覚えですが「2000年くらいまでは、地球が膿《う》みを出すようなキッツい状態であるが、2010年ころ、人類にすばらしい変化が起こる。めちゃ明るくてヨロシい。そのきっかけとなる場所は日本」と、いうような話があるそうです。読みたーい。しかしとうに絶版された本だそうで、かなり入手困難とか。よけいそそられました。

○月×日

一青窈さんが家に遊びに来た（事務所がけっこう近所だと判明）。お茶をして、ごはんを食べ、三鷹まで電車に揺られて「水と油」という集団の芝居を観てきました。私らこそ、水と油のようでいてなんだかこのところ仲良く会ってます。そのH・G・ウェルズの話をしたら、すぐに「それなら検索ページのスーパー源氏ならわかるんじゃないかな。古本専門だから探すの早いですよー」と返事が早かった。さすが若人。サクサクしてる。「もうちょっと太りたいかな」と、うらやましい一言をもらしていた。

○月×日

綾戸智絵さんから電話で、某レストランへ。しかしこちらは太りたいどころか、体脂肪7％まで（！）の減量を目指してる最中なんだそうで、筋肉は隆々としながら「私は食わへんねん。あんただけ食べ」と、本人は水のみオーダー。おなかがすいてたので、そうすることにした。しかし二人でいて、一人だけ食事するのがこんなに食べにくいとは。ナイフがうまく進まない自分に途中ちょっと笑えてきた。

個人的にオカマブーム到来
私にそういう要素があるのだ

○月×日

最近、よくバラエティや情報番組でテロップが出るのが当たり前のようになってますが、なんだか誤字が多いような気がしませんか？　漢字に弱い私ですらちょくちょく気がついてるということは、けっこう「違うっ！」と腹が立ってる人も多いのではないでしょうか。クレームつけるほどのことでもないところにかえってイラッとくる腹立ち。この現象は、その道に得意な人ほど敏感なようです。昔、私は何かで一度、とんちんかんな言い方で落語ファンを怒らせてしまった時にわかりました。ということは、もしもみなさんの中で「自分はいったい何が得意なのかわかんない！」なーんて悩んでいる人がいたら、一度「普段、人より何にイラッ！　と来るか」を振り返ってみれば、すぐ答えが見えてくるかもです。

○月×日

テレ朝の局の廊下を歩いてたら、KABA・ちゃんに会い、わけもなくお互い抱擁しながら二人で数秒くるくるとまわった。偶然にもそこにテンガロンハットをかぶった山咲《やまざき》トオルさんが来て、やはり3人で意味もなくまわった。翌週は大阪でピーコさんに会い、やはりいきなりキャーッと抱擁。芸能界というより私個人に、オカマブームが来てる。なんだかホッとするのは、あちらというより私のどこかにそういう要素があるとしか思えん。

○月×日

こないだ行ったタイの続き。最近、若者同士がその人をうまく表現したあだ名で呼び合うんだそう。「じゃ、私だったらなに？」と聞いたら、数秒後「プー」とだけ言われました。「プーって何？」と聞いたら、蟹のことだそうです。どこがですか。

京唄子さんがエレベーターガールに！
本当におかしかった！

○月×日

雑誌でおぎやはぎと対談。いつもどこか疲労感のある彼ら。「清水さんはいいですねー。僕ら清水さんみたいになりたいですもん」と言う。「なんで？」と聞けば「だっていつも立場が4番手から8番手の位置じゃないですか。楽そう」と真顔で。「失礼な！」と言いながら別れた。その翌週、一青窈さんと一緒に森山直太朗《なおたろう》さんのコンサートに。ご本人に挨拶していると、またここで偶然にも、だるそうに座ってるおぎさんに会ってしまった。なぜにここに。その翌々日、美容院に行った帰りに六本木を歩いていると、オープン・カフェの外側で、けだるそうに食事をしている人がいて、ふと見るとまたおぎやはぎの二人。マイブームか。「奥で食べろ。芸能人なら奥で食え」と注意した。

○月×日

ＴＢＳの番組の帰り、エレベーターに乗ったら、なんと京唄子さんとそのスタッフらしき方々がにぎやかに乗ってこられた。なかなかお目にかかれないお方です。しかし、昔から見てたあのお仕立てっぽいツーピースに、お揃いの大きめの帽子。間違いない。でも、たまたまエレベーターのボタンの前に立っておられ、もはやエレベーターガールにしか見えないのがおかしかった。「下に参りまあーす」とか言ってくれないかなーと思ってたら、なんとご本人が、本当に大声で「え、みなさま、下に参りまあす！」と言ってくださった。めちゃウケた。さすが。しかしそこは関東のサガなのでしょうか、エレベーター内、くすくすと笑いを押し殺したムードでした。本当におかしかったんですから。

藤村俊二さんのお店 その名はオヒョイズ

○月×日

イラストレーターの和田誠さんから電話があり、「三谷幸喜さんが新聞の連載200回を突破したお祝いの祝杯に参加しないか」と言う。私にはまったく関係のない話なんだけど、やおら祝いたくなり、参加した。で、初めてオヒョイズという、青山の藤村俊二さんのお店へ行ってきました。その店名のイメージから勝手に、ヒョイっと立ち寄れる、カウンターだけの気軽なバー、と思っていたら大間違いだった。100人は着席できるんじゃないかと思えるような奥行きに、こだわりのライティング、アンティークのインテリアが重厚と、すっかりあがってしまいそうな立派なお店。三谷さん、喜劇人大賞も受賞したばかり、という話の流れから、昔のコメディアンの話をしていたら「どうも好きな話だと耳に入ってきまして。参加させてくださいな」と、オーナーの藤村さんも参加なされた。なんと若い頃は、エノケンさんと共演されたことがあるらしい。すごい歴史。こんな偉人の顔マネ写真を撮ったことなど生涯の秘密にしよう、と思ってた矢先、三谷さんが「やったんですよ。顔マネ」と、私を指さしながらバラした。少しずつ私の顔がパリパリと固まっていくのがわかりました。

○月×日

元・はっぴいえんどの細野さん、大瀧《おおたき》さん、鈴木さんと、J-WAVEでご一緒しました。今度、はっぴいえんどの曲が海外の映画のサントラに使われるとのことを聞き、「じゃ、みんなで一緒に観に行きましょうよ」と誘ったら、「かわいい女の子を連れて来いよ」とのことでした。誘ってみるもんです。

おっとりとした口調とやさしげーな訛りなんだけど…

○月×日

テレビ局の廊下で蛭子《えびす》能収《よしかず》さんにバッタリ。蛭子さんに最近、恋人ができたらしい、という噂があったけど、それって本当か聞きたくなった。なぜかというと、あれほど仲のいい夫婦関係もめずらしかったから。ちょっと知ってる人ならわかると思うんだけど、映画や旅行に行くのはもちろん、仕事にも時々奥様が同行されていた。ほうら仲のいい夫婦でしょ？　なんて風に、他人の目にアピールするんでもなく、ただただ普通に静かに仲が良かった。美男美女ではないけど、ずんぐりと大きな男と華奢《きゃしゃ》で小柄な女性が、いつもニコニコと目線を合わせているのは、そこはかとなくやさしく、なかなかいい光景だったのです。で、私にはめずらしく「恋人、本当にできたの？」とヨケイなセンサクを。そしたら「ああ、うん、まあ、ね」と、あの訛り口調で頭をかきながらたちまち照れたので、私はそっか。そうよね。そらしかたないわ、と納得し、からかう感じで「長年連れそった夫婦でも、やっぱそうなりますかな」と笑った。そしたら耳を疑うような返事だったので、吹き出してしまった。あのおっとりとした笑顔とやさしげーな訛りで「だってやっぱりね、人間、死んだら負けなんですよ」。ものすごい言葉だ。

○月×日

五輪《いつわ》真弓さん、国府《こくぶ》弘子さんと一緒に、NHKホールで『金曜ショータイム』に出ました。リハ・エーンド・リハで、朝も昼も夜もごはん食べられず。で、大変いいウエストになりました。しかし、リバウンドとはこういうものか、翌日からとにかく食べ物がおいしくて仕方がない。かくして体型元通り。

年金の支払い問題
芸能界には難しい問題です

○月×日

ある番組で、ディレクターさんに「すみませんが、あとで司会者が田中真紀子さんのモノマネフリますから、コメントお願いしまーす」と言われた。ちょうど年金の支払いが話題の時だったので、私は返事をしながら一瞬、こう言おう、と思った。「ワタクシはトーゼン支払っておりますけれども、隣に座ってるこの方は大丈夫でしょうか!!」と、ニラミながら言おうと。しかしふと、いちおう念のため、と思い、CM中、隣の席のタレントさんに「なーんて言っても、あなたは大丈夫よね? 平気よね?」と聞いたら、「払ってないよたぶん! 絶対そんなこと言わないでよ!」と言われた。じゃあ、その隣の方に、そのまた隣の方に聞いても「うーん自信ない！　本当にわからないよ」で、このコメントはヤメにしたのですが、まわりに聞くとホント、よく知らない、が実情なのでした。実際芸能関係って、だいたい経理はヒトにまかせてるんですよね。実は私も自分が支払ってるのか知らなかったのですが（一応払ってたそうです）、義務ならもうちょっとわかりやすくしてくれないと困りますよねえ。

○月×日

『TVブロス』でも連載中の川勝正幸さんと、細野晴臣《はるおみ》さん、鈴木茂さん、一青窈さんと、映画『ロスト・イン・トランスレーション』を観てきました。いい大人が、横一列にちゃんと座って映画を観るのもいいものですね。帰りに食事でも、ということになり、細野さんの車に乗っけていただいたのですが、ラジオはNHKのしかもAMがついてたのが印象的でした。みんなで落語を聴いた。YMOでNHK。

お弁当にお箸がついてない！みなさんならどうします？

○月×日

大阪で番組収録があり、新幹線へ。ここでの私のお楽しみ。それは、東京駅のデパ地下でのお弁当選び。そこは本当に名前が「お弁当パラダイス」というコーナーなんだけど、アイデアも豊富ながら、種類はまるでワールド・デリカテッセン。ベトナム生春巻きにしてみようかしら。いや、このジャージャー麺は絶対おいしそう。色でわかる。きゅうりがきれい。など、一人で悩み、味を想像。こんなに種類がある中で、たった一つだけを選ぶ。それはまるで結婚のよう。で、今回は「15種類の野菜のビビンパ」というのにしてみました。半熟ゆで卵がついてて、それをプルチュルンと割ってほぐしながら食べるらしい。いいわあ。温かいお茶と、かなりの空腹状態で、食への準備は最高レベル。発車オーライ。しかし、探しても探しても、お箸が見つからない。そういえばさっき「スプーンおつけしますか。あ？　清水さんでは？」という会話があったのを思い出した。チラリと仕事を離れたその一瞬に、彼女はスプーンを入れるのを忘れたのではないか!!　キー！　仕方なく、箸を求めて新幹線中をよろよろとさまよった。アイスクリームでも買えばスプーンがついてくるんじゃないか。落ち着け。しかし「お弁当などの売り場はどこですか」と聞くと、「移動販売しかないです。この時間だと少ないですよ」とのこと。ああ待てない。そこで私は思い出しました。ハブラシを持っているじゃないの。暗黒のささやき。そう。私はハブラシの柄の部分のみで、ちまちまとごはんを乗せて食べることに踏み切ったのです。知らないの？　今こういう食べ方が流行ってるのよ。そういう顔で。

私だけにライトがオンナ心はフ・ク・ザ・ツ！

○月×日

さる生放送中のことです。しゃべりながら、あれ？　なんだか今日はまぶしいな、と思ってたら、なんと、さりげなく私だけにライトが当てられていたのだった。一瞬びっくりした。「私だけ？」という、だいたひかるさんのフレーズが何度もよぎった。しかし、何度見てもライトは私だけ。やだなあ、ブルーだわあ、などと思いつつ、ちらっとモニターでその顔を確認したら、なるほど、シワなどがうまく飛んでおり、意外とみるみるゴキゲンに。オンナ心はフ・ク・ザ・ツ！　キュッ！

○月×日

アロエヨーグルトは好きだけど、最近流れてるCMがヨロシクない。渋滞中の運転中、女の人がなんだか甘えながらあせってるんだけど、何を言ってるのかよくわからないし、その声の出し方がまた。しかもこの続きはここのHPまで、みたいなのが出てくるんだ。知りたい人の気持ちが知りたい。そんなストレスにさわやかなのがアロエヨーグルトだったりして。セーフ。セーフなのか。

○月×日

『踊る！さんま御殿!!』に出た。私が「最近よくある、くるぶしくらいまでの短いソックスがいつまでたっても足に慣れずに、どうも気持ちが悪いんですよ」という話をし始めたら、「それなら俺も今、履いてるよ」と、武田修宏《のぶひろ》さんが靴を脱いでニュッと足を出し、靴下を見せてくれた。しかし、それがよく見るコットンのそれではなく、薄いナイロンでできてる、黒いスケたテイストに、ミニ・タビみたいなデザイン。短すぎる。見たこともない新たなソックスの出現に、一瞬とまどってしまった。

もはや夏の風物詩

野沢直子一家がやってきた

○月×日

今週もツアーライブをやってきました。来て下さったみなさん、本当にありがとー。さて、ある晩のこと、マッサージをお願いしたら、大変笑えました。「あの、清水さん、ですよね。すみませんがお願いがあるんですけど」と恐縮しながら。「何でしょう」と言いながら、サインだけだったらいいのにな。ノーメイクの浴衣姿の写真はキツイわあ、などと思ってたら、「マッサージをしながら、『冬のソナタ』を観てもいいですか？」だった。なーんだ、いいとも。しかし、テレビをつけたというのに、ずうっと芸能人の裏話。「有名俳優のYさん、身長高くてカッコええのにな、自分サメ肌なんで照明消して下さいって言ってな、暗い中でサメ肌揉んだったわ。あと、イルカさんわかる？　スイートルームよ。あんなに身体小さいのにな。部屋ばっかデカいねん」など。笑えた。しかし、私だって何言われるかわからへん！　で、4500円のところを5000円でおつりはいいです、と踏み切った。安いか。

○月×日

野沢直子一家がやってきた。もはや夏の風物詩。いつもはついつい、どうせたくさんごはんを作るんだからたくさん招くか、となるんだけど、今回はそこを抑えてジミに。どうもたくさんの人だとワイワイ盛り上がるだけで、あとになってありゃ、誰ともじっくりハラを割った話ができなかったわ、なんて風になってしまう。ワイワイもいいけど、ヒソヒソもいい。そう思い、大人同士でヒソヒソするため、子供用のビニールプールに水をはっておいた。子供らすっかりハマリ、ヒソヒソできました。

三谷幸喜さんの誕生日パーティー
私の乱れっぷりがひどかったらしい

○月×日

三谷幸喜さんの誕生日パーティーがあり、参加させていただいた。小林聡《さと》美《み》さん、和田誠さん、平野レミさん、南伸坊さん、阿川佐和子さん、檀《だん》ふみさん、私の総勢8名。かなり酔って帰宅してすぐに寝てしまったのだが、翌日いただいた「大丈夫でしたか？」と言う三谷さんからの電話で、目が覚めた。つまり人間的に目が覚めた。というのは、私の乱れっぷりがあまりにひどかったらしいのだ。覚えていない。勝手に歌い始めたり、2時間眠ったと思ったら、起きて悪態をついたり、一人で笑ったり。信じられない。恥ずかしい。みなさんにおわびをする前に、今後の1年間は禁酒することを決めた。

禁煙だってできたのだ。できるさ。ちゃんと生きよう。

○月×日

そんな話をレストランで友人にしたら、「私たちは酔ってる時のミッちゃん、面白くて好きなのになー」と答えた。「酔ってる時に面白い芸人なんてヤだよ」などと言いながらも、その子が飲む夏の冷えたビールのグラスの水滴を見てると、ものすごくおいしそうだ。だいたい飲んじゃいかん、という思いは、かえって火に油を注ぐ。そんなに酒飲みでもなかったはずなのに、これはいったいどうしたことか。しかし、アイスティーもおいしいぞ、と私はおかわりをすることにした。根が真面目なのか、すごくしっくりきた。

○月×日

前田健さんと会い、「『世界ウルルン滞在記』での青木さやかさん、よかったねえ」と言ったら、携帯に「青木さやか・微妙にスマイル写真」を送ってくれた。青木さささやか。しばらく待ち受け画面にしました。

しめさばのサンドイッチ今回は放棄しました

○月×日

テレ東の深夜映画で『エクソシスト』を観た。高校時代に映画館で観た時は、さあ怖がろー！　という一種の盛り上がり気分の単純な思いだけで観たんだけど、今回は冷静に一人で鑑賞。そしたらめっちゃ怖い。私がちゃんと観たのは、実はこれが初めてになるくらい。いい恐怖映画って、案外美しい部屋や明るい景色のシーンが巧みなんですね。あと、ずうーっと怖がらすんじゃなくて、観てる人を緊張させるところと、緩和させるところがスッと入ってくる。こんないい作品なんだー、とやっと理解しました。ポスターやDVDの表紙になってる神父さんが家を見上げるシーンなんて、不安にさせながら霧が美しく、こんな名シーンだったのかーと、不思議な感動を覚えました。

○月×日

野沢直子一家がやって来て、今回は小林聡美さん、三谷幸喜さん、はしのえみちゃん、MISIAさんらも遊びにきた。野沢祭り。ずっと前、コンビニで『美味しんぼの料理本』というレシピ本を見つけ、こんなの一度でいいから大量に作ってみたいかも！　とかねがね思ってた「牛スネ肉のワイン煮」と「ピーナッツのすりおろし担々麵」など。本当はこの本で一番作りたかったのは「しめさばのサンドイッチ」。いかにも不似合いなトーストとしめさばが意外と！　とある。しかしどうも勇気が出ず、それは放棄。食後の話は『エクソシスト』になったけど、みんなとっくに名画だと知っていた様子。小林聡美さんもハマッたと言っていた。『エクソシスト』のパート2があるらしいから、それをみんなで観る会にしよう、ということに決定した。来年になるんだろうけど。

名古屋のホテルでの出来事
人間違いでも華やかな笑み

○月×日

仕事で行った名古屋で、ホテルに泊まった夜のこと。タクシーを降りたら、やたらたくさんのファンらしき人がいっぱいいる。どうしたのかしらと思った矢先、私に向かってダーッと走ってきた男子が「すみません!! サインください！」とあせって懇願するように言う。手も震えている。そして帽子から私の顔をのぞき見てすぐに「あ！ 違う！」と言って、サーッと去っていった。あんまりだ。それにしてもいったいこの騒ぎ、誰が来てるんだろう、と知りたかったけど、「ちょっとあなた、誰とまちがえたの？」なんて聞くのもバツが悪いので、翌朝、ホテルのフロントの方にさりげなく聞いてみた。

ている。帰り際、挨拶をしたら、フロントの人が「浜崎さん、どうでした？」と聞いてきた。「ゆうべ、どなたが宿泊なさってたんですか？」。そしたら、内緒ですよ！という感じで奥の方に袖をひっぱられ、コソコソと耳元にだけ聞こえるように教えてくれた。「浜崎あゆみさん、です！」嬉しそうだった。そうか。私は浜崎さんと間違えられたのかと、私もフロントマン以上に華やかな笑みをたたえながらお礼を言った。

○月×日

テレビ局のエレベーターで、入って来た女子社員たちが話をしてた。「ゆうべ、テレビ観た？　ウエンツハカセがさー」と一人の女性が言う。「ハカセ……？」ともう一人の女性。「え、ウエンツハカセっているでしょ？」。ここまで聞いて私はわかった。瑛士（エイジ）という名前を博士（ハカセ）と読み間違えている！　ものすごく教えたくてたまらない。笑みをこらえた。心で「エイジ、エイジ！」。しかしあっさりその会話は終わり、食堂のカレーの話になっていた。

ただ今レコーディング中 発売に向けてがんばります

○月×日

携帯に、こんな留守電が入っていた。男性の声で「笹川さん？　○○事務所の竹中（仮名）ですがー、くどいようだけど、明日の3時20分、東京駅の改札で待ってますからね！　遅れないでくださいよ！」。間違い電話だ。やや怒り気味な声のトーンから察するに、さぞや笹川さんは時間にルーズな性格の人間なんだろう、と私は見た。そのままほうっておいたんだけど、なんと翌日も気がついたら、またその電話のヌシから同じ間違い電話が入っているではないですか。これには笑いました。消したくないくらい。「ちょっとおー！（舌打ち）俺、もう東京駅着いてるんだけど（舌打ち）。そちらさん、まだですかね。あ。あれ、あーいたいた。こっちこっち。ここ、ここ！　俺、俺。あ？　あれ？　嘘、あれーっ?!」いきなりプツッ！　しっかり3時20分頃入ってた。相手はきっと、普通に携帯を手にしてた図なんでしょうかね。最後の「あれーっ?!」が特に迫る声でした。

○月×日

このところ、ちょこちょことレコーディングをしている私。といっても当然ネタモノCDなんですが。書いては吹き込み、書いては吹き込み。しかしこれが、録音してる時はいいんだけど、できあがりを翌日もう一度客観的に聴くと、なんでこんなネタがゆうべはあんなにおかしかったのだろう、と冷ややかーな気持ちになる。まるで若い頃の手紙のよう。しかしシメ切りはこうしてる間も当然せまってきてるわけですから、メランコリックになっとらず、なんとか発売に向けてがんばります。

久々のハワイ旅行 料理するのが楽しかった！

○月×日

夏休みに久々にハワイに旅行に行ってきました。6泊8日ですが、考えてみたらこんな期間が、今までの人生で一番長い旅行です。コンドミニアムを借りたのですが、なんでこうもヘソ曲がりなんだ？　と思うほど料理をするのが楽しかった。腕振るったー。まず、スーパーに行ってめずらしい素材を買うのが興奮します。なんてでかいムール貝、こんなに安いのロブスター！と、普段は買わないような肉や魚を選んだり、見知らぬ野菜や不思議な形状のパスタに挑戦したりと、キッチンでほぼ実験的に調理しました。海鮮ものはたいがい、にんにくとバター、お醤油があればおいしくできるもの、とわかりました。あと、ごはんはフタさえあればフライパンでもちゃんと炊飯できるとか、味噌汁は外国でも腐る、外食は案外3日で飽きるなど、腹でいろいろ勉強しました。

○月×日

メイク室で、若い女性タレントさんが「私、なかなか友達ができないんですよ」と、暗く言うので、「わかる、私もそうだった！」など、ここぞとばかりにペラペラ話した。後ろではメイクさんも話を聞きながら、うなずいたりしていた。しかし、途中で本人がその話に飽きてきたのか、「あ、でも2〜3人はいるんですけどねー」と言って、サッサカ去っていった。いるのかい！「今のこのいきなりな展開どう思う？」と、メイクさんにグチりながら笑った。

○月×日

髪を切り、真ん中で分けた。MEGUMIさんみたいじゃない？と思ってたら、「吉岡秀隆《ひでたか》ヘア」と言われました。

アラ、今日はおとなしいわねー！パアパアしてないのねー！

○月×日

仕事の合間に、2時間ほど余裕ができたので、マネージャーと『僕はラジオ』という映画を観に行ってきました。ふらっと泣きに行くか、みたいな感じで入ったのだが、ふらっとどころかふらふらになるほど泣けた。泣くの大好き。たまたま水曜日で女性は1000円の料金だったこともあり、満員の場内、全員でいっせいに泣く！　みたいだった。鼻をかむタイミングまで何人かかぶってたりして。本当にこんな方がいるんだなあ（実話）と思いました。帰宅したらコドモがくすくす笑いながら「さっき、駅前に酔っ払いがいたんだけど、その人本当に演歌を歌い始めて、本当にいるんだ、演歌を歌う酔っ払いって、と思ったよ。初めて見た」とのことでした。

○月×日

深夜、くりぃむしちゅーの上田君から電話があり、びっくりした。やに低姿勢でニコニコしている。どうやら番組放送中だということがわかったので、ここで電話をブチッと切ったれ。ツーツー言わせたれと思い、本当に切った。後日、「あれ、カンジ悪かった。マジで怒ってたの？」と放送を観た人から言われた。「ちゃうちゃう！　あれでおいしい、うれしい、という私の表現なの」と、笑いながらもどこかで必死に弁明。

○月×日

火曜サスペンス劇場『監察医・室生亜季子』に出演。川越の路上で、歩くシーンのロケをしてたら、近づいて来たおばさまから、「アラ、今日はおとなしいわねー！　パアパアしてないのねー！」とにぎやかに言われた。パアパアって何です。

さてここでクイズです 森光子さんは何をしたのでしょう？

○月×日

森光子さん主演の舞台『おもろい女』が、本当におもろい！　観るべきだ！　と、高田文夫さん、乾貴美子さんの絶賛の声を聞き、一人で芸術座まで観に行ってきました。天才漫才師と言われたミス・ワカナさんの物語なんだけど、きっと、森光子さんはがんばってるんだろうと思ってたら、全然がんばってる、なんて感じをさせないほど自然だった。なるほど、うまいというのはこういうことか。勉強になりますなあ、と思いました。たまたますごい台風の日だったんだけど、舞台がすべて終わり、お客さんが立ち去りかけた時、なんとまたカーテンがあがり、森さんが立っておられるではないですか。あわてて戻るお客。すると、「すみません。いつもならばここでおしまいなんですけれど……」と、やや涙がかった声。「今日は、こんな強い台風の中を、本当に申し訳ない、ありがとうございました」と、丁寧なお礼をおっしゃったのでした。さすが。さてここでクイズです。そのあと森さんは「それで、最後にせめてみなさんに」と言い、襟元から一枚の紙を出し、いったい何をしてくれたでしょうか。次の3つから選んでください。1. 交通情報を読んだ。2.『雨に歌えば』の日本語歌詞を朗読した。3. 傘の形に紙を切ってくれた。このクイズ、意外とまわりの誰もが答えをはずすんで、ここでも出題してみました。

○月×日

クイズの答は1番でした。地方からバスなんかで来るお客さんも多いので、助かる情報だったようです。案外3、と答える人が多かった。切ってどうする。でもいつか3をやってみたい。

『毒舌三姉妹わがまま旅』タイトルすごすぎませんか？

○月×日

ＴＢＳのドラマ『ひまわりさん2』に出ました。主演の緒形拳《けん》さんがカッコよくて、私もマネージャーもしびれました（古い）。しかも終始ニコニコなさっておられ、大物はオーラも余裕もケタが違うなあ、と感じた次第です。そんな晩、帰宅してコンビニに行き、ハーゲンダッツのクリスピーサンドと食パン、いちじく入りヨーグルトなどを買って歩いていたら、男の子に「すみません」と呼び止められました。なんだろう、ナンパ？　と思って立ち止まると、「もし、よろしければ、なんですが」と、男子。「はい？」と私。確実に目が合いながら、「すぐそこの店で働いてるもんなんですけどー、カットモデル、お願いできませんか？」だって！　おい！　カカカカットモデルて！　地味！　カットついてなければいいのに。モデルだったら断然いい。しかもとっさでもあり、私も「あ、あの、だ、大丈夫です」と、とんちんかんな返事をしてしまいました。華もないけど余裕がない。

○月×日

『らくだの涙』というモンゴル映画を観に行ってきました。あんなにらくだをじっくり観たのはきっと生涯最初で最後です。情感たっぷりに生演奏を聴かせると、らくだが、本当に泣くんですよ!!　涙ポロ、なんてもんじゃない、ボトボトボトボトッ！　としたたって、性格まで直るんですから。すごいドキュメンタリーでした。

○月×日

『毒舌三姉妹わがまま旅　箱根の街は大騒ぎＳＰ』というすごいタイトルの番組で、飯島愛さん、青木さやかさんと私とで、アイドル３人をいじめて？きました。ここでもなぜか涙ボトボトの衝撃映像入手！

学園祭にピエール瀧さんと
さすが芸能界の立ち位置が似ています

○月×日

早稲田の学園祭にピエール瀧さんと二人で出演。さすが「芸能界の立ち位置が似ている」と言われたうちら、妙によく合うテンション。学生時代、仲のよかった男の子と話してた時みたいでした。もっと話してたかったけれど、学生さんからの「駐車場の時間がありませんので」などと水臭い理由で終了。学祭らしい。終わる頃、同じ大学に出演してたリリー・フランキーさんと合流し、3人で食事でもするべか、となったんだが、私はシゴトで、行きたい気持ちを断念。リリーさんはああ見えて、案外グルメな大人なんだそう。どう見えるの。

○月×日

イラストレーターの和田誠さん、三谷幸喜夫妻、南伸坊さんらとまたお食事会。今回はノンアルコールで参加。7時に会って2時に別れ、私と和田さんは徒歩で南青山から代々木上原方面まで60分ほど散歩しながら帰宅。なんか、すぐにタクシーってのより、のんきに歩いて帰るっていいもんです。今週は学生時代が復活した一週間のよう。

○月×日

鶴瓶さんと坂崎幸之助《こうのすけ》さんの『朝まで歌つるべ』へ。ＤｏｎＤｏｋｏＤｏｎの山口さんともご一緒し、やたら何曲もみんなで歌った。こんなにダラダラとフリーに歌えるなんて、めずらしい。ここでも中学時代に好きだったフォーク歌手ばかりが出てきて、ますますタイムスリップしたかのような経験でした。坂崎さんは、私のデビュー時代、私がすでに結婚していると聞いて、たいへんショックだったそうです。そうなんですか、悪かったわねえ、などと喜び溢れました。

天才ピアニストはどう見ても路上生活者だった

○月×日

くりぃむしちゅーと、若槻《わかつき》千夏さんと私の4人で横浜でロケ。といっても、くりぃむの二人は若槻さんとデートをしたいのに、私と一緒になった方はスカ、という設定。水族館で初めて白イルカを観たんだけど、なんか私に顔が似てるなあと思ってたら、白イルカがスーッとやってきて私に顔を向けたのでびっくりした。しかも、私をニラミながらいきなり口を大きくカパッ！と開き、明らかにイカクされた。まわりで笑いが起きた。イルカは高知能な動物だと聞くけれど、何かを察知したのかしら。私もイルカにメンチ切りながらいきなり口をカパッ!! と開いてみたら、なんとまたイルカも、再度カパッ!!　と私を見ながら大きく開くではないですか。やっぱわかるんだ、と興奮。この応戦が一度だけでなく、何回か続いたのに本当に驚きつつおいしかった。このシーン、個人的記録画像としても欲しい。水族館の方に聞いたら、イルカは、まれにああやって人間と遊びたがるんですって。

○月×日

銀座の某有名家電店で買い物。ふと見れば無料で弾ける電子ピアノのコーナーに、一人の男性が座り、ものすごい音量と派手なテクニックで演奏を始めた。しかし、その方はどう見ても路上生活をなさっておられる風で、髪もたいへんまとまっておられた。まわりのお客さんもなんとなく遠巻きにながめてました。とにかく派手な演奏です。隣にいた店員さんに「あの方はよく来られるんですか?」と小声で聞いたら、「毎日です!」と、にくにくしげに言ってました。

2005年

えなり君から注意を受けた「純粋さを失いかけてますよ」

新しい負のパワー満載
国際弁護士の湯浅卓さん

○月×日

国際弁護士の湯浅卓《たかし》さんという方と、さるバラエティ番組でご一緒した。東大卒で、髪形や話し方など、全身からどこかものすごくヤな負のパワー満載。この2005年以降、彼は案外ブレイクするかもしれません。ちょっとしたコメントにイラッ！　ときます。たとえば、「完璧な頭脳を持つ僕にもできない能力があります。たとえばテストで誰かに負ける方法とか」なんてコメントなど。こういった、腹を立たすというよりも、脇腹あたりをチョイ、とつねられたみたいなもっとヤな不快感は、なかなかないものです。これまでもセレブ人間系不快感、有名人夫人的不快感など、負であるからこそそのブレイクはたくさんありますが、知的で高学歴ゆえの不快感を与える人間というのは初ではないでしょうか。だいたい、そういう人物こそストッパーがかかるもので。

○月×日

　青木さやかさんと二人、下北沢のイタリアンへ。しかし興奮するたび、あのツヤのあるいい声で「そうなんですよ！」と、悪口も大声で響くので「声を抑えろ！」と、抑えた声で叱りつけました。ケーキを買いつつ、ちょっとウチにも遊びに来たのですが、ちょっとした「青木さやか深夜トークショーピアノ弾き語りつき・無料」でした。

○月×日

　私のCDのジャケット、『TVブロス』でおなじみ、五月女《そおとめ》ケイ子氏デザインに決定。打ち合わせをしたら、めちゃかわいい方でした。私のこの連載自体、本当に長い歴史で続いていますが、私と五月女ケイ子さんを、今年もよろしく。

ドライバーのムスー感は車体にも出るんでないの

○月×日

タクシーに乗ったら、運転手さんがめっちゃ感じ悪い。行き先を言っても、ムスーとしたままずーっと返事がない。ワザと声を小さくしてるのかしら。イラッとくるわあ。私は運転免許を持ってないからよくわからないけど、こういうドライバーさん個人のムスー感は、人だけにとどまらず、車の走行ぶり、車体にもよく出るんでないの、という気がしました。さっき、手を挙げてこの車がキキーッと停車した時も、下のエンジンあたりからムスー、が出てたね、そういえば。なんてなことをつらつら考えているうちに、目的地に到着。「3680円（ムスー）」と言うので、私は、一万円札と680円を出しました。ムスーは、私におつりの千円札を7枚手渡したのですが、よく見るとそのお札の中に1枚だけ間違えて、一万円札が入ってるじゃありませんか。当たり。いや当たっちゃダメか。「あの、この1枚ホラ、違いますよ」と、私も低音ボイスでそれを返したら、「あ？　あっ!!　わー、危なかった！　ありがと！　ハハハハ！　いやあー、ありがと！　ホント、お客さん、ありがとう！」と、いきなりテンション高く、ニコニコと急にいい人な感じ満載になりました。私もなんだか口角が上がってました。人間なぜか、いつのまにか気持ちを同調させてしまうところがあるような。

○月×日

サザンオールスターズの年末恒例コンサートで新曲の振り付け練習の映像で号令（開始直前）をかけさせてもらいました。桑田さん、私のモノマネがなぜか好きなんだそうです。私もそんな趣味の桑田さんが好きです。

パリの幼稚園の給食は驚きの連続だった！

○月×日

ロケでパリに行ってきました。世界の一流シェフたちはふだん、いったいどんなまかないめしを食べてるのかを探る企画。それにしてもパリって台東区くらいの大きさしかないんですってね。聞いてびっくりしました。これはニューヨークって世田谷区くらいしかないから、とさらっと聞いた時に次ぐ、2番目の驚き話です。さて、今回はおまけ企画として幼稚園の給食も見せてもらったんですが、これもまた驚きでした。教室にちゃんと給仕が入り、前菜から順々に配膳されとるじゃないですか。レストラン並の扱いです。メイン、デザートと続くんですが、その間、ちゃんとナイフとフォークの扱い方まで教わりながら食べてました。しかしいっさい配膳されない子供が二人いたので、「あの子たちには？」と私が聞くと、どうでしょう。「彼女たちは今日はいらない、と言ったの」とのことでした。「アタシ食べたくなーい」と子供が言うと、日本のように無理矢理どころか、本当にいっさい出しません、という態度に、欧米肉食人種の激しさをふと垣間見た思いがしました。学ぶべきかも。ウチらはお昼に人がたくさん並ぶ超人気のSANUKI・UDONを食べましたが、日本人バイトの男子（推定26歳）が「早くお金を貯めて日本に帰りたい」とテーブルを拭きながら言うので、「なんで？」と、話に身を乗り出すと、「こっちに住む日本人、なぜかしらみんな冷たくなるでしょう？」と同意を求められ、困りました。隣にいた在仏の日本人女性、確かにクールな感じだったもんで。まあ、全員がそうなるわけでもないでしょうが、やはり菜食は、人に身体にいとやさしきことかな、ですな。

久しぶりの友達に会ったら日本一微妙なヨイショされました

○月×日

私のCD『歌のアルバム』プロモーションの日々。ふだんめったに呼ばれないようなFM局にも毎日のように通うので、そう会わない芸能人もよく見かける。昨日はBoAさんと、『冬のソナタ』を歌うRyuさんを続けて発見。本当にあった韓流ブームです。エレベーターでRyuさんとマネージャーらしき方たちの話し声が聞こえたんですが、中身はサッパリわからないながらも、韓国語の耳の心地よさを実感しました。それに影響されたワケじゃないんですが、お昼は麻布でサムゲタン（鶏のスープ）を食べに行くことにしました。韓国料理は油が少なく野菜が多く、しかもまず注文したけどまずかった！　という失敗がなぜかないのがいいですね。ハズさない。ただし、だんだんあんまり辛い刺激に慣れてくると、普通の食事をしてるのに、なんかもの足りない…となってくるので困ります。今日はサムゲタンにも、あ、刺激が足りない……と思いました。

○月×日

先週、電話があり、久しぶりにSちゃんという友達と再会しました。「ミッちゃん、キレイになったなあ。やっぱ人に見られてると違ってくるって本当やあ、若いわあ」などと言ってくれたので、「そんなことないよ、またまたまたー」などと上機嫌で笑いながらも、「長年通ってるエステのおかげかも」と言おうと思ってたら、そのあと真面目にこう言われたのがちょっとおかしかった。「だってこないだ、細木数子の番組に出てるのを観たんだけど、あんた細木さんよりも若かった」。日本一微妙なヨイショ。ズバリ言わないのね。

中部地区出身者の特徴。それは…

○月×日

番組で、光浦《みつうら》靖子さんとご一緒した。そんなにしょっちゅう会うわけでもないのに、なぜかいつも親近感があるのは、『TVブロス』仲間だからなのかな、と思いましたが、もうひとつありました。それは中部育ちです。私、光浦靖子さん、磯野貴理子さん、青木さやかさん、このメンバーみんな中部地区出身なんですよね。この中で誰が一番田舎者なのか、そんなことは考えたくも言いたくもありません。ただ、この地域のいいところ。それは、関東と関西のあいだにはさまれているせいで、両方の選りすぐりのお笑い番組を観て育つ、と言われています。なので、この業界ではちょっぴりお得感があるんでした。しかしこの4人の特徴。それはパサパサ。なぜにどこが乾いているのか。それはまた来年調べます。

○月×日

とても話のうまいタクシーの運転手さんと遭遇。名札を指しながら、「私、太郎という名前なんですがね、この名前は若い頃は嫌だった。けど50も越すと、いい名前だってわかってくる。だってね、上司から後輩から外国人にもタローとかタロちゃん、なんて下の名前で呼ばれやすい。知り合いの子供にまで呼ばれると案外嬉しいもんですよ。しかし、乗っけたお客さんに、お子さんにつけた名前は？　と聞いてみると、今まで二人っきゃいねえ。たった二人です。タロー。だからね、この名前は意外と穴場ですよー。お客さんも息子さん生まれなさったら、オススメです！」。なんだかいい感じで、他にも、リビングにベッドを置いたら暮らしが快適になった、などなどめったに聞かない話ばかりで、降車拒否したくなった。

えなり君から注意を受けた「純粋さを失いかけてますよ」

○月×日

糸井重里さんが私のCD『歌のアルバム』を「HP（ほぼ日刊イトイ新聞）で、おおいに紹介しましょう」と言ってくださった。ありがたい。糸井さんは、いいと思ったらその助けをいつもサラッとやってくださる。感動的に嬉しかった。こんなことがいつか自分もできるだろうか。自分のことだけで頭がいっぱいな私。じーんとしながらも、さっそく糸井さんの事務所に行き、ちゃっかりCDについてインタビューを受けました。糸井さんもタダ、私もタダ、見る人もみんなタダ。理想的な関係です。ぜひごらんくださいね。

○月×日

私のラジオ番組で、えなりかずき君と対談しました。予想以上に面白かったです。たまたま映画『僕の彼女を紹介します』について、私と意見が対立し、えなり君に恋愛観について注意された。あの声で「清水さん、純粋さを失いかけてますよ」だって。「そんなこと言ったって、しょうがないじゃないかー！」と、モノマネで。

○月×日

車内雑誌に小泉武夫さん（食の文化人）の記事があり、読みました。「一番好きな料理は何？」と聞かれ、「それ、しょっちゅう聞かれて困るんだけど、まず毎日食べたいと思ってるのは、焼き納豆ね」とあり、何だそれと思い、早速覚えて自宅でトライしました。作り方はこちら。フライパンに油をひいて、1パックの納豆をそのまま弱火で焼きつつ、中央に窪みを作っておく。そこに卵黄をのせて、水を少々かけ、2〜3分ほどの蒸し焼きに。焼き上がったら、そのままごはんの上に盛り付け、醤油とかつお節をかけて食べるだけ。簡単感嘆。

南の国の冷房
冷やすにもほどがあります

○月×日

さまぁ～ずとホリプロアイドル7名とで、グァム島ロケへ。三村さん、空港に到着するなり、現地の係員に「チョットコッチへ！」と言われ、けっこう目立つ感じで別室に連行。どうやら彼は個人的にグァムに過去10数回も行っていたので（大好きらしい）、あやしい輸入業者としての往復ではないかという疑惑だった模様です。しょんぼりしている様子がおかしく、みんなでカメラで撮ろうとしたら、私も「ダメデス！」と注意され、しょげました。

ちなみに私は寒がりなので、グァムであろうとハワイであろうとホカロンとカーディガンをいつも片手に完備。だってここに限らず、南の国の冷房って、とことん冷やしすぎ！　冷やすにもほどがありますってくらい強！　なんです。ここらの国の思い出、いつも店内でキンキンに冷えきってる自分です。南国寒冷地帯です。

○月×日

コドモと『ごくせん』を観た。前から「気になるところがあってさー」と言ってて、およそ毎回このドラマの中では、先生が悪いヤツらから「おまえ誰だ？」と聞かれ、「私はコイツらの、担任の先生だ！」と言うらしい。そしてそれを聞いた連中が、バカにしたような笑い方をするそうなのだが、気になるところはというと、答える時に「私はコイツらの担任だ」だけでよさそうなもんなのに、「私はコイツらの、担任の先生だ」と、もう一度説明が入るため、まるでそこを悪い連中が笑ってるような気がしてくるのだそうだ。そのシーンを待ちかまえてしまいました。しかし、そのうちモノマネできるようになってました。ありがとう子よ。

テロップによる勇み足
芸人さんにはたまりません

○月×日

ドラマ『タイガー&ドラゴン』でご一緒した西田敏行さんから、「僕、映画大好きなんだけど、最近やってるレイ・チャールズの生涯を描いた『Ray』ってての、観た？　すごくいいんだよ」と、やや興奮気味で聞き、観に行ってきました。主役を演じる役者さん、芸達者〜！　と思ったら、もともとコメディアンの方なんですね。シリアスな映画なのに、場内で私一人だけ笑ってしまったのは、Rayさんの浮気相手で、気の強い女性が「どうなのよ！　あんたいいかげんにしてよ！」と怒り爆発で詰めよった時です。Rayさんが「そうだ、その怒りを歌にしようじゃないか」と、やおら「ヒット・ザ・ロードジャック」と、歌い始めるところ。苦しい。しかも「さあ、君も続けて！」と言い、彼女もまたフに落ちない表情で一緒に歌うんです。顔はノらずに音楽にはノるという。人物次第で、こんなゴマカシ方もありかもしれません。

○月×日

こないだ、テレビを観ててちょっとハラハラしました。最近よくテロップで「今、この人こんなこと言いましたよ」的な文字が、下に大きく出ることが多いですよね。しかしその日に観たのは、芸人さんがコメントを言い終わる前に、先にテロップ文字を出してしまってた画面。勇み足。これをされると、どんなにアドリブがうまいコメントでも、たちまちその人があとになってなぞった、マネした、みたいになってしまうんですよ。まるで、テロップという文字芸人が下の方に住んでいて、『ね？　コイツこんなコト言うんっすよ！』と、コバカにしながらコメントを先に言ってるみたいです。

真面目な主婦ほど肥満に陥りやすい きっとご賛同いただけると思います

○月×日

個人的な話で恐縮ですが、ここ最近太り気味で困ってます。特に私が毎日のように食事を作れる時期は、そうなりがち。理由は、自分が作った料理が一番おいしいからではないか、と思います。というのは、何も私が特別に料理上手というわけではなく、知らず知らずに「自分好みの味」に料理をしようとするからなんです。しかも料理がうまく行けば、今度はあの調理法を、こういう素材でやってみようかな、など、日頃から気がつけば食べることを考えてしまいがち。ということは、真面目な主婦ほど肥満に陥りやすい、ということです。ひどい意見のようですが、きっとご賛同いただけるかと思います。いい主婦は損。しばらくは外食ばかりの、ツンツンと評判の悪い、しかし細身の奥様になりたいもんです。

○月×日

三谷幸喜さんと私とのラジオ番組が始まりました。月～金曜日、J－WAVEで深夜11時45分から。男女のしゃべり手が、五分五分でトークする番組って意外となくないですか？　どっちかが立てる、という構図にならないような番組をめざしてます。

○月×日

カンニングの竹山さんと二人で大分へロケ。空港から路上から、おばさん方が、竹山さんを見つけると必ず「あれ？　今日はキレてないのっ！」と、さも「言っちゃった！」みたいな顔で言ってました。人間あまりに同じことを何度も言われるのもツラそうですが、竹山さんは全然慣れているらしく、「あーハイ、あーハイ」とわんこそばの合いの手のように、上手に流していました。

あなたの守護霊は創作してばかりいる職人の男性です

○月×日

イベント『高田笑学校』にゲスト参加しました。出演は松村邦洋くん、ヒロシさん、私、ローカル岡さん、浅草キッド。久々に緊張しながらも楽しかった。打ち上げでは主宰の高田文夫先生と、サンボマスターらとご一緒。いつも思うんだけど、本当に笑いの、というか演芸っぽい場所ほど、やはり「ザ・男くさ職場〜」な感じがするもんですね。昔も今も今後も、結局はそう変わらないであろう、おっさん臭の世界。私もだんだん溶け込んできてしまってますが、やはり女性としてはできるだけちょっと浮いている感じで座っていたいものです。しかし、さる占い師さんに「あなたの守護霊は、創作ばかりしている職人の男性です。あなたはどこか、根っこが男っぽいというか、おじさんっぽいところがあるでしょう」と、キッパリ言われたことを思い出しました。

○月×日

平井堅さんからメールで、和田誠さんからも電話でCDを褒められました。有頂天になってるところへ、矢野顕子さんからもお手紙をいただき、幸せもピークに達しました。メールと電話とお手紙と。なぜか名前が5文字の人ばかり。

○月×日

休日、家族で沖縄へ。レンタカーで美《ちゅ》ら海《うみ》水族館に行き、ジンベエザメの立ち泳ぎなどを観ました。ここで一泊して寝ながらずーっと観てたいほどきれい。夜、ホテルでテレビを観てたら、楠田《くすた》枝里子さんが審査員で出ておられ、「いかがですか楠田さん?・」という問いかけに、いちいち私自身が、ちょっと反応しそうになるのがおかしかった。このセリフ、モノマネフラれているみたいなんです。

めちゃくちゃ豪華なカラオケしてきました！

○月×日

平井堅さんから「椎名林檎《りんご》ちゃんとカラオケに行くけど、ミッちゃんもどう？」というメール。喜んで！　なのだが、椎名さんとは初対面でもあるので、「私の舎弟（？）の三谷幸喜さん、一青窈さんも誘っていい？」などと聞き、結果みんなで向かった。後半は、山口智充さんと、クリスタル・ケイさんとそのお母様、クリスタル・ハハさんも参加なさったのだが、こんな時に誰が先に歌うか、なんてのはとても勇気がいるものだ。そこを三谷さんが「俺が先に」とがんばってくれた。さすが合言葉は勇気。できた人だねー。2番目からはめちゃ出やすくなる。とりあえず平井さんの森山直太朗さんのモノマネ（めちゃうまい）と、私の森山良子さんのモノマネでの、初母子共演を皮切りに、かなり素晴らしい時間が続いた。みんな、当然のように本気になると並外れて歌がうまく、うっとりくる。遊びで来てるはずなのに、どこか理性をしっかり保ってないと、本当にじーんと感動してしまいそうになりました。

○月×日

渋谷・UPLINK Xで『行方知れズ　渋さ知らズ』という映画を観ました。空席知ラズなのか、久々のお立ち見映画。

○月×日

父が入院し、お見舞いへ。父が「（私の）保険のCM観た」と言うので、「入ってる？」と聞いたら、「もっと早く言ってくれにゃー」とのことでした。そっちは間に合わず。看護婦さんにいつも見つかるというのに、夜な夜なスナック菓子を食べるそうです。「そう、俺はB級グルメ」と言ってました。ジロちゃん（あだ名）、変わってないわー。来月退院。

新しいことわざ
平井堅にタケノコ

○月×日

やさしい性格の平井堅さんから「こないだみんなと一緒に行ったカラオケで、ミッちゃんと三谷さん、先に帰っときながら二人そろって忘れ物してて、それを僕が預かってるんだけど」とメール。驚いた。「すんません、迷惑かけました！　こちらの宛て先（自分の住所）に着払いで届けてくれませんか。三谷さんには来週仕事で会えるので、私が届けますんで」と送った。しかし、翌日「僕、たまたまミッちゃんチの近所で仕事が終わるんで、持ってきますね」と言ってくださった。なんて善良な市民が都会の砂漠に生きているの。しかし、その晩はたまたま、私の主婦仲間と、その子供たちがこぞって遊びに来てる日で、万が一「本物の平井堅がもうすぐやってくる」などとバレたら、サンタが街にやってくるよりも現実的にはもっと大変なことになる。こんなとこでオバたちにキャーキャー言われたら、平井さんもシンドイだろう。「夜、忘れ物が届くよ」とは言いながら、当然名前などは秘密にした。で、玄関のチャイムが鳴った時、私はあろうことかたまたまトイレにおり、友達のAちゃんがインターフォンに出てくれたのだが、顔もそう確認せず、「どなたー？」と愛嬌もない低音で聞いたらしい。「は、配達の者です」という、いくぶん緊張した声に、「ちょっと待ってー」と、ぶっきらぼうに答えながら、私を呼んでくれたのだった。急いで玄関に行き、小声でお礼を言いつつ、荷物を受け取り、私が作った筍《たけのこ》の煮物ときんぴらごぼうを手早く差し出した。似合わなかったが「平井堅にタケノコ」という、ことわざができた。偶然はいきなり、しかも重なってやって来る、という意味だ。

帽子を深くかぶり黙って合掌 このポーズにはどんな意味が？

○月×日

下北沢の映画館で『駅前シリーズ』をやってました。たしか親が二人とも好きだったな、一度ちゃんと観てみようと、めずらしくフラリと入ってみました。結構な混雑で、私は一番前の列の隅に座りました。映画は想像してたよりずっと面白くて、昭和39年頃の日本というのがまた豊かになっていく頃なのか、景気も人間の活気も本当にいい感じ。これはなかなかいい拾い物でした。さあ帰ろ、と機嫌よく席を立とうとした矢先。いきなり会場が明るくなり、一人の男性が足早にやってきてスクリーンの前でおじぎをするではないですか。何？　と思っていると、「これから映画評論家の○○さんの講演です」とのアナウンス。え！　と驚きながらも、うまく帰るタイミングを失ってしまった私。そのタイミングに椅子に座ってる評論家。講演なんて絶対やだ。でも、今立って出るのはかなり失礼。仕方なくそこにいることに。集中力はないし、一番前の席でどうヒマをつぶせばいいの、うかつだった！と反省したのですが、「そうだ！　メモを取ることで、この退屈と遊ぼう」とヒラメキました。メモ帳にいろんな言葉やイラストを書いていると、思いのほか時はスムーズに流れ、大変助かりました。しかし、いきなりその評論家が「えー、そこに先ほどから懸命にノートに書き込んでおられる女性がいます！　駅前ファンですか？」とあきらかに私を指すではないですか。涙が出そうになりました。私はなんという悪運なのか。しかも、あせった私がとった咄嗟の行動は「帽子をさらに深くかぶり、黙って合掌」というポーズでした。今思えば「死んだ」という演出だったのかも。

10年後、私は女社長になってます

○月×日

スポーツ・ジムの帰り、「NHKまで」と、タクシーに乗った。シャワーのあとのノーメイク。しばらく進んだ信号で、シーンと待ってると、おもむろに運転手さんが振り返り、ゆっくりと「あのね、お姉さんね」と言う。「は」と私。「あなた、10年後に社長になるよ」。そのあまりに濃厚な内容と、威厳のある言い方との両方に驚いた。「占いをなさるんですか」と聞くと「違うよ。ただわかるんだ。社長とか、何かを代表する立場になるよね」と言う。こういうときだけはオーラがなくてよかった。普通に変わった会話も参加できる。しかし、私はたまたまフジの番組でクラーラさんという占い師に、まったく同じことを言われたのを思い出し、「先日占い師さんにまったく同じことを言われました」と言うと、「占いじゃないよ。俺は占い嫌いなんだ。ただ何年もやってると見えるのよ。タクシーの呼び方、そして乗り込み方、さらに行き先の伝え方ね。この3つに人間の懇願と実直さと命令が全部出るんだよね。人間の本性が素のままでハッキリ表れるんだ。まあお姉さんは将来、人に応援されるし、たくましい人だね」。まあ！　この話、絶対『TVブロス』に書こ、などと喜びながらお礼を言い、いざ降りようとした時、金額が990円でした。千円札を出し、どうしよう、おつりはいいです、と言おうか、いやおだてに乗ってると思われるんとちゃうか、と迷ってるうちにサッサと十円玉を渡されてしまった。ラッキーコインのような。それにしても私の態度って実はやたらに大きいんじゃないか、と自分を振り返りました。そのうち女社長として帽子をかぶるかもです。アパ。

ルーさんブーム再来の予感あったのかは知らないけど

○月×日

『浅草橋ヤング洋品店』のSP番組で、久しぶりにルーさん、浅草キッド、ナイナイのみなさんとご一緒。実はその昔、私はこの番組の司会だったのでした。久しぶりに会うメンバーとのロケ。みんなそれなりにキャリアもでき、エラくなってるので、やや緊張の糸ピーン。しかし、いざ番組が始まってみたら、なんと一番面白かったのはルーさんだった。やられた。みんな玉砕。このアクの強さ、押しの強さ、腰の強さ。復活のきざし。ルーさんブーム、また来るんじゃないかしら。ブーム、あったのかは知らないけど。なんだかルーさんって、はじけるととたんに清純なところが見え出してくるんですね。

実際はポッコリふくらんでしまったお腹の割に、背中には汚れなき翼がついてました。笑いのエンジェルですね。

○月×日

木曜日、仕事の合間に時間ができ、銀座で女性マネージャーと二人で『バットマン　ビギンズ』を観に行きました。驚いたことに今、女性2名で鑑賞となると、えらいサービスがついてくるみたいでした。劇場に入るなり、あっというまに二人してアイスコーヒーとポップコーンが両手に。私はダイエット中なのだが！　と、思いながらも頬ばると、なんておいしいの、久々のソルトエンドオイルテイスト！　と、カリポリ全部おいしくいただきました。その翌週は楽しみにしていた『宇宙戦争』をワクワク観ました。普通、意外と面白くないと、残念イマイチ！　くらいで終わるものなのに、けっこう腹立たしく、その晩はふと目覚めた時、まだ怒ってた自分に驚きました。ねちっこい。

野沢直子一家がやってきた！ ヤア！ ヤア！ ヤア！

○月×日

もはや夏の風物詩、野沢直子一家が今年も家にやってきた。本当に住まいまで離れてしまったら、逆に仲が良くなるものなのか、仕事で一緒だった時よりずっと親しいような感じ。ところで今回は、旦那さんのボブは一緒じゃなかった。子供たちと彼女だけ。なんとサンフランシスコでのある日の朝、「オー！ ノー！」と言うボブさんの叫び声が家中にこだましたんだそうだ。このわかりやすい英語の感嘆詞、本当にこういう時に使うんだそうです。当たり前ですが。部屋に行ってみると、「痛くて立てない!!」とのことで、すぐに病院に連れて行ったら、「椎間板《ついかんばん》ヘルニアです」と診断されたそう。そのまま入院となり、とても複雑そうな手術をして、いざ退院となった時、治療代を請求されたのでした。その額なんと500万円。ご、ご、500万て。すごすぎじゃないですか?! やっぱり保険に入ってないとねえ、とさりげなくコマーシャル。しかしボブさんは「自分は40代だけど、学生なのです」と強く主張し（本当に学生なんだが）、がんばり続ければ人間の願いは通じるものらしく、手術代、入院費、全てコミで無料となったのだとか。500万円↓即無料。極端な話ですね。いかにもアメリカ。そんなワケでヘルニアの方は完治したものの、今回はいちおう一人でお留守番のようでした。ところで去年ウチに来たとき、野沢家の子供たちに、私が英語ペラペラみたいな人のマネをしたら（中身はデタラメ）、かなりウケたので、今年も聞かせてみたらまた爆笑。いったいどういう風に聞こえているのだろう。さげすみ、だったりして。

カップルをもケンカさせる中華料理店いったいどんなまずさなの？

○月×日

ウチから徒歩10分くらいのところに、ちょっといい感じでくたびれた中華料理店があるんだけど、そのうち一回食べに行ってみようと思ったまま、なんとなく時は流れ、3年ほど経っています。しかしこのお店、まずまったくと言っていいほど、お客さんが入っていないんです。本当にいつもガーラガラ。昨日も今日もガーラガラ。スーキスキーのガーラガラ。しかし先日、そのお店の扉からついにカップルが出てきたのを目撃！　そしたらなんとその女性が男性に向かって「だからアタシ、はじめに言ったじゃん！　ここおいしくないんじゃないのって！　ヤバイんじゃないのって！」とケンカ腰。彼は「でもあんなにひどいなんて……」と、落ち込みトーン。いったいどんなまずさなんだ！　ケンカまでさせるとは！　と、逆に試食したくなりました。

○月×日

番組で山田洋次監督とご一緒。学生時代、私は監督のお嬢さんと仲が良く（二人で矢野顕子さんや山下洋輔トリオのおっかけなど）、お宅にお邪魔してごちそうになったこともあったのでした。当時はケーキ職人を目指してた地味な学生の私に、将来についてのいい話をしてくださった。そして今日はスタジオで会ってるのだと思うと、思わず自分のルーツをフラッシュバックで巻き戻し。監督も当時の私を覚えててくださってたようでしたが、その口調があまりにも昔と変わらず、包み込むようなおだやかさなのに感動してしまった。そんな感傷に一人ひたったあと帰宅すると、温め直したお味噌汁が酸っぱくなっていました。夏の妖精のしわざですね。清水ミチコにございます。

主婦刑事・清水ミチコのささやかな楽しみ

○月×日

数年前、「昔のフジの番組が見放題のチャンネルがある」と噂で知り、うらやましかった私ですが、やっとこの8月、1ヶ月だけ加入してみることにしました。まずはおためし。お楽しみは『夜のヒットスタジオ』。学生時代の自分に戻ってなつかしい気持ちに！　と思ってたんです。しかし、予想以上にセットのスカスカ感や、歌のヘナヘナ感、トークのシズケサ感がめっちゃ面白く、驚きと共に笑えてきました。こんなんだっけ！　刺激的！　加入してよかった！　です。特に面白かったのはオープニングのコーナー。歌手が、次の人の持ち歌を短く歌っては紹介していく、歌でのリレー。アイドルもロッカーも演歌歌手もみんな平等で、短いコースを歌唱してイントロ直前までにバトンを渡します。力量の違いがクッキリ出るのもスリリング。しかも意外なほど緊張させるものらしく、その不安が歌声に反映されて、こっちまでハラハラ。桜田淳子さんの声での森進一さんナンバーから、その森進一さんが歌う「セクシャルバイオレット№1」など、なかなか豪華な食材にB級グルメなコックさんみたい。何それ。誰もがアーティスト志向な今ではありえないです。でも、一緒だと思ったのは、熱唱している歌手の後ろに映ってる、ほかの出演者の居心地の悪そうな顔。手拍子はしてるものの目はうつろ。ふざけた顔も難しそう。この感じだけは今も『Mステ』とかでよく見かける光景。歌唱力はだんぜん優れてるのに、何もしないでただ歌を聞くって時の顔はどうしていいのか誰もよくわからないのだわ！　と主婦刑事発見。もう1ヶ月更新しそう。ルルル。

あの頃の俺ねぇ エスパーだったんだよ

○月×日

　BSフジ坂崎幸之助さんの番組『お台場フォーク村』にゲストで参加。私が森山良子さんのネタを歌っている途中、本物のムッシュかまやつさんが歌いながら登場した。ラブリー。貫禄あってイバラなくて、低姿勢でもない。本当にあいつにゃとってもかなわなーいー、です。ところでムッシュさんといえば、初対面の濃い思い出があります。私がまだ20代のデビューしたての頃、縁あって森山良子さんのご自宅のパーティーに顔を出した時がありました。帰り際に、数メートル離れたところに座っておられるムッシュさんをお見かけしたんですが、ふと目があったとたん彼は「おお、清水くーん」と言い、あのスマイルのままテーブルに置いてあったスプーンをクイッと念力で瞬時に曲げたかと思うと、それをポーンッと私に投げ、「俺、キミのこと好きだよー。じゃ、バイバーイッ」とおっしゃったのです。「手の中に落ちてきたスプーンを今も大切にしてますが、この話って覚えておられます？」と聞くと、「ああ、あの頃の俺ねえ。エスパーだったんだよ。今はもうダメだあ（のんびり）」とのことで、どなたにでも曲げておられたご様子でした。

○月×日

小学校から飼育係にだけは立候補していた私。なんでこんなに最高な係を奪い合わないのか不思議だったほど。ま、もともと動物好きなんです。が、楽しみだった某動物の映画にガッカリきた。「これだけー？」って声出しそうになっちゃった。「寒いけど、僕らがんばって卵を守るんだ」ってなセリフが入るたび、「本能じゃないの」と冷めてました。自分が皇帝。

昼間からカエル
焼いたとはいえカエル

○月×日

レギュラーで、毎週ニッポン放送に通っているのですが、そのすぐそばの一角に、おいしそうな、でもかなり高級そうなレストランがあるんです。こないだ、そのお店に看板が立て掛けられ、ランチメニューが細かい字で書いてあったので、どれ、と立ち読みしたら、驚きました。値段は覚悟してたので、思ったほどではなかったんです。そっちではなくて4800円のランチの中身です。なんと、スープとメーンの途中に「リヨン産のカエルのソテー」というのがあったんでした。リヨン産とはいえ、昼間からカエル。焼いたとはいえカエル。食後の気分が贅沢なのか貧乏なのかわからなくなってきそうです。私もかなり食べることは大好きなんだけど、最近の世の中のグルメっぷり、ついていけないなあ、と思いました。そんな矢先。深夜のBSのグルメ番組で、こんなシーンがありました。以下はレポーターとコックさんの会話です。㋹「わあ、おいしいスパゲッティですねえ。麺にそもそもの味わいがあるんですね」㋙「はい。こちら、小麦粉だけで作られてるスパゲッティじゃないんです」㋹「では中に何が入ってるんですか？」㋙「はい。土、でございます」㋹「土ですかあ。ミネラルたっぷりだそうですねー！　モグモグ」だって。もっと驚いて欲しかったです。でも聞かなければ本当においしそうなパスタでした。ずっと前に見た、本当にあった海外のすごい話特集みたいな番組でも、土ばっかり食べる主婦がいたんですが、その人もとてもおいしそうに粘土質の土をたいらげていたのが印象的です。グルメ界に土ブーム、来るかも知れません。土だけにドッとね！

青山から下北沢まで散歩会話
人を誘いにくいのが欠点

○月×日

　芸人のヒロシさんとご一緒した。彼は私をタレントとして知ってはいたけど、ここ最近になってモノマネを始めたのだとばかり思っていたのらしい。笑った。そんな人がいたんだ。確かに今年はしょっちゅうやってた感。CDのプロモーションきっかけに、フラレてはやり、フラレずともやり。それまではなんとなく自分の中で、モノマネはライブ、みたいなミニラインがあったんで。最近はごっちゃになってきてたんでした。

○月×日

和田誠さんと三谷さんの本の対談。そのあとまた、青山から下北沢まで歩いた。オススメ散歩会話です。ただこれ、ヒトを誘いにくいのが欠点。特にタレントなんか、「ええ！　歩くの?!　なんでわざわざ?!」となるんです。こんなに楽に話せるのに、疲労させるらしい。学生時代はこんなことしょっちゅうだったのに、大人になるとそんなことができなくなる、というよりありえなくなるんですな。

○月×日

ダイエット本ばかりついつい読んでしまう日々、赤星《あかぼし》たみこさんの『ミネラル豆乳ダイエット』にハマりました。朝一番に、野菜ジュースを作ってミネラルを取ると、脳はそれだけで満足してしまい、朝食はいらなくなる、というもの。だましだまし食欲を抑えるワケですね。しかし、もっとすごいのはサンプラザ中野さんと彼が尊敬する医師甲田《こうだ》光雄さんとの対談集『食べ方問答・小食のすすめ』。読んだだけで数キロやせた！　と錯覚しそうなほどの精神世界。朝は抜くのは当たり前、玄米は食べるどころか粉に挽くなど、相当ストイックな一冊でした。

サナダ虫ダイエット！まるでSFの世界です

○月×日

お昼、『笑っていいとも！』をぼさーっと観てたら、テレフォンのゲストがKABA.ちゃんでした。「アタシはタバコをやめてから太ったの。だからホラ見て、ダイエットをしてやせたの」なんていう話をしてて、そこまでは普通にふーん。ってなもんだったんだけど、その流れからなんとこう言うのにびっくり。「さるタレントさんからは、サナダ虫ダイエットもすすめられたんだけどおー」です。えっ?! と、かなり驚きました。しかし、同時に聞いたタモリさんの返答にはさらに驚きました。「ああ、サナダ虫ダイエットね。あれかなり効くらしいよね」と、サラリと普通のトーン。今やそんな世の中なんすか?! 絶対的嫌悪。でも会場もかなりそっちにびっくりしてた様子でした。学生時代に読んだ筒井康隆《つついやすたか》さんのSFに同じような話があったんですが、そうなの？　今やあんな気持ち悪い世界が普通にあるの？　と愕然《がくぜん》。恐い。翌日、たまたまスタジオでKABA.ちゃんに会ったので、あの話、いかにヒイたかと言ってたら、その立ち話を聞いてたさるタレントさんがいきなり積極的に話をしてくれました。「サナダ虫ダイエットというのは、まず卵から飲んで、体内でカロリー摂取させることで活躍してもらったら、あとはタイミングで下剤で出すの。サナダ虫だけは、特徴的に養分を食べてくれてカロリーを減らせる上、人体には害をいっさいおよぼさない虫だから。アトピーなんかにもいいみたいよ。つまりは地球にやさしいダイエットなんですって。全部友達が言ってた話だけど」とのことでした。最後のホホエミに、ますます気持ちが悪くなりました。

お笑いに敏感な人ほど人の気持ちに繊細ってことですよね

○月×日

番組の台本に「清水、新ネタしつつ挨拶」とあった。実はこれ、毎回めちゃ恥ずかしい。新ネタなんかホント、そんなにないの、というのが一番の理由だけど、それよりまるで、さあお決まりの、ホラお得意の！　な感じが、ホントに微妙なんです。人の番組、という土俵にあがってるお客なのに、まずは私の土俵開きをごらんあれ、と異質なノリを持ち込むみたいな感じ。しかもまわりの方たちの、せっかくなんだから拍手という気遣いも、絶対生じるわけで。逆にいっそスベって、そこで笑われろ！　とすら思えてきます。でもこんな気持ちを打ち合わせ等でちゃんとうまく説明できたためしはなく、

「やらなくてもいい？」と聞いても、「や、ぜひ！」などとたいがい、サービスしまっせ！　みたいなノリなんです。「じゃ、番組のどこかで必ず自由にやりますんで、オープニングでなくてもいい？」などと聞いても、何だか「あ？　天狗《てんぐ》？」みたいな雰囲気に。一発ギャグやモノマネなど、何か特徴を持ってしまった芸人ほど、案外バラエティ番組でうまく活躍できない理由は、実はここにあるんではないか、と思われます。毎回誕生ケーキの炎を吹き消す役から始まるハードル。高いよー。ここ最近ではそれを細かに説明するのも面倒臭く、書いてあるままやってました。が！　今日の司会者はなんといきなり「今出されてるカンペに、新ネタ披露って書いてあるけど、こんなんやりたいワケないよな！」でした。人生初。なんてすべてわかってんだこの人！　でした。お笑いに敏感な人ほど、結局人の気持ちに繊細ってことなのか。司会の紳助《しんすけ》さんに動揺すらしてしまいました。

ボクサー映画に駄作なし『シンデレラマン』泣けました

○月×日

家族と映画『シンデレラマン』を観た。泣けて泣けて、横隔膜がどこにあるかわかるほど。ボクサー映画に駄作なし、です。主人公の奥さんが応援したいけど、一度も試合に行ってないところも良かった。なんだかその気持ち、よくわかります。それにしても、なぜかボクサーという職業に、やな性格の人は皆無のようですね。人を殴るのが商売だというのに、どなたも明るく、というか情が普通よりずっと深そうで、スポーツの中では特に人間味溢れる感じ。翌週、たまたまメイク室で渡嘉敷《とかしき》さんのお隣になったので、粉を頬にたたきつけながら、そんな意味のことを言ったら、返事はこうでした。「や、性格がいいってのはサ、案外日本人に限られるかもしれないよ。外国のボクサーにゃヒドいヤツも多いもん。麻薬に暴力とか、果ては殺人までいるもん」。ちなみにあまりに若い頃、筋肉を強化しすぎたことからくる肉体的リバウンドには、足から脳から、誰しもにかなり辛いものが残るんだとか。で、「今やもう俺はそっちと戦闘中よ」とのことでした。じーん。うるる。「ただ、さあ、俺や具志堅《ぐしけん》さんが現役をやめても、今こうやって活躍できてるってのは、先輩であるガッツ石松さんが、ああいう風に先陣切ってテレビに出て愛されてくれたからなんだ。ホントに」とのことで、その言葉にもますます日本人ボクサーを再び尊敬しそう。しかし、それもしょせんはメイク室での会話。メイクさんに「ハイ頭、これでよろしいです?」と聞かれ、話は終わりへ。渡嘉敷さん、立ちあがりながら「いいよ、外側は。中は直せないだろ?」と、真面目なトーンで。さすが。

一青窈さんと行くミャンマー
中尾彬さんと行く福岡

○月×日

名古屋駅で、一青窈さんとバッタリ会った。かーわいかった。話をするうち「お正月、ヒマだったらミャンマー行きません?」と言う。行きたい。「でも、そこってどこ?」などと言いながらもかなり行く気マンマンになってきました。彼女は秘境が好きみたいで、よく人があまり行かないような場所を選んではちょこちょこ出かけているようなのです。しかし、私のマネージャーに聞いたら、「その日から、中尾彬さんと福岡ロケです」だった。わーん、全然違う! 一青窈さんと行くミャンマー、中尾彬さんと行く福岡。全然違う。いくらいい方に考えても違う。フテながら新幹線に乗ったら、同じ車両に島田歌穂《かほ》さんがおられ、私、一青さん、さらに小出《こいで》監督と、なかなかバラエティに富んだ車両でした。こういう東京までのミニ旅行だと思ったらいいんじゃないかしら。いいわけあるか。

○月×日

落語家の昔昔亭《せきせきてい》桃太郎さんとラジオでご一緒。ローテンションで、めちゃ面白い。どんどん盛り下げる。「こんな面白いのに今までよく売れなかったですね」と失礼なことを言っても、「俺、今売れてるよ。今年テレビ6回も出たもん」など、じわーとしたいい答えが返ってくる。年季の入ったネタ帳を置いたままトイレに行かれたので、勝手にサインしたろ、と書き始めたら、すでに誰かのサインがあった。帰ってきた桃太郎さんに「このサイン誰のですか？」と聞いたら、「松原智恵子。日本橋で」でした。「私、勝手にサインしましたよ」と言うと、松原智恵子さんのサインを見て「本当だ」と驚いてました。すごい人発見。

「私のテレビ日記」がついに単行本に！

○月×日

『TVブロス』での私の連載コラムを、本にしませんかというお話をいただいた。ワーイ、いいとも喜んでー！　「ただアタシ、原稿だけはいまだにワープロで打ってるんで、ごめんね（編集にやや手間がかかる）。そのうちパソコンで送るようにしたいとは思ってんだけどさ」なんて言ってたそんな夜です！　ワープロの中のフロッピーを開いたら、いきなり壊れてて、文字がひとつも出てこないじゃないですか。全部白紙に。なんで?!　こっちが壊れそうになりました。頭から黒い煙が立ってるのがわかったほどです。こんなことってあるんですかね?!　びっくりしました。以前、新しい携帯の噂をしていたら、手持ちの古い機種の携帯が、その晩シーンと壊れたことを思い出しました。し、死んでるー！　と、なんだか怖かったです。人の噂によると、車も、他の車がいいような話をしたら壊れたという話を聞いたことがありますが、機械モノってそんなにナイーブなの？　傷つきやすいの？　機械と書いて青春？　テレビやら洗濯機やら、そろそろ買い替えたいようなものは全然壊れないのに、緻密な精密機械ほどいざって時に壊れやすくないですか？　やっぱあの子たち、感受性が強いのかしら。若いからねえ。と、すっかりしょげながら考えてしまった私です。ついでにその最悪な晩、よく当たると評判の『TVブロス』のありえ〜る・ろどんさんの占いに、その日付で最悪な事態になるという意味のことが書かれてて、ほおー！　と、ひとり膝を打ちました。そんなもん打つ前に解決策を打ちたいのですが。しかし来年にはきっといい本が出せるようにがんばります。お楽しみに！　ANDよいお年を！

あとがき：自己中日記

私の人生の仕事の中で、一番長くたずさわっている仕事。

それが雑誌『TVブロス』でのこの日記です（ちなみに現在も継続中）。

もともと私は気ままに何かを書くのが好きなのですが、いざ出版にむけてまとめてみると、自由な表現というより、ずいぶん自己中心な性格がよく出ているなあ、とガックリくる事ばかりでした。

恥ずかしいとこだらけで、じわりと汗が出る本です。

しかし、いいところもあります。

それは、持ちやすく、いつでも開けられ、キリよく読める、という三大特徴。

時間は長く、文は短め。

長年続けていれば、自己中心だってなんとかひとつの形になるというサンプルになったかもわかりません。

いったいどう伝わるんだろう、とか、中身によってはお怒りの方もいらっしゃるんではないか、という不安もありましたが、そこは自己中心な私、大丈夫か、とだんだん思えるようになってきました。

「誰でも王様のように自己中心にふるまってもゆるされる」などという世界がこの世にひとつだけあるとしたら？

それがおそらく、日記の中なのです。

で、ありながらもこうしてかわいい本として生まれ変われたのは、ＴＶブロス歴代編集者のみなさん、幻冬舎コミックスの齋藤さん、田中さん、編集の島田さんのおかげです。

あと、もちろん『ＴＶブロス』読者のみなさん。

本当にありがとうございました。

また10年後も、こうしてお会いできたら幸いです。

文庫版　あとがき

再びこの『私の10年日記』を読み返してみると、

「MDウォークマン買ったんだけど、すごくいい！」

なんて話やら、

「ついに携帯電話を購入」

などと、えらい古代人に思えるような電化製品の話がばんばん出てくるんですね。

（ええ？　こんなんだったっけ？）

と、なつかしさと恥ずかしさで口が酸っぱくなりました。

あ、口が酸っぱくなったのは私がレモングミを食べてたからかもしれません。

時は経《た》ち、当時喜んで持ち歩いていたMDウォークマンは、街でも私んチでも、ぱったり見かけなくなり、買ったばかりで目立ってた携帯電話も、今は軽くてさりげなく、スリムになりました。

世の中の文明の発展というものは、昔から得てしてこのような特性が見受けられるようです。すなわち、

1・・・・　時間が短縮でき

2・・・・　コンパクトなサイズになり

3・・・・　デザインがよりシャープに

（2011年JAMHOUSE調べ）

そこで、この『私の10年日記』も2011年の今年、文庫になって再登場しました。リニューアル・オープンです。

あ、中身は一緒だけど。

ところが、ですよ。同じ中身のまんまで出すと言えども、どうしても改良

して登場させたくなっちゃうのが人の情というもの。

いや、私のサービスのたまもの。いいえ、これぞ幻冬舎のたましい。以下のように一新したのです。つまり、

M・・・・　文字をより読みやすい大きさに
B・・・・　ブックデザインに南伸坊氏
O・・・・　お手頃価格でのご提供

幻冬舎から、3つのMBOで再始動。整いました。

（「MBO」も「整いました」も、数年後にはなつかしい言葉になっているかもしれませんが）

と、このような軽薄な文章も、文庫版だとよりいっそう軽く感じるはず。どうぞポッケにカバンに、楽しんでいただけたらと願ってます。

2011年2月

清水ミチコ

この作品は二〇〇六年三月幻冬舎コミックスより刊行されたものです。

幻冬舎文庫

●最新刊
すべての人生について
浅田次郎

〝饒舌型の作家〟を自認する浅田次郎が、各界の著名人との真剣かつユーモラスな対話を通して、思いがけぬ素顔や含蓄ある人生哲学、創作の秘話を披露する。貴重な対話集、待望の文庫化!

●最新刊
奇跡のリンゴ
「絶対不可能」を覆した農家 木村秋則《あきのり》の記録
石川拓治

リンゴ栽培には農薬が不可欠。誰もが信じて疑わないその「真実」に挑んだ男がいた。「死ぬくらいなら、バカになればいい」。壮絶な孤独と絶望を乗り越え、男が辿り着いたもうひとつの「真実」。

●最新刊
バブルでしたねぇ。
伊藤洋介

ワンレンボディコン、オヤジギャル、「東京ラブストーリー」、24時間タタカエマスカ……日本国民1億2000万人が心の底から浮かれまくっていた日々を活写する、狂乱の痛快エッセイ!

●最新刊
ひとりが好きなあなたへ
銀色夏生

ひとりが好きなあなたへ　私も、ひとりが好きです。人が嫌いなわけではないけど、ひとりが好き。そんな私からあなたへ、これは出さない手紙です。写真詩集。

●最新刊
大阪ばかぼんど
ハードボイルド作家のぐうたら日記
黒川博行

連戦連敗なのにやめられないギャンブル、空恐ろしい妻との尽きない諍い、ストレス性腸炎やバセドー病を発症して軋むカラダ……。ミステリー小説の名手が日々を赤裸々に明かすエッセイ集。

幻冬舎文庫

●最新刊
ポン女革命！　ニッポン女性を、タフに美しく進化させる、179のスローガン
蝶々

現代的でタフな日本の女性「ポン女」。素敵だし頑張ってるのに、心が満たされないポン女に必要なのは、「勇気・恋心・胆力・母性・生命力・第六感・女力」。7つの力を引き出す珠玉の言葉集。

●最新刊
イグアナの嫁
細川貂々

貧乏ダメ夫婦が突然イグアナを飼い始めた。これを機に、立て直した生活も束の間、妻の漫画連載が打ち切られ、夫は突然うつ病になる――。イグアナとともに成長する夫婦を描く感動ストーリー。

●最新刊
私が結婚できるとは　イグアナの嫁2
細川貂々

絶対結婚なんてムリ！　なのに、風変わりな男性と結婚してしまった。フツーの結婚生活を目指したはずが、毎日イライラ、ケンカの繰り返し。ダメ婚「ツレうつ」夫婦のマル秘結婚ストーリー。

●最新刊
47都道府県 女ひとりで行ってみよう
益田ミリ

33歳の終わりから37歳まで、毎月東京からフラッとひとり旅。名物料理を無理して食べるでもなく、観光スポットを制覇するでもなく。自分のペースで「ただ行ってみるだけ」の旅の記録。

●最新刊
無趣味のすすめ　拡大決定版
村上　龍

「真の達成感や充実感は『仕事』の中にある」。孤立感を抱えた人々が、この淘汰の時代を生き抜くために大切な真のスタートラインを提示する。多数の単行本未収録作品を含む、61の箴言！

私《わたし》の10年日記《ねんにっき》

清水《しみず》ミチコ

平成23年4月15日　初版発行
平成28年1月30日　2版発行

発行人――石原正康
編集人――永島賞二
発行所――株式会社幻冬舎
〒151-0051東京都渋谷区千駄ヶ谷4-9-7
電話　03(5411)6222(営業)
　　　03(5411)6211(編集)
振替00120-8-767643
印刷・製本―大日本印刷株式会社
装丁者――高橋雅之

幻冬舎文庫

ISBN978-4-344-41652-9　C0195　し-31-1